全球顶级畅销小说文库

全球文化,尽收眼底;
顶级经典,尽入囊中!

孤独小说家

十年前的梦想如果还没有熄灭，
就让它永远燃烧吧！

［日］石田衣良 著 ｜ 杨恋 译

チッチと子

北京联合出版公司

第一章

01

敲完最后一行字,青田耕平抬起头来,长长舒了口气——折腾许久的系列短篇,总算是大功告成了。这次结集出版的共有八篇,每篇五十页左右,书名都定好了,就叫《父与子》。题材完全取自耕平本人的生活,带着几许幽默,又杂着几许悲伤。就他个人的感觉而言,小说最后的高潮部分可算是酣畅淋漓,但如何做好高潮前看似无趣的铺垫实则颇费了一番苦心。

耕平把初稿发送到编辑米山辉的邮箱。那是《all秋冬》的一个年轻负责人,为了等自己赶稿,到现在还没合过眼,印象中他的身材稍有发福,大概是常常熬夜审稿、吃宵夜过多导致的吧。

耕平正猜测着,电话突然响了。

"辛苦了。刚刚收到您的初稿。"话筒那边,年轻的编辑嗓音疲惫不堪。

"非常抱歉,又是赶在截稿前才急急忙忙把初稿发给你。该不会……我又是最后一个吧?"耕平小心翼翼地问道。

米山轻轻一咳,耕平不禁紧张得心脏扑腾扑腾猛跳了几下。

要知道，一旦惹恼了编辑，后果不堪设想。

"不是您，吉原茜小姐也还没发给我呢。如果真要我说，我还真想直接跳过您和吉原小姐同时截稿的那个月份。"

"的确是啊。"

"您看您说的，一副事不关己高高挂起的样子。作品容我稍后再慢慢拜读。校稿估计要下午才能做出来，但还是请您在今天内校对好发给我吧。那先这样，辛苦您了。"

只有这最后一句寒暄才稍显温雅谦恭。这也难怪，当编辑毕竟不是件轻松差事，很多收稿工作还等着他去做呢。不像作家，写完稿就逍遥自在了，就算立马倒头大睡，也无人多说半句。

耕平抬头望了望壁钟，时针马上就要指向清晨六点了。透过窗子，阳台对面的天空已呈现出黎明前清澈纯净的深蓝色，玩具般的神乐坂大街显得格外宽阔而漫长。

（又是一个通宵……）

本来都决定今年不能再纵情驰骋通宵达旦地写书了，但新年伊始的一月份截稿日还是让他无奈地违背了跟自己的约定。这一年里又会如何呢，耕平仍然心有不安。

突然，他的视线被液晶电视旁的相架吸引住了。那是他和那时还在上幼儿园的儿子小驰，还有三年前在一场突如其来的车祸中死去的妻子久荣，一起笑容明媚地站在东京迪士尼乐园的灰姑娘城堡前拍下的相片。虽已时隔三年，想起亡妻，被撕裂的心口仍如刀割般疼痛。如今小驰已上小学四年级，父子俩相依为命。

再看看时钟，这个时间想打个小盹也难了——该给儿子准备早餐了。在这个冬天的拂晓时分，耕平拖着疲惫的身子，向厨房走去。

青田耕平，三十九岁，丧妻。十年前一举摘得《all秋冬》新人奖后正式步入文坛。那时编辑跟他说笑，拿了奖就会越来越忙、越来越辛苦，结果到头来，成名作只出版了单行本，由成名作改编而成的系列作品《道草DAYS》也只能说小有反响。《道草DAYS》写的是一个尚无社会压力的大学生和一个比他年长的职业女性之间平淡如水的爱情故事。这是耕平十年来所发表的十四部作品里唯一引起过小轰动的一部，其他的都无一例外地在初版发行三年后，积压在出版社的仓库里。

耕平有时候也想，是什么神奇的力量让自己坚持下来的呢？从商业角度来说，自己并不属于利润型作家，可为什么还有那么多编辑来邀稿呢？十年来，耕平以都市气息浓郁又不失细腻的文体、沉静又带点幽默的笔调，暗含一抹生活苦涩的文风，被冠以"新潮作家"的称号。背负着这个称号，他似乎已经习惯了目前这个始终得不到突破的安逸位置。他知道，无论自己如何不济，在出版界总能混到一碗饭吃。虽然世界是不公平的，但出版界并非仅靠金钱说话的世界。在这个狭窄而又宽阔的世界里，窝在一个不起眼的角落，可以写写自己喜欢的小说，虽不见得有什么大成就，或许也不失为一种幸福吧。

昨晚吃剩的猪肉味噌汤、日式煎蛋卷加上番茄裙带菜沙拉，就是今天的早餐。猪肉味噌汤是青田自家特制的——先把块茎类蔬菜和猪肉用芝麻油小炒，然后再放入味噌一起炖，等味噌溶透了再放入姜汁。这是耕平从亡妻久荣那里学来的，也是小驰的最爱。早餐做好后，耕平解下围裙，走进儿子的卧室。

"早！"

小驰的作息十分规律，耕平才刚开声，他就睁开眼，略带睡意地看着耕平。那双细长而清秀的眼睛，简直跟久荣是从一个模子里刻出来的。

"早，老爸！昨晚又熬夜了吧？"

"你怎么知道？"

小驰慵懒地坐起身，随手披了件外套在睡衣上，说："当然知道啦。你看你头发乱蓬蓬的，眼睛又无精打采，眉头都要拧出皱纹啦。"

岁月不饶人啊。年近不惑的人了，难免也有不修边幅的时候。

小驰下了床，向客厅走去。耕平跟在他身后，随手又挠乱了他本就睡乱的头发。这一头猫毛似的头发，像极了去世的妻子。

"老爸，"小驰神情严肃地说道，"以后别把我写进小说里了。"

耕平感觉内心被赤裸裸地透视了一般心虚地掩饰道："写的不是你呢，是另一个四年级小男孩的故事。"

故事的主人公名叫小悟，虽然名字不同，但写的也是一个自由作家和一个上小学四年级的男孩相依为命的故事，谁都可以轻易地联想到原型就是耕平和他儿子小驰。可小说这种东西，不论与现实多么相似，它总归是虚构的。只是小说家的家人似乎很难理解这一点，总自觉不自觉地对号入座。

父子两人对坐在餐桌前吃起了早餐。刚煮好的米饭细细咀嚼起来分外香甜。

小驰接着说道："说真的，老爸，以后别再写我了，你知道吗，我们班都已经传得风风雨雨了。"

小驰班里同学的父母有的是耕平的粉丝，以至于平时无人问津的小说月刊在学校炒得相当火热。

"是老爸不好,因为那时候没什么好题材,所以……以后一定注意。"耕平坦白地跟小驰道歉道。

"其实也没什么啦,毕竟你这么拼命写书也是为了我嘛。这次赶上交稿了吧?老爸,你辛苦了。"说完,他喝下一口猪肉味噌汤。

你看,孩子就是这样,冷不丁地来句甜言蜜语,让你不知所措。刚熬夜写完一个父子相依为命的短篇故事的耕平,对此深有感触。

然而,他只是轻描淡写地说道:"嗯,赶上了。等你去上学了,我再睡会儿。"

"嗯。哦,对了,今天学校组织家长旁听,别忘了。"小驰提醒道。

早已疲惫得只剩一丝游息了,下午却还要去学校旁听儿子上课,耕平真想长长地叹口气,然后再唠叨两句。但在儿子面前,他努力忍住道:"我知道了。其实吧,成绩只要过得去就行了,不过还是要努力哦!"

"在班上我的成绩已经很不错啦。"小驰得意地说着,拿起书包上学去了。

这个冬日清晨,耕平一边喝着散发着亡妻味道的猪肉味噌汤,一边暗暗心想自己愈演愈烈的唠叨毛病是不是因为写小说的缘故呢。孩子有时候真是天真可爱,但要是再乖一点就好了,就像小说里的人物一样。

02

"嗞……嗞……"闹钟响了。

耕平睁开眼,刚好十二点。冬日的阳光明晃晃地照在窗帘上,显得格外刺眼。今天,得去旁听儿子上课,还要跟编辑碰个面,是时候起床了。

他站起身,只觉得脚底一阵飘忽,身体里像是灌满了浓雾一般。上了年纪还彻夜赶稿,身体果真有点吃不消了。耕平只好扶着墙,一步一步挪进浴室。

冲了个热水澡,人渐渐清醒了。虽然累到几近崩溃,但好歹赶上了交稿的最后期限,心情还是很舒畅的。吹干头发,换好衣服,耕平走出了家门。

耕平住在神乐坂大街,平时只是在附近转转,他也要穿戴整齐才出门。身为作家,公众形象总是不能小视的,哪怕粉丝极少,撞见率极低,也至少得武装武装,为这种可能性做好准备。他上身穿着一件深蓝色高领毛衣,外面套着那件已经穿了四年的海军蓝开司米夹克,下身则穿着一条普通的牛仔裤,既不会看起来像上班族,也有自己的风格。

大街两旁日式、意式、法式、中式料理店和物美价廉的小吃店比比皆是,耕平心想着,等下带小驰去哪家店吃饭好呢。

"知道答案的同学,请举手!"
"我知道!""我知道!""我知道!"……

四年级三班的教室里，几乎所有孩子都举起了手。耕平双手抱在胸前，久久地凝视着前方。可是，他期望的那只手却丝毫没有要举起来的迹象。其实这道算术题并不难，求三角形面积而已，只是小学毕业这么多年，还从来没有在现实生活中碰到过求三角形面积的问题。

耕平出神地看着小驰的背影，浮想联翩。教育真不可思议啊，把这些有用的、没用的整合成一个"套装"，通通教给孩子，因为谁也不知道将来哪个有用、哪个没用。这个年幼丧母的孩子，这样的教育会把他教成一个什么样的人呢？耕平不禁担心起来。

课有条不紊地上着，整个教室沐浴在暖融融的冬日阳光中，如温室一般。耕平站在年轻妈妈们中间，睡意浓浓。他不断警告自己，绝不能在这种场合打瞌睡，但当睡意再一次汹涌袭来的时候，他不由自主地双膝一弯，"哐当"一声倒在了放在角落的清洁用具箱上。旁边的一位母亲听到响声，赶忙侧过身来，问道："青田老师，您没事吧？"

这一响，不仅老师放下了课本，孩子们的目光也都齐刷刷地射了过来。耕平浑身冷汗直冒，连忙道歉道："不好意思，不好意思，昨晚睡得有点晚，所以……"

小驰面无表情地盯着他，其他孩子都回过头去上课了，他还死死地盯着耕平。耕平轻轻弓下身，双手合十，无声地道了歉之后，小驰这才转过去听课。

出了校门，耕平朝神乐坂咖啡店走去。那是一家圆木小屋风格的咖啡店，二楼似乎是个画廊，经常摆放着一些艺术品，今天摆放的是铁丝工艺品。平日，这里顾客罕至，因此耕平和编辑常常约在这里见面。

耕平对面,英俊馆第二文艺部编辑——冈本静江轻盈落座。众多出版社都有一条不成文的规矩,第一文艺部负责纯文学,第二文艺部负责通俗小说,作家则是根据获奖性质、处女作的登载杂志等自动地划归第一或第二文艺部。耕平对这样的分类并无反感不适,因为他看的书也以通俗小说居多,何况作家写的都是他们能写的东西,考虑属于哪个类型实属多余。

耕平开口打破沉默:"今天好像是直本奖的颁奖典礼吧,你和谁一起等结果呢?"

直本奖是通俗文学的至高奖项,由文化秋冬主办。设立之初,它可助新作家跃入文坛,然而随着名气的节节攀升,不仅得奖是万里挑一,就连提名为候选作品也相当困难,因为它不仅表示对作品本身的肯定,也与作家的个人成就、未来发展以及对出版界的贡献度有着紧密的关系。

"和猫山绘里香小姐一起,就在银座的酒吧里。"冈本编辑已三十出头,却依然散发着一种女大学生的气质。今天,她穿了一袭平日难得一见的紫色套裙。

"猫山小姐真厉害,今年多少岁了?"

"三十一岁。《猫爪酒店》是她第三次入围。"

耕平艰难跋涉作家之路已近十年,不是他没期待过,而是提名对他来说似乎永远都那么遥不可及。直本奖的揭晓是出版界的头等大事,热闹程度绝不亚于逢年过节。这次,朋友们都没入围,耕平心里总算稍稍安慰了些,至于自己能不能得奖,他已经不抱什么期待了,得了奖当然高兴,只是可能性比六月飘雪还渺茫。

冈本从单肩包里拿出一个大信封,放在桌上。信封里装的,是耕平去年在英俊馆《小说北斗》上连载的所有长篇小说的校样。所谓校样，就是用于修改校正的版本。

"已经做出来了啊。"耕平不温不火，听不出一点干劲。创作是件快乐的事，可校稿这类旁枝末节的事，却让人头疼无比。

"我觉得这部《空椅子》写得非常不错，堪称您的巅峰之作。"

编辑当面给予如此高度的赞扬，让身为作家的耕平不知道是该欢喜还是该悲哀。他只知道，喜也好悲也好，时间会给出答案的。于是，他含糊地点了点头。

冈本继续说道："那件事已经过去三年了，我现在还清楚地记得您夫人的葬礼，那时候小驰还很小呢。这是您第一次把夫人出事的事写进小说吧。"

那场车祸已经过去这么久了么，怎么感觉刚发生在上个月呢。

"这的确是我第一次写私小说。"耕平说着，突然担心起来，他似乎看到了小驰那严肃的神情，厉声质问自己为什么把老妈写进故事。小驰不知道，其实作家也有不同，有的写自己的亲身经历，有的则运用超凡的想象力搭建一个完全虚构的世界。写得贴近现实还是远离现实，完全取决于作家本人。

"现在《all秋冬》上连载的《父与子》也相当不错，我看得都哭了，今年的直本奖一定非您莫属。"

冈本今天为何一个劲地夸赞自己呢？或许有点夸张，但她是不会开原则性玩笑的。可即便是这样，今天多少也有点过头了吧，写这本书花的心思跟写其他书没什么两样啊。

耕平突然意识到了什么，说道："冈本编辑，你再这样说，我就真的无地自容了。你有什么话就直说吧。"

"非常抱歉!"女编辑突然低下头去,说道,"虽然我努力跟营销部争取尽量不要削减初版印刷量,但是……"

对于从来没有加印过的耕平来说,初版的版税就是他的全部收入。他小心翼翼地问道:"那减到了多少本呢?"

"《空椅子》本来是印八千本的,但出版社说,这次暂且先印七千本,"冈本一脸遗憾,但又转而安慰耕平,"没关系,不够的话可以加印的。"

初版骤然减少了一千本,也就意味着入账要少十多万日元。钱的事倒还好说,只是初版发行量的削减,着实狠狠地在他心口扎了一刀。他渐渐地感到,通宵写稿的疲惫尚未完全散尽的身体慢慢地沉了下去,沉了下去……

03

吃完晚餐,青田耕平把碗碟放进洗碗机,径自躺在客厅的双人沙发上,茫然地对着电视发呆,小驰叉开两腿坐在地板上,饶有兴趣地看着电视。

耕平似乎还没能从刚刚的打击中回过神来,语气稍显凌厉地问道:"今天上课,其他小朋友都举了手,你怎么没有举呢?"

小驰目不转睛地看着电视,说道:"因为我上课从来就不举手呀,如果你来旁听,我就装模作样地举手,你一定认为那很虚伪,对吧?"

耕平仔细想想,小驰的确有他的道理。就好比作家,有时也需要些乖僻,对世人都热衷的事物反而以冷眼视之,以求达到另一种境界。难道小驰遗传了这一点？

"那有没有好好看书？"耕平继续问道。

或许是出于对父亲职业的叛逆，小驰从小就十分讨厌看书。他一脸无聊地说道："只看了老师要求写读后感的那些。老爸，你觉得看书是乐趣是享受，可对我来说，那是痛苦，是煎熬。"

耕平知道，小驰喜欢的是画画，这一点可能遗传自他美大毕业的妈妈。玻璃茶几上那叠厚厚的A4纸上，画着三条栩栩如生的龙，红色的那条叫赤龙，蓝色的叫青龙，橘色的叫黄龙，分别是耕平、小驰和久荣的宠物。这是小驰根据耕平以前给他讲过的故事画的，他对故事里三口之家和三条宠物龙的神奇冒险记非常着迷，所以现在开始动手画起了漫画。耕平本来以为他只是玩玩而已，可没想到他竟痴迷到兴起时一天画上几十页的程度。

看着儿子画的那些头戴宝石皇冠的龙，耕平像触电般心头一震，他分明看见，漫画里的黄龙和久荣都是那么精神奕奕、神采飞扬。

"黄龙啊。小驰，你说给你找个新妈怎么样？"

小驰一边马不停蹄地画着，一边说："嗯，只要老爸你喜欢就行。反正不管新妈是谁，老妈只有一个。"

老爸和老妈这个称呼，小驰从还没上幼儿园就开始叫，一直叫到现在。一想到父子俩至少还得相依为命地过十年，耕平就觉得胸口堵得厉害。其实给他添堵的不止这一件事，初版的削减让他不禁开始怀疑自己。十年了，他的不安丝毫没有减少过。

"第一百八十四届直本奖获得者是——猫山绘里香小姐！"

公共频道主持人面带一贯冷静的微笑朗读着获奖作品。等他朗读完，画面转切到了记者见面会的现场。

镜头前冈本编辑一袭紫色套装正襟危坐，获奖的猫山小姐还隐约透着几分学生气。耕平看着白天才见过面的编辑晚上就现身荧屏，顿生一种隔世之感。猫山小姐不愧人气与实力兼备，想必《猫爪酒店》一定会一口气加印十万本吧。如果单本定价一千五百日元，作家的版税为售价的10%，那到手的就是一千五百万日元了。

看着别人沉浸在获奖的巨大喜悦中，自己却在猥琐地算着钱，耕平突然觉得自己很悲哀。加印无望的单行本这次雪上加霜，不但没加反倒减了一千本，虽说出版量减少，单本定价会稍有提高，但即使定价一千八百日元，实际到手的版税也只有一百二十六万日元。

作家的收入主要有三个部分：刊登在小说杂志上的原稿费（依作家个人资历而异，耕平是每张原稿纸五千日元）、单行本的版税和出版三年后的文库版税。如果一部作品拿不到这三份收入，作家生活则难以为继。耕平把《空椅子》的预计收入算了又算：原稿费二百四十万日元，加上单行本版税，再加上文库本的版税，每册五百日元，先算两万册的话，那文库版税就有一百万日元，合计四百六十六万日元，拨去个人所得税、采访费、材料费这些杂七杂八的费用后，平均每个月的收入算高吗？

耕平无法给自己一个准确的答案，他只知道，一年勉强写出两部作品的自己，年收入跟同龄的公司职员没什么两样，若跟从事金融、媒体工作的大学同学相比，那就自惭形秽无地自容了，他们是福利优厚的大公司正式员工，自己却是朝不保夕的自由职业者。一般来说，自由职业者必须比正式员工多工作一倍，甚至两倍，才能达到与后者相同的生活水平。从这种意义上说，耕平明显属于弱势群体。

作家世界也是一个等级分明的世界。畅销作家年收数亿日元丝毫不足为奇，只是这类极品终究是极少数，大多数还是像耕平这种勉强可以过活的作家。可见无论是何种艺术，只要在艺术圈里，生活都是相当艰难的。

耕平从小就爱看书，一直梦想着当一个小说家，可以写自己喜欢的故事。其实他的要求不多，只要写的书读者爱看，只要生活小有余裕，他就很满足了。可一想到还得再过二十年房贷才能还清，还得再过十二年小驰才能大学毕业，他的脑子就被一串串无情的数字纠缠如麻，斩不断，理还乱。

唉，先不想了吧，差不多该去洗澡了。耕平从沙发站起身，正准备去浴室放洗澡水，突然桌上的手机响了。他拿起一看，原来是圈里的朋友——片平新之助打来的。

"嘿，耕平，看电视了？"电话那头，历史小说家浑厚的嗓音淹没在周围嘈杂的人声中。

"你是说直本奖吧，看了，这回的大奖得主还真年轻呢。"

"是啊，可怜我们稀里糊涂地成中坚层了。"新之助为文库新作了一系列历史小说，对他每年能写出二十本小说的惊人笔力，耕平佩服得五体投地。新之助突然话题一转："我现在正在索芭蕾喝着呢，你要不要过来呀？反正稿也交了吧。"

索芭蕾，银座的一家文艺酒吧，不仅老板娘美丽动人，价格也算人性，通俗小说家们常在这里聚头。耕平看了看表，快十点了，估计小驰也快睡了，刚好小说也修改完了，那就去吧。

"嗯。还有其他人在吗？"

电话那头突然变成了一个女声，耕平正疑惑着，只听电话那头说道:"我是玛莉亚,片平喝得有点高了,青友会除了你和矶贝,大家都到齐了喔,你快点来吧!"

所谓青友会,是由同期出道的八个作家组成的一个小团体,谈论的话题并不仅限于小说,经常借着酒兴,交流交流出版界这样那样的小道消息,抱怨抱怨生活中这样那样的心烦琐事。

"嗯,那我先问问小驰。"

玛莉亚"扑哧"一声笑开了:"要不,把小驰也叫过来呀,哈哈!也是个学习为人处世之道的好机会嘛。"

山崎玛莉亚与耕平同年,是青友会里获得直本奖的第一人,拥有大批忠实读者。她笔下的恋爱小说,总让人有种被人掐住喉咙透不过气来的感觉。这个看似才华、运气与收入俱佳的女人,恋爱却总是失败连连。每次见到她,耕平都会暗暗地想这是为什么呢,那些可以无条件得到幸福的人选里,或许作家早已被除名了吧,总之这十年来,耕平还没遇到过。

耕平看了看小驰,他还在入迷地画着。蓦地,小驰放下铅笔,转过脸来:"老爸,我准备睡了,你去吧,大人也有大人的交际圈嘛。"

这是耕平的口头禅,因为他经常晚上出门,总会象征性地跟小驰交代一声。小驰不知道,作家跟编辑见面,其实大多都约在晚上。

04

"嘿，耕平！等你好久啦。"耕平右脚刚踏进大门，片平新之助浑厚的嗓音随即响起。耕平环视着并不宽敞的索芭蕾吧厅，宛如夜空般深邃的深蓝色地毯上，错落有致地摆放着数张相同颜色的沙发，墙上装饰着一面面长方形小镜子，比起那些小坐一刻就要花上五六万日元的银座一流俱乐部，这里的装修不算豪华，除了坐在角落处的青友会的作家们，几乎看不到其他客人的身影。

"欢迎光临，青田老师。小驰最近还好吗？"女招待椿接过耕平的外套，问道。

耕平向她点了点头。

椿今年三十二岁，作为一个女招待，年龄似乎已稍稍嫌大了。她今天穿着一件露肩的蓝色连衣裙，长发高高地盘在脑后。耕平还记得曾带着小驰跟她吃过几次饭，因为和作家一样，文艺酒吧的女招待从事的也是朝不保夕的自由职业，正所谓同是天涯沦落人。

耕平刚在沙发上坐定，只听大贯正明说道："我们青友会，谁拿下一届直本奖呢？哎，反正我跟新之助都不用指望了。"

大贯正明，商业小说家，至今仍坚守着在咨询公司上班时西装革履的穿衣风格。他的小说吸引眼球之处就在于包罗万象的最新经济消息，现在交由一个经济类出版社出版，遗憾的是，这个出版社的书没有一本入围过直本奖。

片平接过话茬儿自嘲："我写的都是文库本，所以根本不在考虑范围之内,我大可悠闲地袖手旁观。"

虽说片平写的是历史小说,可穿着却偏爱运动风,今天穿着一件毫无历史感的皮夹克,长相挺端正,留着小胡茬儿,只是轮廓很深,有点像西方人。他的文库本新作——《诚之助同心①微醉》——是一部以犯罪事件为主线的历史推理小说,每卷的发行量已超过三十万本,这对一直以来忠于史实、正正经经写历史小说的片平来说是一个重大飞跃,就如他身上穿的那件皮夹克,看起来没什么特别,却是三十万日元一件的真皮夹克。

"这样说来,我跟你是同类。"说话的是逻辑派悲剧小说家江良利俊彦。他的脸色苍白得一如往常,他总把这归因于思考过多,过于神经质。他热衷于强词夺理地与人争论不休,据说把女编辑说哭过好多次,所以最好不要跟他争论,以免惹祸上身。

他接着说:"那些注重技巧的作品,头脑僵化的直本奖根本不认为是文学作品,所以无论你的构思多么有创意,最终都只能被一票否决。"

直本奖虽是大众文学奖项,但对新悲剧小说、科幻小说和商业小说不屑一顾,回顾历年直本奖的获奖小说清单便会深有感触。

"这样的话,就只剩下写实派的花房健嗣、黑色幽默小说的长谷川爱和写正统现代小说的青田耕平了,噢,还有……"江良说着,把目光投向了一个坐在沙发另一头、还有点大学生气的男生。只见那男生呵呵地笑着,穿着打扮既不合季节,也跟这夜银座的气氛格格不入。

"还有杂家矶贝久这四个人了。我个人觉得,青田或者矶贝

---

① 同心:江户时代的下级官员。

的可能性最大。"

不能不说矶贝是个奇才,他总能从一个非常极端的开篇,将整个故事引导成一个既现实又感情饱满的人性剧,因此年轻读者对他甚为追捧。其实他也入围过一次直本奖,只是评委会认为他的小说缺乏现实性,虚构成分太多,以致最终与直本奖擦肩而过。

他还是那样呵呵地笑着:"我觉得四个人都有可能。"

二十四岁成名出道,获奖机会还多着呢,何况书的销量一直都那么好,今年更是接二连三地被翻拍成电影电视剧……突然,耕平意识到,自己居然在下意识地和矶贝比较,为什么会这样呢?十年前同期出道的作家对耕平的评价都非常高,可能是成名作的印象还鲜明地留在他们脑子里吧,耕平想。

一直在一旁安静倾听的青友会唯一直本奖得主山崎玛莉亚终于打破沉默:"我同意江良的观点。矶贝的新锐与天赋,耕平的流畅与哀婉,两个人各有特点。要不,我们来赌一把如何?每注十万日元,谁中了就全归他。"

"各位,"耕平插了一句,"还是不要当着我们的面吧。"

"那可不行!耕平,你也要下注呀。你打算买谁?"山崎与耕平同龄,穿着一条华丽得丝毫不亚于女招待的连衣裙,自然流畅的小波浪卷发与十年前认识她时一模一样。

结果,矶贝以五票遥遥领先,赌耕平的有两个,也有一个赌花房健嗣的,那就是花房健嗣本人。公布完毕,片平把写好结果的纸杯垫宝贝似的放进夹克的夹层口袋,然后说道:"虽然不知道这张纸何时才有用,但到了那时候,我们就可以拿这笔钱给那个得奖者办一个庆祝会啦。"

"是啊,一定会有这一天的。"不愧是曾经的直本奖得主山崎，言语中霸气微露。自认入围已艰难的耕平，平时连做梦也不敢想拿奖的事。这时，一直让他备受煎熬的出版量削减一事也涌上心头，一不小心，他说漏了嘴："今天我跟编辑见了一面，她告诉我说，新书只能印七千本，本来说好是八千本的。哎，我几乎看不到未来了。"

空气骤然间凝结，大家屏息凝神连大气也不敢出。过了一会儿，花房出来缓和气氛："我们这些人出道之后，出版业貌似越来越不景气了，如今一个新人作家的成名作也只印个四五千本。"

不用算都知道，仅靠如此微薄的版税，一个职业作家根本难以维系生活。江良扶了扶金边眼镜，说道："其中近四成最后都流回了出版社，也就是说，全国一年所出版的数亿本书的一半左右，最后都原封不动地囤积在出版社的仓库里。这样想想，该浪费了多少资源，造成了多少经济损失啊。"

书籍的销售属于委托销售，没卖完的书可以重新返还给出版社。耕平不禁想到自己已出版的那十四本书，一定也被深埋在那个巨大的书籍坟场的某个小角落，纸张发黄，落满灰尘吧。想到这些，他突然憎恶起手头那本新作的校样来，反正等待它的也是同样的下场了，他猛地喝下一大口酒，兑了水的酒精无情地刺痛着他的喉咙。

这时，山崎突然说道："耕平没问题的，绝对没问题！"

耕平对这类毫无理由的期待或是褒奖已经厌烦了："什么叫没问题？这十年，你们总是跟我说，下一个就是你了，下一个就是你了，可哪回应现了？反正我已经对未来不抱半点希望了。"

听了这话，山崎的眼神忽地犀利起来："哪有这回事！我一直在追你的书呢，《小说北斗》上面的《空椅子》，就写得很好啊,一点都不比这次直本奖的获奖作逊色!"

平时笑容满面的历史小说家片平语带伤感:"我记起来了,写的是您已故太太的故事,那时候我都看哭了。"

青友会的作家们都清楚地记得耕平的妻子久荣出事时的事情。

被誉为新一代旗手的畅销书作家矾贝淡淡地说道:"我不管什么畅销不畅销,我只知道《空椅子》称得上是青田老师的破茧之作,我相信是金子总会发光的。我《掌心里的湖》的前一本书,初版也才七千呢。"矾贝说的是他的处女作《Smash Hit》(绝杀),但现在已被翻拍成了电影。

山崎接过话:"作家能做的,不就是写的时候全力以赴么?写完之后就只能等了。"

05

"写书还好吧,就是书出版了以后,被莫名其妙地拉进什么获奖竞赛,烦死了。"矾贝以一种听起来超凡脱俗的语气说道。这家伙年纪轻轻,却已三次入围直本奖。

片平听到这话,不乐意了:"小久,你别站着说话不腰疼,"他嘴角虽然挂着笑,但神情严肃,"有时候,我真有操起家伙打你一顿的冲动。"

面对年长十多岁的作家近乎恐吓的威胁,矾贝仍淡淡地笑着。

这时,山崎站了出来:"矾贝虽然说得有点过火,但我明白他的心情。拿了奖,作品也无所谓变好变差。真正的作家并不是为了追名逐利,世上还有哪种工作比一个字一个字地爬格子更没效率呢？如果拿同样的时间和精力去做更有效率的工作，作家个个都腰缠万贯了。"

山崎说得很对，写作确是一项漫无止境的繁重劳动。耕平不由得望了望镜子，镜子里的自己不知何时又苍老了许多。作家就是这样，无论已经写完多少部，写下一部的时候，还是成天被不安和紧张包围，冥思苦想着该如何突破上一部的极限，以至于丝毫不觉得轻松了稍许。一个普通的公司职员，到四十岁左右大概可以坐到公司中层管理的位置，可以稍稍远离生产第一线，即便是偷点小懒也无人苛责。但作家不同，不仅自始至终孤身奋战在最前线，还没有部下可以支使。从这种意义上说，作家才是"到死丝方尽"的春蚕。

一个超可爱的娃娃音打断了耕平的游思："噢……玛莉亚说得太对啦！"这是科幻小说家长谷川爱的招牌声线，"可就算辛苦，我还是忍不住想继续写呢。"虽然她的具体年龄耐人探究，但少说也三十好几了吧，可她今天穿的那件长袖针织衫上，却分明地印着一只超大型的米妮。更有传言说，她的衣橱里塞满了漫画和游戏的变身装。

椿走了过来，一边给大家的酒杯添酒，一边说道："说实话，我非常羡慕你们的工作，一点一点构筑起一个一个故事，来拨动读者心灵最深处的琴弦。不像我们这些女招待，只能吃青春饭。"

片平破罐子破摔似的回应道："我写的那些文库本，估计没拨动过谁心灵最深处的琴弦吧。"

椿把倒满了的酒杯递到各个人手里，像安慰垂头丧气的孩子似的说道："就算只是为了消磨时间，三十万读者每个月都在等着新之助先生的新作呢,这不是很了不起吗?"

听完这话,耕平下意识地拨动心算盘算起每本650日元的文库版税来。他赶忙打消了这个念头,心底一遍又一遍地告诉自己,这些数字并不重要。

椿的话或许说到了片平心坎里,历史小说家略显得意地说道:"椿小姐,你真会说话!今晚就留下来陪我好了,你要什么我就给你买什么!"

踏遍红尘阅尽无数人的女招待瞥了一眼耕平,然后笑着说道:"那你在筑地给我买套房子吧!"

"才一晚,哪有要房子的呀?"

话音刚落,群青色的沙发上,八个风格迥异的作家不约而同地大笑起来。

笑声中,耕平想起明早还要给小驰做早餐,于是起身跟其他作家告了辞,向柜台走去。椿已经拿起外套站在那里等他了,等耕平走近,她凑过来说道:"小驰最近给我发了好多短信,说学校这样学校那样,搞得我紧张兮兮的,你回去了问问他怎么回事吧。"

真有这种事?这小家伙才十岁,居然跟银座的女招待短信来短信去,那还了得!

"嗯,正好稿也交了,我会好好找他谈谈的,劳你费心了。"

说话间,小巧清瘦的妈妈桑走了过来,她穿着一条露肩的大红连衣裙,脸上的脂粉搽得比坦克装甲板还厚。那是在沉浮不定的银座开了二十多年酒吧的染子妈妈。

"染子妈妈,承蒙您招待了!"

对耕平这样的二流作家，染子妈妈向来都是爱理不理，似乎她的文艺酒吧只欢迎作家，而不是二流作家。她怪声怪气地嘶声说道："没事，等你拿了直本奖，再双倍奉还给我就行啦！"

椿微眯双眼站在一旁听着，等妈妈桑走开，她便推开门，对耕平说道："我也觉得《空椅子》写得特别好，刚才各位的夸赞之词您绝对当之无愧。青田老师，加油喔！"

走出酒吧，耕平沿着林荫道向地铁站走去。高级品牌店的橱窗里，可望不可及的天价手表、服装闪闪发光。凛冽的北风刺刺地刮着脸，可耕平并不觉得寒冷。有一群可以轻松自在发发牢骚的志同道合的朋友，真好；有一个女招待，不，应该说一个忠实的读者发自内心的夸奖，真好。

明天，太阳又将升起，崭新的一天也将铺开画卷。耕平这样想着，步履轻快地走进了地铁。

早晨，耕平特意做了一顿欧式早餐，欧洲风味十足的芝士煎蛋卷配蔬菜浓汁，还有他拿手的蔬菜汤。耕平看着小驰睡眼惺忪一口一口地嚼着吐司，装作若无其事地搭话道："昨天晚上，我见到椿小姐了。"

小驰没有任何反应，继续嚼着他的吐司。

"她告诉我，你给她发短信说了很多学校的事。如果有什么事，你也可以跟老爸说嘛。"

"没什么。"小驰把脸别向刚送来的早报，漫不经心地说道。

一股无名火骤地直冒到了嗓子眼，但耕平克制住了。孩子嘛，也有他自己的想法，没必要强迫他敞开心扉。

"好吧，你现在还不想跟我说的话，我也不强求，但是真有什么事儿的话一定得告诉我喔，老爸绝对站在你这一边，知道吗？"

小驰抬起头，看了耕平一眼，眼中闪过一丝笑意，说道："老爸，你想努力当个好爸爸？"

耕平端着蔬菜浓汤的手停在了半空。这孩子真够犀利，一语中的，像极了他妈妈。于是耕平顺着他的话说道："那你要不要也做个好儿子呀？你装一段时间，说不定真变成一个好儿子了呢。"

小驰听了，一脸认真地思考了好一会儿，然后跟做结论似的说道："好的。老爸，我吃饱了。"说完起身离开了还剩一半煎蛋卷的碟子。

下午，耕平开始着手对《空椅子》进行最后的修改。提笔修改之前，他怀着有如参拜神社般虔诚的心情，仔仔细细认认真真地洗了手，然后坐在书桌前心里默念道：希望这是一本能承载大家满心期待的好书。

'作家往往对自己的作品注以全心，以至于无法恰如其分地评价。耕平极少修改原稿，他觉得修改只在构思阶段才有意义，一旦成为作品，变得有血有肉了，便无法再修改半字。小说就好比人的脸，如果一个人的眼睛和鼻子长错位置了，难道可以挖眼睛削鼻子地换回来？任何小说都有缺陷不足，但这正是小说的魅力所在，翻来覆去地修改不但劳心劳力，说不定还费力不讨好。

这次，耕平把注意力集中在细节的修改上，推敲词句，整顿韵律，纠结难断时甚至整个小时对着窗外发呆。

不知不觉，两个多小时过去了，耕平仍在全神贯注地修改着。

突然，桌上的电话响了。

"青田先生吗？您好，我是四年级三班的班主任小川。小驰在学校出了一点事，可以麻烦您赶紧过来一趟吗？"

耕平不禁心一紧，手一颤，钢笔落到了堆积的校稿上，血红血红的墨水在白纸上慢慢化开……

"好的，我马上过去。"

耕平顺手抓起夹克，飞奔出了家门。

06

办公室旁边那间四壁萧然的屋子，就是学校的家长接待室。冬日的阳光透过暗乎乎的窗户照了进来，照在看上去颤巍巍的旧布沙发上。耕平端坐在沙发上，心心念念地惦记着那无声呼唤他的原稿。可既然来了，就没有现在打道回府的道理，何况小驰的班主任还在茶几那边坐着……

于是，他深深地低下头，道歉道："非常抱歉，我家小驰……"

小驰坐在耕平身边，一脸满不在乎的神情。

班主任小川裕子语气中夹带着几分申诉，几分无奈："小驰同学居然拿着量角器打笠井同学，打得他都出鼻血了。"

"量角器？"

一身运动套衫、身材稍显圆润的班主任满脸严肃："是啊，就是老师上课用的那种木制量角器，要是打偏一点点，后果可就不堪设想了。"

耕平无奈地叹了口气，看看小驰，只见他面无表情地正视着前方,完全没看耕平一眼。

"我问小驰同学是不是不小心才打到的,他说不是,是故意打的。但我问他原因的时候,他又什么都不说了。我知道您是作家,工作很忙,但还是不得不麻烦您来一趟。"

在这所小学里,几乎所有老师都知道耕平是个作家,似乎他们对学生父母的职业都抱有无限的兴趣。耕平回忆这三年来和小驰朝夕相处的点点滴滴,还从没见过他动不动就大发雷霆或是暴力相向的,可这次不但打到同学流鼻血,还半点反省的样子也没有。看着儿子的另一面残酷地暴露在自己面前,耕平内心久久不能平静。

"小驰,你真是故意的?难道你对笠井同学有什么不满么!"

小驰眉头紧蹙,说道:"因为笠井同学他……"

不等他说完,接待室的门"哗啦"一声被拉开了。

"小川老师,这到底是怎么回事啊,我家素铃亚怎么被打成这样……"

一个身穿长毛皮大衣的母亲走了进来,一头卷发染得通红。她身后半遮半掩地跟着一个穿着厚厚羽绒服、留着短短板寸头脑后却拖着一条长如鼠尾的小辫子的小男孩。让人忍俊不禁的是,小男孩的鼻梁上滑稽地贴着一个创口贴,一个鼻孔还塞着纸巾。

身穿毛皮大衣的母亲看到耕平和小驰,顿时怒目圆睁,转身问她儿子:"是那小子打的,对吧,素铃亚?"

素铃亚在同龄男生中算得上个大块头,可他一看到小驰,却突然畏畏缩缩起来,只是一个劲地点头。

"对不起,笠井同学。"耕平低下头,道歉道。

耕平话音未落，小驰冷冰冰地说道："老爸，你道什么歉！"

顿时，本就不大的接待室里，气氛降到了冰点。

男孩的母亲忽地站起身，说道："你看这孩子，真不知道你是怎么教育孩子的！"

耕平淡然无视迎面而来的指责，心想还是赶紧搞定回家改稿要紧。本来只是孩子之间的问题，现在父母也掺和进来，解决起来就棘手了。不管怎样，总之先让小驰道个歉吧。于是耕平一手按住小驰的后脑勺，想让他低头道歉，不料小驰"啪"地一把甩开他的手，怒目圆睁厉声说道："老爸，你干什么！你想知道为什么是吧，那我告诉你好了。"

耕平气不打一处来，扬起的右手却落在了半空，这孩子是怎么了啊，怎么变得这么桀骜不驯了呢。胸腔内愈烧愈旺的怒气使他全身颤抖不已。

班主任老师见状，连忙说道："青田先生，您先别激动，先听听小驰同学怎么说吧。小驰同学，你说说吧。"

小驰直勾勾地盯着一直在母亲身后躲躲掩掩的素铃亚，以一种出奇冷静的大人口吻说道："笠井总是欺负班上的细谷、木村还有吉永。"他顿了顿，接着说道，"说他们单亲、单亲什么的。"

小川老师叹了一口气，说道："哦，是吗？"

这时，耕平大概明白怎么回事了，那个躲在母亲身后鼻梁上贴着创口贴的男孩此时显得越发卑微矮小。耕平问道："小川老师，单亲这是……"

女老师面露难色，迟疑地说道："那三个孩子的父母离婚了，他们跟着妈妈过。"

小驰横眉怒视着身穿毛皮大衣的同学母亲,说道:"笠井欺负细谷他们老实,却对我半句话也不敢多说,他说我老爸是作家,所以给我特殊待遇。"

耕平凝视着儿子严肃而认真的侧脸,恍然明白,原来儿子无法接受的,是这种仅因父母职业关系而对单亲孩子区别对待的特殊待遇。

"今天放学之后,笠井又把吉永欺负哭了,我当时气愤到了极点,打了之后才知道手里拿的原来是量角器。"

话虽至此,红发母亲仍不认为错在她儿子,她挺起胸脯理直气壮地说道:"不管你怎么说,打人都是不对的吧,再说了,你把我儿子这么俊秀笔挺的鼻子打出了血,这也是事实呀。"

小驰丝毫不理会她指手画脚激动的言语,心神淡定地说道:"我觉得笠井是受了家人的影响,因为小孩子往往会自觉不自觉地模仿大人的行为啊,笠井妈妈,你是不是常说班上谁家是单亲妈妈,谁家是单亲爸爸呢?"

"你这个小鬼说什么呢!"笠井的母亲恼羞成怒,满面通红地怒吼道。

小驰不依不饶:"不怕告诉你,自从我老妈在一场车祸中死了之后,就剩我和老爸两个人相依为命,你说,单亲爸爸有什么错?"

话没说完,豆大的泪滴从他稚嫩的脸颊无声滑落。

耕平坐在颤巍巍的沙发上,忽觉一股暖流瞬间流遍全身,让他完全无法动弹。还记得久荣死的时候,小驰才上一年级,每天晚上都要大哭一场才能入睡,才过三年,他就已经变得这么坚强了么,耕平打心里为他感到自豪。但他严厉地说道:"无论你有什么理由，对同学暴力相向都是不对的。小驰，赶紧跟笠井同学道歉！"

小驰站起身，笔直地弯下身，低头道歉道："笠井，对不起！"

一直躲在母亲身后的笠井小声说道："没关系。"

小川老师总结道："笠井同学的行为，也是一种语言上的暴力。笠井同学，你也跟小驰同学道个歉，两个人还是好同学、好朋友！"

鼻子上贴着创口贴的男孩如卸下了千斤重担般脸上荡漾起笑意来，没等他开口道歉，红发母亲突然叫嚷道："开什么玩笑，挨了打还要道歉？素铃亚，我们走！"

素铃亚似乎想说点什么，却被不由分说连拖带拽地拉出了接待室。

从学校回来的路上，耕平领着小驰走进了一家咖啡店。这种环境怡人的咖啡店，在神乐坂并不罕见。

他挑了一个靠窗的位置，父子俩相对而坐。耕平伸出手慈爱地摸了摸小驰的头，说道："不知不觉，你也长大了呀！今天看看你想吃什么，想吃什么就点什么！"

小驰兴奋得几乎蹦起身来："我要特大号的巧克力雪糕也可以吗？"

"当然可以，你是老爸的好儿子嘛。哈哈，刚开始我还完全没有弄清楚是怎么回事，不过以后再发生这样的事，记住不要打头，其他地方嘛，注意下轻重就行啦！"

小驰涨得满脸通红，"扑哧"一声笑了："谢谢你，老爸。这么忙还让你来学校跑一趟，对不起。"

看着窗外微微下斜的人行道上熙熙攘攘来来往往的人们，又看看正在向服务员点特大号巧克力雪糕的儿子，耕平琢磨着，晚餐做点什么犒劳儿子好呢？

07

作家的思考时间和创作时间往往是相互交错的，一边修改着即将付梓的校样，一边天马行空地构思着新书的框架。而现在离小说杂志的截稿日还有足足两周半，不用像上班族一样每天早上按时打卡，也不用开会或跟上司汇报，自己想怎么过就怎么过。这样一段轻松自在的时光，正是青田耕平觉得作家乃理想职业的原因之一。

如果只对《空椅子》稍作修改，加把劲顶多十天就能搞定，但一想到青友会的作家朋友们，还有忠实读者椿对自己的褒奖和期待，耕平就觉得这本书说不定真能创造一个奇迹。于是，在严寒肆虐的岁末，他开始认真仔细地修改起这本书来。

对作家而言，成名只需一本好书。耕平执笔十年，亲眼目睹了无数刚开始只在出版界小有名气的作家后来一路走红的光辉历程，因此对这一点深谙于心。在小说这个艺术世界里，作家的成长并不是像爬楼梯一样一步一个脚印，而是以某一本书为契机突飞猛进的。只需要一本轰动小说或是一个文学大奖，就可以把一个作家以往出版的所有作品炒个火热，不但作家的知名度大幅提高，而且某种程度上还是一种社会地位的象征。当然，作家创作是因为他有创作的欲望，但是要持续创作下去，他人的认同是必不可少的。那些尚未浮出水面的作家们，大概就是在这种创作欲望和期待"奇迹作品"的信念的驱动下坚持下来的吧。日复一日扎扎实实地创作，总有一天神明会看到的。

但耕平对自己的未来已经不抱什么期望了。这十年，他不是没有过梦想，只是当他一次又一次地被关在梦想的门外，所谓梦想本身都已经疲惫不堪了。他怀着一种半放弃半期待的微妙心情，开始进行新书的修改。

二月的第一个星期二，耕平收到了一个厚厚的信封，信封的一角印着"文化秋冬"四个古体字。耕平想，应该是哪个作家的赠书吧，反正不可能是自己的加印版。打开信封，一片湛蓝得几乎要把人也吸进去的天空上飘荡着几朵洁白得耀眼的飞机云的封面呈现在耕平眼前，这是矶贝在《all秋冬》上连载的小说《蓝天深处》的单行本。把书拿上手的那一瞬间，三十余年书龄的爱书者的敏锐直觉告诉他，这一定是本好书。加上这本书，已红透半边天的矶贝一定更加气势如虹吧，将来这个学生气未脱的作家会红到什么程度呢？

"老爸，今晚吃什么呀？"小驰做完作业，从房间走出来问道。

耕平把这本簇新簇新的书放在餐桌上，开始准备晚餐。

把猪里脊肉用带有豆瓣酱辛辣口味的甜味噌腌好后，再烧热芝麻油慢慢煎透。与这个中式猪排搭配的，是一盘由白萝卜、胡萝卜、卷心菜、皮红肉厚的大辣椒混合而成的醋溜青菜。还有一道用切剩的里脊碎肉熬成的汤，撒上一点盐和酱油，放上几片葱叶和老姜。这三年来，耕平的厨艺的确精进了不少。

"老爸，这猪排好好吃喔！"

小驰十岁,正是长身体的黄金时段,食量大得惊人,几乎跟年近四十的耕平差不多。由此可见,随着孩子的成长,父母与孩子的食欲似乎是明显呈反比的。

(自己反正也没得长了,但小驰不一样嘛。)

耕平看着小驰津津有味地嚼着油滋滋的猪排,不知怎的,心里突然升起一股莫名的忧伤。

晚饭后,耕平斜躺在沙发上,饶有兴趣地读起矶贝的新书来。陷入了时间倒流困境的主人公在即将返回正常时空时,却再一次遭遇时间倒流问题——妻子死了。这本书与矶贝以往的风格不同,感情炽烈而又哀伤,细节方面也无可挑剔。这位被冠以"奇才"称号的年轻作家,以往写文章常常漫不经心,在惊心动魄的描写之后措辞却出奇平静。但这一次,完全挑不出这种问题。

"老爸,我先去洗澡啦!"

游思被打断,耕平抬头望了望墙上的挂钟。已经九点多了。这时他才猛然发现,不知何时自己竟坐起身来了!刚开始看的时候明明是斜躺着,什么时候坐起身来的呢。他一边目不转睛地看着矶贝的新书,一边回道:"这本书实在写得太好啦,我等下再去洗。话说你书包收拾好了没?"

小驰对这个爱小说如命的父亲早已习以为常,他径自打开冰箱,直接对着嘴"咕咚咕咚"地喝完一整盒牛奶,然后回话道:"收拾好啦!你还是早点儿洗澡吧,别看着看着就看到天亮啦!"

这语气,跟死去的妻子一模一样。家人之间,为什么竟会如此相像呢?

"我知道啦!你早点去睡吧。"

"好吧好吧，晚安啦。"于是他穿上睡衣，趿着拖鞋"啪嗒啪嗒"地回房睡觉了。耕平又被牵回了书中。

常有记者问耕平：您自己写小说，也会去读其他作家的小说吗？耕平常这样回答：当然，因为其他作家写的小说也很有趣嘛。对于把写小说当作职业这一点，耕平自己也觉得非常不可思议，但对他来说，世上没什么比小说更有趣了。

写作是一个重体力活儿，需要脑力和体力两面开工，正是因为深知写作所花费的脑力和体力，读其他作家的小说才更加有趣。写得好，会激动得禁不住拍手赞叹；写得不好，也莫名同情一番，告诉自己将来说不定也会犯同样的错误。创作是一次次没有安全网的高空走钢丝，一个专业作家看同行的作品时，不会像业余读者一样因一词一句就一棒子打死一部作品甚至否定作者的人格，他审视作品的目光更为温和公道。耕平不禁想到自己，且不说书写得如何，至少作为一个读者的确成熟了不少。

开始看《蓝天深处》时斜躺着的耕平，看完时却已不自觉地端坐在沙发上，这就是这本书的魔力所在。此时时针即将指向凌晨一点。

其实刚读到一半，耕平就意识到，这本书设定的背景几乎跟自己家的情况一模一样：在不同的事故中多次丧生的妻子与失去妻子、母亲的父子。虽然细节上稍有改动，但总体情况并无二致。

矶贝给这个父子相依为命的故事设置了一个的结局：要摆脱时间倒流的困境救出妻子，就必须让孩子在未来消失，即使超越了时间的魔咒，生命的总数始终恒定。要妻子，还是要孩子，主人公必须在蓝天深处的时间管理室里作出选择。而矶贝所作出的选择，是让主人公牺牲自我，永远孤独地在时间管理室当一个管理员,以保全妻子和孩子。

看完这个故事,耕平感动不已,那是读完一本好书后豁然开朗的感动。但同时,他的内心也被扰得纷乱不已,其实他也可以构思出这样的情节,因为无论怎么理解,这个故事都跟青田家的一模一样。然而在耕平目前为止的作品里,没有一部能与矶贝的这部相比。

耕平端坐在客厅沙发上,茫然若失地望着前方,他努力想抑制内心对这位年轻作家愈烧愈旺的嫉妒,但这一切都是徒劳。与矶贝相比,无论是个人才能、审美品味,还是书籍销量,他都自愧不如。强忍着满腔嫉妒之火的燎心之痛,耕平一步一步向浴室走去。

08

第二天,当青田耕平翻开《空椅子》准备再次投入修改时却无奈地发现,自己的注意力竟全部集中在文章的不妥不当不贴不切之处,没办法往下读,更没办法修改。诸如"书桌""喜悦"之类一个个极简单的词语都让他莫名火大,"铅笔"出现的场景合适吗?为什么不是钢笔、圆珠笔或是自动铅笔而必须是铅笔?像这样对所有的遣词用句都心生怀疑的话,如何才能把小说读下去修改下去!虽然他心里明白,要是一直搁置,出版将会遥遥无期,但他没法不把刚修改了一半的长篇小说暂时搁置起来。

以前耕平心情低落的时候,跟青友会的作家朋友们闲聊一番心情便放晴了,但这次跌入谷底却是源于对矶贝新作的嫉妒而无法静心工作，即使撕裂他的嘴巴，他也绝不会把这事透露半点。要不跟《空椅子》的责编冈本静江发发牢骚抱怨抱怨吧，但初版数量从八千削减到七千的打击至今还未消解，况且冈本编辑未曾主动联系，想必她很忙吧。文艺编辑一般都要负责二三十个作家，花费金子般宝贵的时间跟自己这样不卖座的作家聊电话，对她来说不是浪费么，这次必须独自承受这份煎熬。耕平努力使自己冷静下来，告诉自己这或许只是一种被害妄想症而已。对作家来说，想象力这种东西，可以在创作的时候让人文思泉涌，也可以在自信丧失的时候让人备受煎熬。

　　二月中旬的整整一周，耕平每天闷闷不乐地消磨着时光，不但读不下最爱的小说，新书的修改也在原处踏步，除了去神乐坂的超市买些生活必需品，他几乎大门不出二门不迈。早晚做做饭，上午打打扫扫卫生，晚上洗洗衣服，如机器人般一丝不苟地履行着父亲的职责，其他时间都懒洋洋地躺在沙发上无所事事。冬日的寒意没有丝毫减退，春天的踪迹更无处可寻，或许自己的心早已冰封，再也写不出任何小说了吧。这偶然的想法让他陷入了作家的终极恐慌中不能自拔。一转念，他想到十岁的儿子和每月要还的房贷，已奔四十的他也不知能找个除作家之外的什么工作。既转不了工作，也无回头路可走，处于这种进退两难境地的耕平，只能独自承受着难以向他人明说的烦闷。

　　新的一周又开始了，可耕平的心情没有半点好转。编辑约他见面，他只好不情不愿地蹭下了楼。约见地点在新宿三丁目的咖啡店。

　　"好久不见！"这是曾经负责出版过耕平十四本小说其中之一的桥爪浩一郎，偏爱外国悲剧小说，他在独步企划工作，这家公司虽不是大出版社,但偶尔能诞生一两本热门文艺书,也算得上是中坚出版社。

"好久不见。最近还好吧?"去年文学奖晚会结束之后,耕平曾和他一起喝过酒,还一起讨论了新作的构思。因此,耕平心想他这次找上门应该是来邀稿吧。

桥爪有苦难言似的说道:"话说下个月我们文艺编辑部人事大调动……"

熟识的编辑都一个个地被疏散到其他工作岗位,这虽然对已供职于公司的人来说无关痛痒,但对公司外的人来说却是相当凄凉。

"哦,是吗,那你调到了哪里呢?"

"营业部。可能需要接触一下实践工作,多学点销售技巧之类的吧,毕竟现在书籍销售也不好做嘛。"

耕平从桥爪的语气里听得出,人事调动并非出自他的本意。紧闭的窗户外,众多路人行色匆匆地走过,为正值肃杀严冬的新宿增添了一道色彩缤纷的风景线。

"这样的话,就是说我们之前讨论的新书就要交给另外一个编辑来做了?"

"呃,不,实在是有点难以启齿……"桥爪突然沉默不语垂下眼来。耕平预感到危险正在逼近,他深深吸了口气暗暗做好精神准备,说道:"没事啦,我知道这不是你的错。你刚刚想说什么来着?"

故交深厚的编辑定定地看着耕平,说道:"对不起,我们出版社暂时还没有安排您的责编,虽然我非常反对,但这是上面的决定,我也无能为力。我真的觉得那书的构思很不错,可现在还出版不了,我觉得非常抱歉,所以想当面跟你道歉……"

经过好一段时间，这轮冲击波才终于到达耕平心底。还记得刚出道的时候，曾有十多家出版社向他发出热情的邀请，而这十年间一家家减少，现在又被一个出版社拒之门外，终于只剩最后三家。

"好的。"耕平僵硬地微笑着，总算从牙缝里挤出了这几个字。后来是否还说了些什么，耕平完全不记得了，他晕乎乎地从咖啡店出来，走着走着便来到了黄金街，本想一个人去喝口小酒解解愁，却发现是时候回家给小驰做晚餐了。于是他弓着背，无精打采地朝地铁走去。

"耕平先生？"

一个周末的深夜，电话铃突然响了。

此时耕平像个死人一样躺在沙发上，呆呆看着完全没有笑点的综艺节目，权当对自己的惩罚。小驰早就睡了。听到耕平没有作声，电话那头的女声又响了起来："耕平先生，还没睡吧？"

终于听出来了，打来电话的是银座文艺酒吧索芭蕾的女招待椿。他说道："嗯，还没呢。"

灰暗低落的心情，耕平以为已经淋漓尽致地融透在这句话里，可椿似乎没有发觉，她那活泼而有张力的声音再次在耕平耳旁响起："太好啦！我跟小驰约好了明天出去走走呢，你也一起去吧。"

耕平仔细回想了一下，是的，小驰的确从来没有提起过这件事，而且自己正处于自信全失状态，根本无心出门。在不存在绝对客观评价的创作世界里，一旦对自己失去信心，那么等待自己的只有深不见底的黑暗。正当耕平犹豫着要如何回复的时候，椿说道:"小驰给我发短信说,你每天都窝在家里无所事事。"

耕平苦笑道:"还有这事?我一个父亲,居然还让小孩子担心,真是太失败了。"

"哪有,写小说很费脑筋嘛,累了吧,这种时候就该出去散散心。"

耕平心想,反正周六在家也做不了什么事,出去散散心也不错,但他不知如何说是好,于是只有沉默。

椿继续说道:"明天我做点便当带过去,你也好久没陪小驰出去玩了吧,他还跟我抱怨说老爸连周末都整天窝在家里呢。"

耕平回想了一下今年冬天的所有周末,确实没有带小驰出去玩过几次。虽然自由职业者可以自由安排时间,却总不如上班族那样有张有弛。于是他回应道:"嗯,那就加上我吧,不过我得先给你打个预防针,我现在工作完全不在状态,心情也不是很好。"

电话中,隐约可以听得到繁华街市的喧闹。耕平看了看手表,凌晨一点多,椿大概也是刚下班吧。

椿说道:"没事啦,我知道你是作家里难得一见的顾虑他人感受型的人,就算自己心情不好,也不会迁怒到别人头上。在我们店里,甚至比我们还在意气氛,哈哈。那明天早上八点我去接你们。"

说完椿微妙地顿了顿,然后悄声说道:"耕平先生,加油!"然后快速地把电话挂了。

耕平拿着听筒,出神地看着被挂断的电话发呆。

09

周六清晨的天空,从黎明前开始已是一片晴朗。

耕平站在客厅的落地窗边,兴味索然地看着远处渐渐明亮的天空。昨晚他彻夜未眠,接连看完了三张没有CG或动作场面的欧美、亚洲电影DVD,虽然小有趣味,但完全唤不起共鸣,看完后唯一的感想就是,导演、编剧都太有才了,有才到令自己诚惶诚恐。可见自信丧失的魔鬼已把他的灵魂折磨得何等凄惨。

给儿子做好早餐,耕平迷迷糊糊地躺在客厅的沙发上,似睡非睡。听到门铃响起,他如惊弓之鸟一般猛地从沙发上弹了起来。小驰赶忙走到餐厅,对着墙上的液晶屏和椿打招呼道:"早,椿小姐!我和老爸马上就下楼啦!"

耕平揉了揉肿胀的双眼,只见小驰丢了件大衣过来。这件深蓝色的带帽呢大衣小驰也有一件,是两父子的亲子装。

小驰满脸无奈地说道:"老爸,你说你不修边幅倒也算了,胡子还是要刮一刮吧。"

"啊,忘了刮了,要不你先下去吧,老爸刮完胡子洗完脸马上就下去,三分钟搞定!"

"好吧,老爸,那我先下去啦。"小驰把大挎包往肩上一挂,向玄关走去。耕平看着他微勾着背走出门去的身影,似乎从中找到了那个自信全失的自己的影子。

耕平走出公寓的自动门,一阵微风迎面吹来。二月的徐徐微风,宛如春风般轻柔暖和。椿摇下车窗向他招手。只见她扎着红艳艳的发巾,带着茶色斜纹镜架的太阳镜,酷似五十年代的电影女明星。椿之所以戴太阳镜漂亮,大概是因为鼻子与下巴比例匀称吧,耕平想。

"早,耕平先生。小驰说想把车顶打开,您说呢?"

椿开的是一辆红色标致,只要按下按钮,车顶就会自动折叠,变成全敞篷式汽车。小驰兴奋得大声叫了起来:"喔!开吧开吧,你看,一点都不冷。"

"行,今天你才是主角嘛。椿小姐,那就打开吧,不好意思。"

耕平呆望着车顶慢慢打开,直至完全落下。他对车并不追崇,所以自己没有买车。神乐坂的交通出行很方便,约摸两千日元就能打的去到东京的任何地方。对经济并不宽裕的耕平来说,拥有一辆私家车可以用上"奢侈"二字。

车顶打开后,椿从里面打开车门,小驰兴高采烈地坐到了车后座上,副驾驶位空着。恍惚间,耕平觉得久荣的影子似乎和眼前的椿重叠起来,如梦幻一般。若久荣还在世,一家三口一定也会像今天这样驾车出游吧。

小驰坐在象牙色的皮座上冲他喊道:"老爸,快点啦,不然路上要堵车啦!"

耕平这才回过神来,收拾好刚才的恍惚,坐上了车。

汽车飞驰过一条又一条高速公路,两个多小时后终于到达了南房总。一路上,椿和小驰聊得热火朝天,耕平却一直沉默地看着车前的路,每条路都看不到尽头,也似乎没有尽头,真是不可思议。

椿一手掌着方向盘,另一只手解开外套的衣扣,说道:"原来房总半岛的南部已是春天啦,这么暖和。"

太阳从敞篷的车顶照了进来,晒得人热烘烘的,耕平和小驰干脆把外套都脱了下来。远处,白色的洲崎灯塔在太阳下熠熠生辉。目的地——房总花场到了!

双车道的公路两旁,性急的油菜花已迫不及待地给田圃铺上了鲜黄的地毯。平时和父亲单独相处时都表现得很大人的小驰看到这满眼的油菜花也禁不住探出身子,欢呼道:"太棒啦!这些花每年都会开的吧,它们又看不到自己开得有多漂亮,为什么还要这么拼命地开呢?哇!多鲜艳的黄色呀!"

耕平已年近不惑,人生差不多走完了一半。这一半人生里,成功失败各占一半,成功的是可以写自己喜欢的小说,有一个好儿子;失败的是中年丧妻,工作也不尽如人意。每年长一岁,他就痛感一次自己的无力。每年花儿们都鲜艳地绽放,每年春天都如约地来临,这是多么不可思议的事情啊。

椿似乎感觉到了什么,她把车停在油菜花的停车场上,然后说道:"虽然还有点早,要不我们就在这里吃午餐吧。"

"老爸,你工作辛苦,还是我跟椿小姐来准备吧,你先坐在车上等等。"

耕平看着小驰和椿在停车场和油菜花地相接的小土堤上铺好餐布,打开藤篮,把便当和纸质碗碟拿出来摆在餐布上。土堤上每隔一小段距离就有一家人围坐着吃午餐。

"老爸,下来啦!椿小姐做的午餐哟!"

耕平疲惫地笑着脱下皮鞋,坐在餐布上。花椰菜和甘蓝做成的沙拉、炸鸡块、煎鸡蛋、那不勒斯式意大利面,还有饭团,每一样都是小驰爱吃的。酱油炒腊肠作馅儿的饭团,是久荣最为拿手的料理。白白的饭团上稍撒了点猪油和酱油,看上去很是诱人。果不其然,小驰最先伸手拿起的,就是饭团。

耕平看着面前丰富多彩的料理,轻轻地低下头说道:"椿小姐,每次总是麻烦你,真不好意思。"

在南房总明媚的阳光下,椿没有半点银座女招待的风尘作派。她客气地笑着说道:"没有啦,小驰拜托我嘛,所以才稍微……"

耕平拿起一个饭团,塞进了嘴里,多熟悉多怀念的味道啊。眼前,一大片油菜花在风中摇摆起舞,远处,暗蓝色的大海悠闲自在地拍打着海岸。

"耕平先生,偶尔离开东京出来走走,心情好些了吧。"

耕平没说话,只是点了点头。他努力地把注意力集中在食物上,想暂时忘却工作的事情。

"老爸……"小驰吃完正餐,一边嚼着满口的水果沙拉,一边说道。

"嗯,怎么了?"

"最近你一直在烦着什么,对吧。虽然我不知道你在烦什么,也帮不上什么忙,你看看这个。"说着从外套口袋里掏出一个信封,硬塞似的递给耕平,飞快地穿上运动鞋跑进菜花地里去了。

"小驰还害羞着呢。"椿笑着说道。

"说不清他到底是个大人,还是个孩子。男孩子一上十岁,就让人捉摸不透了。"

或许所有父亲都并不了解儿子吧。因为性别相同,所以有的事情很了解,但也正因为性别相同,有的事情却并不了解,父亲与儿子就是这样。耕平打开信封,只见三条红、蓝、黄的小龙跃

然纸上,下面用蜡笔写着几行孩子气的字:

>老爸,加油!
>我会一直给你加油的!
>永远支持你!

耕平双眼饱含着泪水把信递给椿。椿感叹了句"啊",便再也没说出第二个字。

这段时间,自己一直没心情工作,整天闷闷不乐,原来他都看在眼里,关切在心里呢。这次驾车出游,一定也是这孩子的主意吧。连孩子都知道关心父母了,而身为父亲的自己却只顾着自己的烦心事,这样的父亲,真是做得太失败了。

"我过去看一下!"耕平猛地站起身穿上鞋,也跑进油菜花地里去了。

10

眼前是一片鲜黄的花海。每一朵小小的油菜花都沐浴在南国温柔的阳光里,闪耀着鲜嫩的色彩,在潮腥海风的吹拂下,花浪滚滚,一会儿向着大地鞠躬致敬,一会儿又对着太阳昂首挺胸。

青田耕平跑下土堤,穿过油菜花地里细长的田埂,追上了儿子。小驰站在田埂尽头,被油菜花簇拥着,仿佛要飞上天一般。耕平在离他半步远的地方停下脚步,轻轻拍了拍他的肩膀。小驰突然说道:"老爸,你在椿小姐的店里喝过酒,对吧。"

他到底想问什么呢?难道跟椿是银座文艺酒吧的女招待有什么关系么?

"嗯,是啊。"耕平答道。

小驰倏地回过头来,本和久荣一样白净的小脸通红通红的,说道:"那喝醉了,大概就是像我现在这样吧,大人喝醉了,心情会变好是吗,老爸?"

每天都要画那么多张画的小家伙,对视觉的感受一定很敏锐吧。面对着这一大片油菜花,他的身体、心灵一定都陶醉其中了,说不定他真有画画的天分呢,哈哈。这瞬间闪现的念头,就是父母的痴爱啊。耕平笑了,更重要的话还没说呢。

"小驰,老爸这十多天来怪怪的吧。"

小驰看了耕平一眼,说道:"嗯,是啊,完全没笑过,跟我说话的时候也是,吃饭的时候也是,看娱乐节目也是,一丝笑容也没有。"

若不是小驰这样说,耕平压根没有意识到这一点,看来当作家的孩子也不容易啊。

"是么。老爸是不是经常这样怪怪的呀?"

小驰微微皱起眉头,在他润泽的黑发后面,一望无垠的油菜花翩翩起舞。

"嗯,写小说的时候的确经常是这样,但是好像都没有这次这么痛苦,老爸,你没感觉么,你最近总是一个人自言自语……"

"是么?说了些什么?"

"说什么不行,不行,真的不行之类的。"

耕平无言以对。一般人的话,每天听着家人说些这样奇奇怪怪的话,一定也很崩溃吧,何况他还只是个小学生。

一阵海风吹来,吹弯了油菜花,也吹乱了小驰的头发。

耕平说道:"对不起,小驰。"

小驰微微笑着点了点头,宛如大人般说道:"没事啦。写小说很辛苦嘛,所以老师们,还有班上同学的爸爸妈妈都说老爸很厉害呢。"

真的么?自己真有什么地方很厉害么?难道不是因为做不来其他工作,才紧紧抱住作家这个饭碗不放么?耕平愣愣地想着,然后说道:"前不久,一个作家朋友送给我一本书,写的是一个父亲和儿子相依为命的故事,就跟我们一样。"

小驰面朝着盛开的油菜花问道:"青友会的朋友?"

"嗯,是啊,比老爸年轻,又有才华,写的书又受欢迎,还非常有钱。"

或许是头一次从自己的父亲嘴里听到这样的话吧,小驰嘶哑着声音附和道:"哦,是么……"

"是的,所以老爸很嫉妒他。这样的书我觉得自己也能写出来,但我知道,真正下笔的时候一定写不了他这么好。老爸写了十年书,接下来要出版的已经是第十五本了,现在却发现自己没有写小说的天分,你说老爸能不痛苦么?同时,我也瞧不起我自己,憎恨我自己,居然去嫉妒自己的朋友,所以根本没心情工作。"

这才是真正的自己,根本没有任何值得人家羡慕或称赞的地方。

"老爸,你也真是太狭隘了。不过你下一本书不出的话,我们俩可就生活不下去啦。"

小驰的最后一句话让耕平惭愧到无地自容,他笑了笑,只是笑里掺杂着几分自嘲。小驰慢慢转过身来,看着耕平。父子俩面对面站在油菜花丛中,隔着半步。小驰激动得双手握着拳,说道:"可老爸还是老爸,就算不写小说,就算有点狭隘,老爸还是老爸啊。要是你不能工作了,我也可以工作的嘛,只要不丢下我一个人就行了!"他一边动情地说着,一边竭力忍住夺眶而出的泪水。可以工作?一个十岁的小屁孩可以做什么工作?小驰歇斯底里地喊道:"做服务员也好,打下手也好,去饭田桥的书店求大家买老爸的书也好,我都愿意做。老妈死了,要是老爸也不在了,就只剩下我一个人了,那谁来保护我呢?我一个人也活不下去啊……"

他说完,便再也忍不下去,放声大哭了起来。耕平用力咬住嘴唇,强忍着泪水,一把紧紧地抱住双拳紧握哭泣不已的儿子。

写小说不是自己愿意终身为之奋斗的理想职业么?为了儿子,也为了自己,就算没有丝毫写作才华,无论如何也必须坚持下去。如果连小说也失去了,那自己还剩下什么?有时间去嫉妒自己的同行,去哀叹自己的悲惨,还不如拿起手中的笔多写一句一行。一个没有才华没有灵感的人有资格轻言放弃么?被抱在怀里的那个小小的身体,虽然弱小,却惊人地火热。

"小驰,对不起,老爸错了,今天回去就马上开始工作,以后再也不说不行不行了,也绝不轻言放弃。"

"嗯,嗯。"小驰慢慢地松开拳头,紧紧地抱住耕平,"老爸,我担心死你了,我看你这段时间跟老妈去世之前一模一样,还想你是不是也要死了呢,真的担心死我了。"

久荣从出事之前半年开始,行为就有点古古怪怪,这一点耕平比谁都清楚。可那场事故,究竟是不可避免的宿命还是久荣的自杀，耕平心里也不甚清楚。

"好啦，老爸不会死，也不会古古怪怪了，工作也会好好加油。椿小姐还在等着我们呢，擦擦眼泪，我们回去吧。"他说完话，抽出几张纸巾递给小驰。小驰接过纸巾破涕为笑，使劲擤了擤鼻涕。

父子俩走在油菜花丛中，看到椿正站在土堤上向他们挥手。田埂上星星点点盛开着蒲公英可爱的毛茸茸花朵，有的却被踩踏得沾满了泥土。

"老爸，花田里的花不能摘，田垄上的蒲公英总可以的吧？"

"摘来干什么呢？"

"当作送给椿小姐的礼物呀！"

耕平突然觉得，小驰似乎比自己更懂得女人心。他蹲在田埂上，看着小驰起劲地采摘着一朵又一朵蒲公英。这是长大后第一次凑这么近地看蒲公英的花朵，嫩绿的茎秆上，昂扬着一朵骄傲自得的小黄花。在这个油菜花群生的田圃里，谁会注意到脚下这默默无闻的蒲公英呢？和高大的油菜花相比，这匍匐于地的蒲公英或许得不到多少太阳的眷顾吧。可即便如此，它们还是努力地骄傲地开放着，它的美，其他任何花都不可企及。

伸手欲摘一朵在手，耕平突然想到，这朵蒲公英不就是自己么？即使无人欣赏，也可以骄傲地绽放。如果说，所有的花都有各自的美丽，那作家不也是一样么？自己的创作之花已经无法改变了，就像蒲公英想变成油菜花，那最多也只能是像而已，到最后反而失去了蒲公英原有的美丽。耕平一朵一朵地数着蒲公英的花球，坚定着自己的决心，然后怀着无尽虔诚摘下了一朵。

11

"椿小姐，这个给你！"

小驰把一束比他头还大的蒲公英递到椿面前，参差不齐的茎秆用土堤上的枯草胡乱地绑着。看到这束花，椿惊讶得目瞪口呆，说道："我收到花么高兴，恐怕这还是第一次！"

耕平大吃了一惊，他分明地看见椿用小指尖轻轻地抹去眼角滑落的泪水。她在银座工作，对高贵的玫瑰、兰花大概都习以为常了吧，而现在却被一束沾着泥土的蒲公英感动成这样。

小驰兴奋地说道："老爸说，今天出来了一趟心情好多啦。椿小姐，真是多亏了你帮忙啦！"

"哈？也就是说这个计划是小驰拜托椿小姐……"

椿扎着一条鲜红的头巾，胸前抱着那一大束蒲公英，宛如一个清纯的少女，散发着与夜晚在银座时完全不同的气质。她说道："是啊，小驰跟我说，老爸可能要死了，你快帮帮我。所以我就推了山王企划社长的邀请，让店里的女孩们都去了他的叶山游艇会呢。"

山王企划娱乐事务所可是索芭蕾一等一的贵宾，每个月几乎都为索芭蕾贡献好几百万日元呢。

"椿小姐，好像你就是负责那位社长的吧，其他人都去了，你这个负责人反倒不去，没关系么？"

银座的所有俱乐部都实行终生点名制。成为负责人，虽有一定提成，但不仅要为顾客赊下的账单承担责任，还要把顾客的心牢牢拴在店里。椿笑着说道："但是小驰跟我说您可能要死了，我不能坐视不管呀，哈哈！没问题的啦。再说，那个社长更喜欢年轻的女孩子，回头我好好跟进一下就好啦。"

不知何时，小驰已坐上了餐布，从还没吃完的水果沙拉里挑出几颗草莓吃了起来。

"小驰，你看你吃得满手都是草莓汁，赶紧用手帕擦擦。"

小驰抬起头，嘴边红红的全是草莓汁："好啦好啦，老爸，我看你确实心情好多了，连生气都精神百倍啦，哈哈！"

耕平假装生气地瞪了小驰一眼，却并不理会他，而是向椿低下了头。

椿急忙摆手，诚恳地说道："您不要这样，耕平先生，您没什么需要道歉的，真的……"

"不，这么多年来，我第一次感觉到自己竟如此不自信，我胆怯了，觉得自己再也写不下去了。但是，这些全被南房总的春风吹得烟消云散了，特别是看到蒲公英之后。"

"蒲公英？"椿看着怀里那一束野趣盎然的蒲公英，一脸疑惑。

"是的，蒲公英，即使无人欣赏，它也骄傲地绽放。十年来，虽然没有人正视我，但我相信蒲公英也有蒲公英的价值，所以我决定了，从今往后就做一个像蒲公英一样的作家。"

椿两手抱紧花束，说道："我就喜欢蒲公英。"

耕平不知如何回答是好，于是附和道："啊，是吗？谢谢。"

椿稍露愠色地说道："耕平先生，您总那样畏缩不前怎么行呢？虽然我只是区区一个陪酒女郎，但是我相信您有不凡的才华。您之前不是疑惑么，为什么自己不卖座但编辑们还是来邀稿，那是因为他们相信您的才华，相信您的未来。我想一定是这样，因为编辑们不可能干赔钱买卖。"她转而轻声说道，"您大可以昂首挺胸的嘛。"

耕平"扑哧"一声乐坏了："哈哈，因为是个作家就可以昂首挺胸，就有资本跟俱乐部的女孩子打情骂俏？我都觉得鸡皮疙瘩要掉满一地呢，再说了，椿小姐一定也讨厌那样的我吧。"脑海里，几个当红作家的脸孔翻涌了上来。

椿装作什么都不知道地说道："我觉得没关系呀，反正您也是单身。"

这时，小驰轻轻地扯了扯耕平的袖口，抬头看着他，用一副什么都尽收眼底的表情说道："哎，你们大人之间的话题待会儿再慢慢聊吧，老爸，赶紧尝尝，这甜点好好吃喔！"

下午，三人又围着房总半岛转了半圈，回到神乐坂已将近日落时分。

耕平解开安全带，扭过头看了看车后座，小驰正睡得香，大概是高速公路堵车时太无聊而睡着的吧。

"要不叫醒他吧。"

"等等，耕平先生。"椿小声说道。

车窗外，洁白的大理石拱门如美术馆般流光溢彩，这是耕平入住的公寓楼唯一的豪华之处。

"有什么事吗，椿小姐？"

椿一副很受伤的样子，表情忽明忽暗。耕平想，这大概就是椿的魅力所在吧。

"您总是叫我椿小姐、椿小姐的，好像在刻意跟我保持距离一样。"

关上了车顶的小车里，光线昏暗不明，似乎还残留着些许引擎的余温。一种强烈而又微妙的亲密感在这个小小的空间里悬浮，升温。

"你不也总是叫我耕平先生、耕平先生的嘛。"

"……那是因为工作习惯。"椿噘起饱满的双唇，满脸委屈地看着耕平。

"好好好，我以后一定注意，椿……小姐。"

耕平还是不由得加上了"小姐"二字。要突然改变一直以来习惯的称呼，对他来说并不容易。但椿却突然一脸明媚地说道："嗯，我也差不多该走了。"

耕平伸长手，正想把儿子叫醒，却忽然感觉到什么东西碰触到了左脸颊，柔软温润。他猛地回过头，惊愕地看着驾驶位上坐着的这个女人。

椿微带笑意地看着他，说道："不小心留了点儿唇印。"说着便伸出细长的手指给耕平轻擦了擦。

"谢……谢……谢谢。"耕平害羞似的看着别处，慌乱地说道。

"耕平先生，请别放在心上，我是太高兴了，觉得好像跟您有种心灵相通的感觉，所以才……"

"……差不多该把小驰叫醒了。"耕平慌忙转移话题，然后转过身往车后座一看，却发现小驰已经睁开了眼，于是连忙掩饰道："啊？小驰，你醒啦，那我们回去吧。"

耕平带着小驰在附近的小食店简单地吃了点晚餐，回到家冲完凉就打开了电视。不知道是不是白天玩得太累了，小驰今晚画也没画就早早地爬上床睡了。自从妻子过世后,耕平每晚都要在儿子临睡前抱着他,陪他说说话,哪怕是一小会儿。现在小驰卧室的灯已经熄灭了,耕平蹲在儿子床边,静静地看着他,这是耕平一天中最放松最幸福的时刻。

"小驰,今天玩得开心吗?"

"嗯,很开心呀。而且,老爸,我发现了一件事。"小驰的前额上,头发湿湿乱乱的,似乎是刚刚没吹干。

耕平伸出手,轻轻地给他理了理,然后问道:"发现了什么呀?"

"老爸,你回来之后,再也没自言自语地说什么不行、不行之类的话了。"

"对不起,老爸让你担心了。老爸以后会好好努力工作的。"

"嗯,也不要太勉强自己了。"

耕平一把紧紧地抱住他,什么话也没说,走出卧室时甚至忘了带上门,就径直走进了自己的书房。那里,新的长篇小说正等着他修改。此时的他,既不奢望它能成为"奇迹作品",也没有那种非大卖不可的迫切感,他只是怀着对蒲公英之美的向往,以一种沉静如水的心态全身心地投入到稿件的修改之中。

12

整整一周,青田耕平如亲鸟孵蛋一般全神贯注地修改着《空椅子》,只要发现一点小小的不妥当之处,他就马上在已贴满便利贴的校稿上删删减减、涂涂改改。

以前耕平几乎没有修改校稿的习惯,这次却把它从头到尾改了个通红。读着读着又改,改了之后又读,不知反反复复了多少遍,以至于他自己都无法判断这部长篇是写得好呢,还是不那么好。他只知道有些地方让他心满意足,有些地方却让他泪流满面。写小说就如同唱歌,当你完全沉浸到音乐之中时就会听不见自己的声音,必须借助第三者的评价才能判断自己的确切位置。正因为如此,所有表演者的烦恼诞生了。

二月的最后一个星期五,在神乐坂的一个咖啡店里,耕平见到了英俊馆的编辑冈本静江。午后的咖啡店里除了他们一个客人也没有,二楼的画廊里的展品这次换成了原创摄影,全部都是长曝光拍摄的夜幕下的河川,看上去似乎在黑暗中仍微闪着波光,缓缓地流动着。冈本认真地翻阅校稿,然后说道:"青田老师,您这次改动了不少呢,似乎动真格了呀。"

对冈本来说,这是她所负责的耕平的第三本书,看了矶贝的新作后再看耕平的校稿,她并没有弃之不读的冲动。

"最近状态比较好,心想,如果这次好好修改的话会变成什么样呢?于是就……"

"噢,是吗?"

耕平正想着怎么接话,冈本突然低下头来,说道:"非常抱歉,我没能说服营业部,所以初版数量还是减少了一千本。"

其实耕平早就把初版削减的事抛到九霄云外去了,因为他本就不是那种斤斤计较销量的作家。

"不过您放心,这本书我一定会尽全力做的,装帧裱画马上就做出来了。"

有的作家对书籍装帧近乎苛刻,而耕平不是。虽说这个时代封面与标题一样左右着书籍的销量,但每一个设计师都是专业的,都是认认真真地读了原作之后才想出的创意,把装帧交给他们有什么不放心的呢?耕平常听编辑们抱怨,有的作家没有半点设计审美,却总是纠结于作品的装帧,往往搞得人很头疼。

"嗯,那就拜托你了。"

冈本拿起桌上的发票,说道:"老实说,这本书我反反复复读了好几遍,所以我绝对相信这本书是您的重大突破。虽然书还没有出版,我这样说有点奇怪,但我相信这本书一定会吸引大量新读者的。"

耕平虽然知道冈本编辑是真诚且认真的,但是十年来无数次听到"下次就是你了"之类或安慰或鼓励的说辞,他已经听多了听惯了。他平淡地说道:"谢谢。只要能加印一千本甚至一千五百本的话,我就已经谢天谢地啦。"

十年前的处女作到现在已出版的第十四本书,从没有一位编辑以任何形式告诉过他书籍加印的消息。

"我们一定会好好做,让它大卖的。"

虽然编辑说得光鲜亮丽,但耕平除了苦笑还是只能苦笑。书籍的销量确实和销售方面的努力有很大关系,但它并不是加大宣传就能大卖的东西。因为书籍是非常个人的,即使是热卖上百万本的畅销书,把读者数量换成比率的话,还占不到日本总人口的百分之一。所以说,就算畅销,也是小规模的小打小闹,这就是书的世界。

耕平问道:"下一本书大概是什么时候呢?"

冈本拿出随身的记事簿,确认了其他出版社的出版计划表后,说道:"呃,大概十月份左右吧,您在文化秋冬上连载的《父与子》。"

出版界有这样一个常识:如果作家的出书间隔过短,就会导致书与书之间争抢读者的现象出现,这对销量非常不利。而对于一年才能勉强出两本书的耕平来说,这种担心根本就是多余。

"那边的连载也很不错啊,青田老师,看来您的时代来了。"

"啊,是么。"耕平附和地应答着,站起身来目送编辑离开了咖啡店,然后悠然地弓起背,沿着上坡向神乐坂走去。天气还不错,太阳晒在背上暖融融的,只是二月的风,有点冷。

把校稿交给了出版社就意味着作家从此对这本书回天乏术了,不论是写得好还是写得一塌糊涂,最终都将以书籍的形式固定下来,在世上流通回转。这对耕平来说,既有些许空虚和无力,又有种终于脱身的释放和自由。

耕平回到公寓,把堆积如山的脏衣服丢进洗衣机,然后开始整理书房。书房三面都摆放着天花板那么高的书柜,满满的都是书。待在书房里,基本上听不到外面的声音,冬天也十分暖和。耕平把《空椅子》中参考过的资料放回书柜,然后用湿毛巾擦了擦书桌上的积尘。

(如果《空椅子》真如编辑们还有青友会的朋友们所说的那样火了的话,怎么办呢?)

耕平明知抱有这种期待到头来剩下的只有失望和空虚,但他还是无法止住这种奇怪的空想。虽然在日本,作家被等同于解决生存和烦恼问题的专家,但其实作家心里也有自负,也有愚笨,也有欲望,就跟他们作品中的人物一样。在小说这样虚构的世界里，或许可以装作什么都懂，但现实的人生却远没有那么简单。

下午三点半，内线电话"嘟——嘟——"地响了。从猫眼里一看，原来是小驰。

"回来了啊。"说着耕平给他打开了门上的自动锁。

其实耕平家的门是可以拿钥匙从外面打开的，而且小驰也有钥匙，不过他还是喜欢叫耕平来给他开门。打开了自动锁，耕平站在门口不动了。

"吧嗒"一声，门开了，小驰自己拿钥匙开了门，精气神儿十足地说道："老爸，我回来啦！"

"嗯。"

"老爸，这个得洗洗。"说着把布袋丢给耕平。

好不容易书大功告成了，却还得洗儿子的运动衫。身兼作家与家庭主夫这两个角色，确实是一件辛苦的事。

"对了，小驰，你不是跟我说现在的运动鞋小了？"

"对啊，总是会磨到脚趾尖，有点痛。"

耕平低头看了看小驰脚上穿的那双蓝色运动鞋，脚尖处的橡胶已经磨损了很多，就要破出一个洞来了。

"明天周末，商场一定很多人，要不现在就去买吧？"

"那你的工作呢？"

耕平顿了顿，笑着说道："都做完啦，新书也修改完交给编辑了，今晚可以好好地放松放松啦。"

"哇，太棒啦！老爸，"小驰兴奋得跳了起来，"新书就要出版了，也就是说我们还是可以生活下去对吧？也不用搬出这栋房子了对吧？"

耕平忍不住笑了，这孩子记忆力真是太惊人了。在南房总的油菜花地里耕平曾跟他说，如果这本书出版不了，我们父子俩就生活不下去了，他到现在还记得。

"嗯，暂时没问题，哈哈。"

小驰乐得不得了，得寸进尺地问道："那晚餐吃得奢侈一点也可以吗？"

"哈哈，那好吧，就奢侈一点点吧。"

其实小驰所谓的奢侈，顶多也就是寿司或者烤肉。他毕竟还是个小学生，想不到去吃什么高级的法国料理或是日本料理。耕平凝神想了想，然后说道："那我们到了新宿先去买鞋，然后去玩具店玩一会儿，再去吃寿司，好不好？"

"赞成！"

小驰脱下运动鞋，走进屋里，猛地一把抱住了耕平，一股男孩子独特的充满草原气息的汗味扑鼻而来。

"老爸，谢谢你！"

耕平轻轻抱着儿子，拍了拍他笔挺的脊背，朝客厅走去。

第二章

01

四月二十五日，《空椅子》由英俊馆正式出版上市。

一直以来，耕平都有个习惯，自己的书在各大书店开售后的很长一段时间里，他绝不去书店溜达。虽然他很确定自己的新作绝不会是寒碜的平装，但只要一想到它和其他书一起密密麻麻地挤在书架上，他就不由得寒毛直竖。

一本书，只要往书店的书架上一摆，不论作者是大文豪还是无聊文人，除了在书架上占据的空间不同，别的再无区别。想到自己的那一亩三分地，耕平的心脏便一阵阵紧缩。日本每年约有八万本新书问世，自己的那一两本小说，就如沙漠中的沙粒一般微不足道。这样一想，他又不能不更觉凄凉。

拆开英俊馆寄来的快递，里面是出版社送给新书作者的十本赠书。他抽出两本，放进书架上专门用来摆放自己作品的那一格。至此，新书的面世仪式便圆满完成。对于自己已成书的作品，耕平几乎从不花时间再次阅读。在他看来，修改时已经反反复复读了无数遍，与其浪费时间面对一部无法修改的成书，还不如把时间用来构思下一本新书。

《空椅子》的封面上，画着一把倚窗的白色椅子，午后的阳光透过蕾丝窗帘照在椅子上。椅子上没有坐人，却隐约有种被人坐过的感觉。冈本不愧是个经验丰富的老江湖，眼光确实独到。

《空椅子》出版后第二个月末，耕平期盼已久的版税终于汇到了户头。他长长地舒了口气。单行本的版税就像他一年两度的奖金，虽说金额与同龄的公司职员相差无几，但除去房贷和小驰的教育费用，两父子节衣缩食还是能过活。

耕平的新作在各大书店上架后，相关书评也陆续发表出来。原来，冈本在出版前就把校稿拿给了几个较为权威的书评家。当然这些书评家多是通俗类的。

纯文学书评家与通俗类书评家的书评方式有本质不同。前者多数是以大学教师等其他工作为副业，以作品的艺术性为主要评判标准；后者则与耕平一样同为作家，以溢美之词为作家的销量和名气推波助澜，且相互之间以挖掘新派为争妍斗艳的手段，因此无名作家常借此宣传。

耕平新书的书评，在书评专刊、女性周刊以及英俊馆出版发行的男性月刊上都有刊载。评书的都是耕平熟识的书评家，其中当然不乏溢美之词，盛赞这是他的又一重大突破。只是耕平已记不清，这是他们多少次写同样的书评了。

通常有两类作家常在书评中被评及，一类是前途未卜的新手作家，另一类则是出道已久却默默无闻的实力派作家。无需说，耕平当属后者。其实，他何尝不想抛开书评，以一己之力撑起一片蓝天！虽然他对书评家朋友们的鼎力相助心怀感激，但他何尝不想有一天让他们猛然发现，自己再也无需扶持！他读着自己的书评，一股莫名的哀伤涌上心头。

《空椅子》上架的第一个月，没什么令耕平欣喜的事情发生。虽说青友会的朋友们、责编以及众多书评家都盛赞这是突破之作，但英俊馆至今还未联系加印事宜。如果老读者仍有以前那么多，现在初版削减了一千本，说不定就要加印一千本吧。耕平的心灵深处，一直埋藏着这个近乎徒然的期盼。虽心境寂寥如秋，但他不得不选择平淡如水地接受，未有潮生，亦无潮落。或许处女作小有轰动只是歪打正着，其他作品已注定加印无望。耕平苦笑一声，开始构思下一个短篇。

每年将近入梅时节，东京总是酷热难当，三十五度以上的高温天气连日不断，耕平把书房的冷气开到最大，还只能穿一件旧T恤和一条百慕大短裤。不等到傍晚暑气稍稍散去，他绝不愿去神乐坂的超市买菜。这时，他正把两脚搁在书桌上，思忖着晚餐做点什么。要不就做个中式冷面吧，棒棒鸡拌青瓜当小菜……正想着，电话响了。

"你好，我是青田。"

青田，是耕平的真姓。这种时候，自报青田极为省事。可有时他也想，如果笔名华丽一点，生活会不会滋润一点呢？

"承蒙关照，我是英俊馆编辑冈本。"

自《空椅子》开售以来，少说也一个多月了吧，她没来过一次电话。

"啊，是你啊，好久不见。最近还好吗？"耕平始终提不起勇气向她打听新书的销售情况，于是不痛不痒地搭着话。

"嗯，挺好的。我跟你说，有一个天大的好消息要告诉你。"

耕平兴奋地感受到了电话那头的兴奋。莫非要加印？他抑制住内心的激动，装作毫不在意地问道："要加印么？"

冈本似乎丝毫没察觉到耕平内心的激动，简单利落地回复道："不是。"

耕平一听，心顿时凉了半截。年轻的女编辑继而振奋地说道："青田老师，你有没有听说过多摩广场的居皆书店？"

"呃，没有。"

"这家书店是在神奈川县拥有十多家连锁店的中心书店，据说您的新书已经售出了两百多本，开售以来一直稳居文艺书前三呢，我看大有希望呀。"

"啊……是么？"耕平惊诧得目瞪口呆。他一直以为，畅销书一词只是为其他作家创造的专属名词，以至于他从未奢望过位列书店销售前茅之类的荣耀。

"您的书刚开售，居皆书店多摩广场分店的文艺书负责人横濑香织就把它摆在店内的显眼位置，并列为推荐书目了。"

"是么，看来我得好好谢谢她呢。"

当下，各书店的销售负责人在书籍的世界里扮演着越来越重要的作用，与以往的广告或书评相比，朋友之间的口口相传或是书店店员的推荐更为有效。

"嗯，的确是呀。您还别说，居皆书店给我提了一个请求。"

耕平丈二和尚摸不着头脑，问道："什么请求？"

"青田老师，您还从来没有开过签名会吧，要不借这个机会到居皆书店开个签名会怎么样？"

耕平大吃一惊，无绳电话差点从手中滑落。签名会？那可不是任何作家都有资格开的，不仅需要书店和出版社的鼎力支持，更重要的是作家的人气。

"啊?开签名会呀?我高是高兴,可是会有人来吗?如果到时只来了两三个读者,我可就……"

如果真是这样,那签名会就是个天大的笑话。

冈本热心地说道:"这个问题横濑小姐说不是问题,她会想办法的。青田老师,你看现在也卖出去两百多本了,店头广告也贴上了,这是个绝好的机会呀,开个签名会吧。"

02

挂断冈本的电话,耕平内心久久无法平静。虽说勉强答应了开个签名会,可心里总不着不落的。穿着旧T恤和短裤,耕平从书房晃荡到卧室,又从卧室晃荡到书房。在他瘦削的小腿的衬托下,短裤显得格外肥大。四十年来除了体育课就没做过什么像样锻炼的耕平,个子高高瘦瘦的,丝毫没有发福的迹象。

耕平走到厨房,从冰箱拿出一壶冰水。这个漂亮的水晶壶是已故的妻子用她的薪水买的,要是靠自己那点可怜的版税……耕平不禁哑然失笑。自来水用一个简单的滤净器过滤,再放到冰箱冰镇一下,并不难喝。

"自来水不难喝,可签名会啊……"耕平自言自语着,脑子里走马灯似的闪过一串串数字:全国范围内少得可怜的读者人数,其中住在广场附近的读者人数,估算估算顶多也就十多人吧,搞不好掰着手指都能数清。想着想着,耕平越发忐忑不安起来。

忽然,内线电话响了。朝液晶显示屏上一看,只看见一顶橙色的棒球帽,看不见面容。

"我回来了,老爸。"

"小驰回来了啊。今天有一个特大好消息要告诉你。"

刚放学回来的小驰似乎已疲惫不堪,他毫无表情地说道:"哦,是么,那太好了。"

耕平有点失落地按下开关,打开了楼下的自动锁。

"老爸呢,准备开个签名会……"

小驰刚从厨房洗完脸出来,不一会儿又嚷着"热死了、热死了"跑进厨房,把头淋了个透湿。今天这天气也的确够热的,还没入梅就已经三十多度,估计神乐坂大街这会儿一定水汽蒸腾了吧。小驰抢也似的从耕平手里接过水壶,咕咚咕咚几口把一壶冰水喝了个精光。

"但是呢,我又觉得签名会这东西,只有像山崎、矶贝这样的明星作家才能开似的。"

看到小驰不置可否地侧目斜视着自己,耕平一阵莫名地不快。听人说,男孩到了十岁就会变得桀骜不驯起来,看来此话不假。于是耕平决定灭灭他的威风,即便他是自己的儿子。

他接着说道:"说是这么说,但老爸好歹也是多摩广场之星嘛,你知道么,多摩广场一家书店已经卖出了两百多本老爸的新书呢。"

"好吧,好吧。"小驰满不在乎地点了点头。

耕平百思不得其解,他的态度怎么突然来了个一百八十度大转弯呢?他自己不也拼命地报告考试成绩么?耕平定了定神,镇定地说道:"这是老爸第一次开签名会,所以希望你也能去,知道吗?"

"嗯。"小驰心不在焉地回答道。

"虽然比赛就要开始了,作业还是要好好完成,知道么。"

"知道啦,老爸。"小驰学着椿的口气答应着,一边打开书包说道,"那现在就开始朗读语文课文吧,老爸,你坐那边。"

两父子对坐在餐桌前,小驰打开课本开始朗读起来,是宫泽贤治的《永别之朝》。那是一首吟咏眼睁睁看着妹妹在自己面前死去的无助的诗。被死神追赶到生命边缘的妹妹向哥哥许下了最后一个愿望——看看初下的雪,于是哥哥用残破的陶碗给她盛来了雪。一字一句,澄透得令人毛骨悚然。

耕平在一旁听得百感交集,泪如泉涌,小驰却读得毫无感情。他不禁暗自思忖,一个五年级的小学生,就已经开始学习这么深沉的作品了么,那他又该是如何看待自己父亲的作品呢?

读完后,小驰诧异地望着耕平,打开作业本递给他,问道:"老爸,你哭了么?怎么眼睛红红的。"

"啊,没有。不愧是宫泽贤治啊,这首诗写得真好。"

耕平在作业本上的家长签字栏里画了个大大的红花,然后递还给小驰。

与编辑几通电话下来,签名会最终定在了五月最后一个星期六的下午五点。

通常,作为签名会会场的书店都会把预约券连同售书一起派发给购书者,购书者凭券即可参加签名会。但居皆书店不仅没有随书派发预约券,连签名会的告示也仅贴在店头,目的就是不限定参加者的范围,所有购书者只需持《空椅子》一书便可参加签名会。耕平心里一直打着小鼓盘算着,即便如此,能召集几十个人已经是了不得了。

签名会所必不可少的落款，耕平还没有拿定主意。按照惯例，一般是先用签字笔或钢笔签名，然后再盖上笔名，但他觉得中国风的印章过于郑重，与他格格不入。其实在《空椅子》出版的时候，耕平就拜托编辑制作过一个橡皮印章，上面白描了一把置于窗边的椅子，椅子下方刻着"空椅子"三字。拿去文具店做这样一个印章，只需一千五百日元，虽不如落款般格调高雅，但可印出各种斑斓的色彩，甚是特别。

左思右想，耕平顺带把签名会当天的着装也想好了：蓝白细条纹衬衫搭配一条浅蓝色领带，外穿一套米色羊毛西装，西装胸袋里装饰一条在新宿男装店新买的质感十足的蓝色丝帕。耕平虽然在穿戴上不刻意追逐潮流，但却十分用心。像作家这种极其自由的职业，无论穿得多么另类都没人大惊小怪，反倒正儿八经的容易引人侧目。和作品一样，耕平的穿着也属于小市民风。

在这个一年中最为明丽的五月，风和日丽、湿度适宜，耕平除了文化秋冬上《父与子》连载的最终章之外并无其他约稿，白天读读爱书，听听音乐，看看电影，晚上陪陪小驰，每天过得悠然而惬意。没有工作压身的作家生活就是理想的无业游民生活。在这样的生活中，耕平按时按量写完了高潮迭起的连载最终章，让一直以来认为耕平有拖延症的责编米山大跌了一回眼镜。

日历一天一天翻着，日子一天一天过着，转眼间，签名会到了。

"呃，还给我租车了啊，其实真没必要这么麻烦的……"

神乐坂耕平的寓所前，停着一辆黑亮的雷克萨斯，煞是惹眼。上一次享受这样的待遇，还是十年前一举摘得新人奖举行颁奖仪式的时候。十年了，已经整整十年了。

英俊馆的冈本编辑站在车旁，朝耕平点点头，打招呼道："您开签名会，我们怎么可能让您坐公车去呢？再说了，这也不符合惯例嘛。青田老师，今天一切就拜托您了。"

"你好，冈本小姐。我说，老爸的签名会真的会有人来么？"小驰身穿深蓝色小西服、及膝西裤，打着明黄色小领带，丝毫不掩饰内心的兴奋，却又一本正经地问道。

年轻的女编辑面露难色："我想一定会有人来的……但具体情况得去了现场才知道。其实我刚才给横濑小姐打了个电话，她说也还不太清楚……"

"没事啦，没有人来也不是你的错嘛，是吧。"耕平笑着，却不知怎么的，胃竟如针扎般疼痛不已。

03

黑色雷克萨斯围着多摩广场地铁站北门出口的转盘慢慢转了一圈，在一栋综合大楼前停了下来。多摩广场地铁站位于涩谷始发的田园都市线上，因其优雅别致而颇有名气，地铁北门出口的转盘附近，崭新的商铺一间挨着一间，巨大的玻璃橱窗内琳琅满目的商品看得人眼花缭乱。

"青田老师，我们到了。"冈本编辑说道。

司机停下车，一路小跑到另一侧车门前，一手恭敬地打开车门，另一手搭成凉棚，示意出车门时小心碰头。耕平显然不习惯这等VIP待遇，一脸局促。

小驰却情绪高涨："哇！好棒呀，老爸，就像拍电影一样！"话音未落，就一个箭步跳出了车门。

"谢谢您，司机先生！"说着，他像模像样地向司机点了点头。

耕平随后也下了车。尽管他尽量低调行事，还是引得不少路人的目光齐刷刷地扫了过来，说不定都以为是哪个大人物吧。为了掩饰内心的羞愧和局促，他道谢道："啊，谢谢。"

其实，耕平知道这种阵仗不适合自己，这辈子估计都难以习惯这等租了车还租人的待遇。车门还是自己想开的时候就开，想关的时候就关，有利于身心健康。

行人往来如织的街头。五月末干爽的清风吹走暑意，吹来了这个假日的黄昏。冈本编辑踮起脚尖，向综合大楼的入口处挥了挥手，马上有两个西装男快步跑了过来。年纪稍长的那个微微点了点头，打招呼道："非常感谢各位不辞劳苦大驾光临。本人是英俊馆书籍营业部的马场。"然后把头转向一旁的年轻男子，介绍道，"这是负责横滨地区业务的小清水。"

"请多多关照。"耕平低下头，开始了今晚以地铁口为起点的名片交换之旅。耕平是少数几个随身携带名片的作家之一。虽说营业员们本人不见得很出名，但可以说是为作家宣传推荐的主力军，比起翻脸比翻书还快的编辑，不论是他们的态度，还是西装革履的外表，都更显成熟稳重。

一个身穿白色衬衫、修身牛仔裤，系着浅绿色围裙的女人从两个男人身后走上前来，围裙胸口上绣着IRUMINA几个英文字母，想必是书店的制服。她在一行人前站定，脸颊上带着几抹绯红。冈本介绍道："这位是居皆书店文艺书籍专柜的负责人横濑香织小姐。青田老师，她可是您的超级粉丝噢。"

耕平稍显拘谨地看了看香织。近来，书店明显倾向于选择女性店员，文艺书籍专柜则更是女性的天下。不同的是，以前往往是朴素不起眼的文学少女，而现在却是占绝对比例的气质美女。

横濑香织长着一张与文艺酒吧女招待椿一样标致的脸孔，虽不如椿惊艳华美，但清丽脱俗，有如原野上一朵独自开放的小雏菊。只听她说道："我上大学时经历过一场撕心裂肺的失恋，是您的《道草DAYS》挽救了我。从那以后，我就不可救药地迷上了您的书，不但集齐了您所有的单行本，而且为了看解说，所有文库本我也都买了。"

耕平惊诧得不知如何是好。像横濑这样近乎痴迷的粉丝，他还是头一次遇到。虽然他的小说都市气息浓郁，但并不华丽，甚至还有点土。

香织接着说道："在我看来，《空椅子》是您迄今为止的巅峰之作。接到这本书的当晚，我就看了个通宵，然后立即放上了我们店的最推荐阅读书架。在决定举办签名会之后，又多上架了三十本，目前二百三十本已经售罄，顾客的反映也非常好。"

耕平从没幻想过什么神奇的杰作之路，因此也根本没考虑过什么巅峰不巅峰。但身为一个作家，听到有人对自己的作品大加赞赏，当然不会厌恶或是反感。

"谢谢。我还是第一次听人这么说呢。"

香织从名片夹抽出一张名片，双手递给耕平，恭敬地问道："我也可以要一张您的名片吗？"

耕平从所剩无几的名片里拿出一张递给她，然后接过香织的名片。只见名片上除了印有书店的地址和联络方式，还赫然手写着她的手机号码和短信邮箱。耕平一时手足无措，慌乱地说道："啊，这个……谢谢！"

或许只因为自己是这个多摩广场地区的明星吧，耕平这样想着，冷不丁对上了小驰冷冰冰的视线。

耕平一行人穿过书店的后院，原本狭窄的小路上堆满了一个个瓦楞纸箱，连踏脚的地方也没有。工人们一边逐个确认纸箱内的物品，一边在剪贴板上记着什么，然后把漫画、杂志分捆成一叠一叠。书店的工作看似是个干净活儿，其实是无尽的体力劳动。虽然不脏手，但是纸张吸油，指尖经常容易干燥开裂，而且薪水也不高。但是，为了天底下所有的爱书者，这种体力劳动是必不可少的。这样想着，身为作家一员的耕平不禁对这群人升腾起一阵感激来。

在被装满书的纸箱所包围的会议桌前，耕平和冈本坐下身来。桌上摆着近二十本耕平的新书——《空椅子》。冈本把塑料瓶里的麦茶倒进一个个纸杯。小驰拿起一杯，咕咚咕咚两口就把一杯透凉的麦茶喝了个精光，然后又拿起一杯，说道："呼……打着领带吧，真容易口渴，你说是吧，冈本小姐。"

一个十岁的小屁孩，不仅跟银座的女招待传短信传得火热，跟大出版社的编辑说话居然也是这副口吻，他长大了会是什么样子呢。气氛稍稍有点微妙，这时香织站起身说道："我还是有点不放心，我先去会场看看。"

冈本看了看手表，说道："离签名会还有半小时，要不先把书店的这些签了吧，您看呢，青田老师？"

桌上的书原来是书店店员们的啊，这架势还真有那么点当红作家的范儿呢。耕平从西装里袋内掏出一支银色的签字钢笔,翻开深灰色的《空椅子》扉页,开始签起名来。他签完一本,冈本就拿起橡皮印章盖一个章,最后由小清水在签名处垫上一张纸,防止墨水没干,弄出污迹。耕平的签名不像其他作家一样龙飞凤舞,而是一笔一画的普普通通的楷书。没签完两本,周围的人就渐渐围拢过来,耕平不禁一阵紧张,字也写得歪歪扭扭。他一直有个毛病,别人越看他写字,他就越难下笔。这种围观让他心里多少有点不快,直到签完第五本,他才慢慢恢复到正常字体状态。就在耕平刷刷刷地签名时,小驰说道:"冈本小姐,可以让我来盖章吗?"

"好啊,你过来这边。"

小驰绕过桌子,一边走,一边解开袖口的纽扣挽起衣袖。

"你可要小心盖哈,盖错了的话,书可就报废啦。"

小驰小脸憋得通红,全神贯注地盖着章,生怕出什么纰漏。耕平看着儿子的这股认真投入劲儿,忽觉分外可爱迷人,却不料一走神,把"青田耕平"的"田"字写漏了。

"啊,完了!"

"老爸,你专心点啦!你看,这本报废了吧。"

大伙儿一阵哄笑。冈本说道:"没关系啦,小驰。待会儿我再换一本就是了,出版社的仓库里多的是呢。"

就在这时,会议室的门"咯吱"一声被推开了。香织快步走进会议室,兴奋地说道:"我回来了,你们知道么,会场上排起了好长好长的队呢。"

耕平简直不敢相信自己的耳朵,他可以相信这种盛况出现在其他任何作家的签名会上,除了他自己的。

69

"万岁！太棒啦，老爸！"小驰情不自禁地大声欢呼着，跳跃着，而一旁的耕平却一面想着这是哪儿出了错，一面刷刷地继续签着名。

04

一个年轻的实习生小心翼翼地推开门，伸进脑袋说道："青田老师，时间到了。有请！"

一阵紧张感猛地向耕平袭来。马上就要与众多素未谋面的读者正面接触了。冈本编辑站起身，说道："青田老师，我们走吧。签名会就拜托您了，今晚让每一个人都尽兴而归吧！"

耕平也站起身来，忽觉一阵口渴，但他忍住了。这时，小清水问香织道："队大概排了多长呢？"

不知是因为走得太快还是其他缘故，香织满脸通红地说道："我估计至少有六七十人吧，比起此前水无月隼人先生的签名会貌似要好些呢。"

水无月是当红的轻小说家，因常以假面造型出席签名会而闻名。有传闻说他的本职并非作家，而是严禁任何兼职活动的公务员。冈本编辑扶住推开的门，转向耕平道："青田老师，请。"

拧上银色的签字钢笔盖，耕平起身离开了这个位于书店后院的简朴的会议室。

香织在前开路，冈本、小清水护卫左右，殿后的营业部长马场时刻保持高度警惕，以防任何形迹可疑人员靠近或是粉丝来纠缠，一行人浩浩荡荡地穿过这间市郊最大的书店。

"老爸,你这架势真像总统候选人。"小驰贴到耕平耳旁,悄声说道。

"唉,真有点太夸张了。"第一次开签名会,耕平不认为会出现什么纠缠不休的粉丝,自己并非拥有众多狂热追捧者的美女大学生作家,而只是一个年近四十却不红不紫的小小小说家,估计任何一个逛书店的顾客在书架上翻来看去,也不会在他的书前驻足半秒。

一行人保持着队形走过一道又一道书架,目的地总望不见也未可及,看来离会场还远着呢。

"会场到底在哪里呢?"耕平终于开口问道,说话间便走过了由数根仿希腊神殿白色门柱排列而成的居皆书店大门。香织转过身,说道:"会场就在这里。青田老师,接下来就拜托您了。"

耕平环视四周,不由得目瞪口呆,就是在这儿开签名会么?他真想说句抱歉,然后拂袖而去。

(居然在这种地方开签名会……)

会场设在综合大楼宽敞的大厅内。大厅为明亮又时尚的玻璃通顶设计,透明的观光电梯沿着壁面上下而行。周六晚上,这里来来往往的人潮与上下班高峰不相上下,甚是混杂,而等待签名的读者们已排起了长队。耕平抬头看了看,二楼三楼的扶栏边挤满了人,他们似乎也注意到了这一列长队,纷纷围观一看究竟。

大厅的中央,放着一张铺着洁白桌布的长桌,上面摆着一瓶生气盎然的插花,桌旁立着一张手绘的宣传牌,上面写着:青田耕平老师新书《空椅子》签名会。等待签名的长队排出了大厅,延绵数十米。耕平心里却别扭着,什么时候自己干上了推销员的活儿?

文艺书负责人横濑握住麦克风,说道:"对不起,让各位久等了。下面我宣布，青田耕平老师的新书签名会正式开始。有请青田老师致辞！"说完把麦克风对准耕平。此时，耕平的脑子里却忽然一片空白，只听见台下一对年轻情侣旁若无人一唱一和地叫喊道："青田？谁呀？"

"不知道喔，不是写减肥书的那个么？"

青田握住麦克风，队列中"啪啦啪啦"地响起三三两两的鼓掌声，以致于大厅内买东西的顾客完全没注意到耕平的存在。竞职演说时或许也有这种空虚徒然的感受吧。

"呃……今天，是本人的第一次签名会……"接下来该说什么好呢？耕平绞尽脑汁地想着，可奇怪的是，越努力想却越想不起该说什么话，头脑里的词汇似乎全都蒸发光了一样。

"呃……呃……"

队列开始叽叽喳喳骚动起来，耕平的额头上，一颗颗豆大的汗珠直冒。现在最重要的是先稳住大家的情绪。于是他继续说道："……谢谢大家专程来参加签名会，签名会将持续几个小时，请大家不要急，一个一个来，尽兴而归……"

无论如何拼命地想词找话，耕平终究只能想到这些俗套的说辞。他心想，自己的笨拙这回算是在读者们面前暴露无余了，还装模作样地签什么名呢。就在这时，排在最前面的一个读者走上前来，他五十多岁的样子，身材短小精悍，神情似有几分不屑。

"谢谢您。"耕平不由自主地向他低头致意。香织接过书和签名会初定后重新派发的排队号，把书摊开在耕平面前，排队号则背面朝上放在桌上，问道："需要给您写上称呼吗？"

半老男子双手合抱在胸，从牙缝里挤出几个字："不用。在书名和今天的日期的地方签名就行。"

耕平近乎诚惶诚恐地按照指示签了名,递给坐在一旁的冈本。正当他伸出手欲与这位读者握手时,男子却无视耕平伸出的手,一把接过签名盖章完毕的书扬长而去,剩下耕平悬在半空的手,不知如何是好。冈本悄声耳语道:"别在意,刚刚那个男的是这边旧书店的老板,他纯粹是冲着签名版来的,一回去肯定就在网上出售了。"

自己的签名版有这么大的价值么?居然还有这种买卖存在。第二个走上来的是一个三十多岁的女人,牵着一个约摸上幼儿园的小女孩。她在长桌前站定,说道:"今天我把老公一个人留在家里,带着女儿坐了两个多小时公车赶到这里。青田老师,您的新书写得实在是太好了,您的妻子一定很漂亮吧?"

听到这样的赞美之词,耕平不知该如何回应是好,他略微迟疑地说道:"是啊,但小说里还是有些美化成分在啦。"

耕平非常认真地签了名,并礼貌地伸出了右手。当他的手握住这个女人的手时,他感觉到她手心出了很多汗,甚至还有微微颤抖。

(她见到我这样的作家,居然在紧张……)

"期待您以后多开签名会。"她朝耕平点了点头,牵着孩子转身离开了。坐了两个小时公车赶来,排在了队伍的靠前位置,然后一直站着翘首等待,只为这短短一分钟与心仪的作家的零距离接触。读者啊,真是一群可亲可爱的人,自己还抱怨什么签名会不习惯呢,还不满什么大厅有众人环视呢,他们大周末的还这么兴冲冲地跑到这里来参加自己的签名会,一定要让他们有所收获吧。耕平翻开下一本书的扉页,暗暗下定了决心。

一个个读者走上前又转身离去,耕平一个一个地打招呼,然后再简单聊上几句。虽然他常看到书籍广告里说，这本书卖了多少多少万本，那本书卖了多少多少万本，但他从来不知道，读者们如此生动多彩，个性迥异。这次，他震惊了。读者，更确切地说，人，绝不仅仅只是一个数字。他们从十多岁到六十多岁各个年龄段都有，而二三十岁的女性最多。其实这是预料之中的事，毕竟《空椅子》是一本爱情小说。

他们有的大老远从大阪、新潟坐清早第一班新干线赶来，有的给耕平送上花束，有的递上信件，还有的塞给小驰自称是手信的公仔玩具。耕平微微扬起眼，只见小驰坐在离长桌不远处，兴奋地朝他挥了挥手。耕平也渐渐进入了状态，不但签名越来越顺手，跟读者之间的交流也越来越轻松，他开始真正享受起这第一次签名会来，若签完名后仍有余裕，他便因人而异地写上一两句即兴赠言。

这时，一个女孩拄着白色手杖由义工搀扶着走了过来，看上去还很年轻。她咯吱咯吱地折叠好手杖，说道："您好，我叫藤卷美穗，初次见面，请多多关照。"

05

"请多关照。"耕平抬起头，望着站在桌前的这个年轻女孩。她手里拿着那根折叠起来的手杖，身边站着一个义工。耕平定睛一看，她的双眼似是乌云遮月般被一层白色网膜包裹着。原来她是个盲人。

耕平低头写着，把她的姓名写在书的扉页，只听到一个清凉如水的声音在头顶响起："老师，您对我的第一印象怎么样呢？出生以来，我就不知道自己长什么样子。"

耕平握住银色签字钢笔的手忽地停住了，一旁的冈本编辑吃惊得忘记了呼吸。其实，已经有好几个女读者问耕平对她们的第一印象，但眼前这个女孩跟她们不一样，她一出生就生活在黑暗之中，未曾见过自己的容貌，面对这个初次相见也难以再见的人，该如何回答才好呢？

耕平重新认真地观察起她来。白色的无袖夏裙，半长的蓬松卷发，淡淡的妆容。想必是义工帮她化的吧。纤纤细眉下瞳孔虽然阴云笼罩，但双目依旧细长清秀。耕平的视线落回到扉页上，藤卷美穗，一边写一边说道："我写了一句'人如其名，美丽动人'。"

女孩等待宣判般惴惴不安的表情，忽然如万千闪光灯齐聚般闪耀起来。她说道："我把图书馆您所有书的盲文版都读完了，青田老师，您大概有多高呢？"

耕平苦笑不已，她果然还是个小女孩。

"呃……应该有一百八十公分左右吧。"

"那您的头发是什么感觉的呢？硬硬的吗？"

这个问题耕平还从来没有注意过，自己的头发到底是硬是软呢？

"要不你摸摸看？"耕平低下头，感觉到盲女纤细的指尖在他发丝间游走，身体里有一种酥酥痒痒的触感，但说不清到底痒在何处。冈本把盖好章的新书递给她，她宝贝似的把书抱在胸前，说道："这本书，我一定好好珍藏。谢谢您！"然后轻扶着义工的手臂离开了。这个过程最多不过九十秒钟，可人与人的相遇就是这么奇妙，耕平不会忘记她，就像她也不会忘记今天所发生的一切一样。

"签名会上居然有这样的事啊……"这声音似乎有点异样。耕平转过脸去，只见一旁的冈本眼睛红红的。她说道："青田老师，你总说什么紧张紧张，这即兴发挥不是挺有效的嘛。我算是对您刮目相看了。"

横濑香织翻开一本新书放在长桌上，笑着说道："青田老师不是一直就这样吗？"

与耕平接触已久的冈本擦干眼泪，说道："是一直'呀'啊、'呃'啊、这样意思含糊的语气词用得多才对。"

冈本的确说得没错。作家也有两种，一种能言善辩口若悬河，一种不善言辞寡言少语，单凭读其著书往往无法判断，写饶舌体现代小说的作家平时可能沉默寡言，而写沉稳厚重的历史小说的作家反倒是个话匣子。不用说，耕平属于前者。他的文章婉转流利韵律齐整，但却最怕在人前说话。

"麻烦您帮我签个名。"这次是一个中学生模样的男孩，相貌堂堂。耕平纳闷了，《空椅子》貌似并不符合他们这个年龄段阅读吧。

"你多大了？"

"十三岁。"

这个年纪就开始看大人的恋爱小说，审美一定不错吧，将来大有可望啊。耕平一边兴致高昂地给他签名，一边问道："你经常看恋爱小说吗？"

"嗯，我特别喜欢您写的恋爱小说，全都看了。"男孩直勾勾地与耕平对视着，先移开视线的反倒是耕平。

"你想要我写一句什么话送给你呢?"

男孩没有一丝犹疑,直截了当地说道:"那就写一句《空椅子》里的话吧。"

"啊?哪句话?"

男孩唱着念了出来:"今天永远比明天年轻一天。"

"喔……"一阵欢呼。原来是英俊馆的小清水和冈本。耕平冷汗直冒,一不留神,签字钢笔从手中滑落,他一脸窘迫地问道:"我在书里写了这么有才的台词?"有时写得起劲,不知不觉中,耕平也会创造一些名言警句味道浓厚的句子,但他从来没想过要把它们引用过来。他伸出右手和男孩握手,男孩眼睛闪亮闪亮,真诚地说道:"《all秋冬》上的《父与子》我也有看,我会一直支持您的,加油!"

"啊,谢谢!"

《all秋冬》是小说月刊的老字号杂志,读者平均年龄在六十岁偏右,每个月的零花钱不拿去吃喝玩乐,而是用在买书上,这孩子前途不可限量啊。

"有请下一位!"香织热情高涨的声调,回响在大厅的玻璃通顶上,消失了。

耕平的首次签名会在开场两小时后宣告结束,约有九十人参加。流水操作一个小时即可收场的签名会上,耕平对每个读者都认真以待,竭力满足他们的所有要求,因此时长翻了一倍。签名会的最后,耕平从香织手里接过书店献上的一大束鲜花,离开了会场。

一行人恢复入场时的队形再次穿过书店。小驰跑到耕平身边,小声说道:"老爸,我对你刮目相看了,签名会上你真像个大明星。可他们为什么都想要你的签名呢，哎，想不通。"

冈本和香织听了，不由得"扑哧""扑哧"笑出声来。香织说道："青田老师，我在楼上的意大利餐厅订了座，但上去之前，我想请您先去看一个地方。我叫它青田之角。"

穿过浩瀚无边的书海，一行人来到日本男作家书架前。书架上，耕平的六本新刊平装本一字排开，而且分别贴上了手写的"POP"字样。

"哇！太棒啦。横濑小姐果然是个不折不扣的青田迷呀。"冈本一张一张细看着"POP"标签，似在取经。耕平正想也凑过去瞧瞧，突然《空椅子》的广告语跳入他的眼帘，让他再无心关注其他任何文字，只见上面手写着："世界上最纯净的催泪小说"，还画上了一颗晶莹剔透的泪珠。耕平看着此般褒奖有加的宣传广告，心里却忐忑不安起来。他宁愿别人贬低诋毁，那样心里至少能安稳一点。

"这样的宣传推荐，不论是对出版社，还是对作家，都是值得高兴的事情。"

不愧是该地区的营业担当小清水，反应真快。近年来，媒体书评对书籍销售的助力渐趋微弱，与之相反，书店店员的引导性推荐扮演着越来越举足轻重的角色，书架上贴着的"POP"标签用它所催生的无数本畅销书雄辩地证明了它的实力。香织满足地看着这一隅书架，说道："这次宣传是很成功，不过如果青田老师的书不好卖，上面也不会批准这么大的书架空间给我，这在我们文艺书专柜也称得上鲜有的成功案例了。"

冈本说道："所以，你不是一直说嘛，什么今年一定会刮起一股青田热。"

刚开这么一次签名会，绝对不能盲目乐观，十年来，他们不都是这样说的么，结果如何？耕平不置可否地笑着，告诫自己不要对未来抱有过多幻想。

06

"我们先开香槟吧。"签名会超乎预料地盛况空前，冈本脸上满溢着喜悦。

顶层餐厅的靠窗位上，冈本编辑和居皆书店文艺书专柜负责人横濑香织、耕平和小驰两两相对而坐。洁净的大玻璃窗外，悠然恬静的市郊站前风光一骋万里。西天边，火红的夕阳静静地亲吻着地平线，凝神而视，有种让人心碎的优美。

"青田老师，您辛苦了。"四人从窗外的美景中回过神来，伸手拿起服务生倒满香槟的酒杯。只有小驰的杯里装着麝香葡萄汁。

"下面，请青田老师简单说两句。"

两小时的签名会下来，耕平的喉咙已经嘶哑不堪了，他抱怨道："你饶了我吧，冈本小姐，你明知道我最不擅长这一套了，刚才签名会就已经吃足苦头啦。"

原来在签名会开场的时候，耕平根本没听见香织说了什么，更不要说致辞这回事了。

"总出今天这样的状况可不行呀！"比耕平年轻近十岁的女编辑半开玩笑半认真地笑道。

"知道啦，知道啦，感谢大家参加本人的首次签名会，干杯！"

四只玻璃杯轻碰，发出水晶破碎般清脆的声音。小驰嘟囔着嘴说道："真好，大人就可以喝香槟，那个，是不是特别好喝啊？"

耕平故意逗小驰似的，陶醉地闭上双眼喝下一口，却不吞下，在口中翻转两回，才送下喉咙，清爽的甜酸味随着碳酸气泡散遍全身，似乎使身体的每个角落都变得干净起来。

"嗯，特别好喝！你还要等十年才能喝呢，小孩子真是可怜呀。"

"老爸，你太过分啦，从今晚起我不刷浴缸了。"

居高望远的临窗座位上，顿时弥漫起如香槟气泡般微带着些甜蜜的笑声。

"《空椅子》还会加印吗？"对滞销作家而言最避讳不及的问题，香织却轻松问出了口。

冈本夹菜的筷子停在半空，巴巴地望着耕平似是向他求救。耕平已经习惯了处理此类突发事态。他点了点头，说道："呃，这个还没定……"

除了成名作，其他的没有一本有过加印，与其说是"还没定"，还不如说是"永远没戏"。香织有点失望地叹了口气："是吗？书的确越来越难卖了啊，出了这么多正面的书评，要是放在以前，一定早就加印了，真是遗憾。"

面对精致可口的前菜，耕平却食之无味。他无颜实话告诉香织，她所谓的巅峰之作《空椅子》，初版就被无情地削减了一千本。

"日本全国有两万四千所邮局，书店一万七千家，约占其三分之二。但如今书店普遍经营困难，多的时候每年甚至有数千家倒闭。幸好我们这样的连锁书店有一定的规模，还勉强经营得下去，街上的其他书店可谓步履维艰啊。"

耕平还记得，小时候，离家不远处有许多家小书店。书店里不允许长时间站着阅读却不买，他想了个主意，隔一会儿就爬爬楼梯，结果一天把十二卷的漫画全集全看完了。

"是啊，如今大家都沉迷于手机、电脑，对书越来越疏远了。"

大出版社的大编辑冈本也感慨道："像我们这样的大出版社，杂志的销量也掉得很厉害，比起生意最旺的时候，销售额差不多减少了百分之二十八。"

同属圈内人，耕平却对这些数字一无所知："哦，是吗？那文艺书呢？"

"英俊馆整体下降了百分之八，但我们这边不是很明显。或许小说有种神奇的力量，可以紧紧抓住读者的心吧。"

杂志、书籍销售总额到底有多少，耕平从来不知道确切数字。他只知道，自己就像一片日渐衰败的丛林中的一头珍禽异兽，等待他的将是怎样的命运，他不知道。香织开玩笑似的叹了口气："哎……要是大家都买我们的书就好啦。"

年龄相仿的冈本也附和道："是啊，要是大家都买我们英俊馆的书就好啦。"

耕平轻轻低下了头，觉得书籍滞销的责任似乎全在自己："对不起，我太没用了，要是能写出一本畅销百万的书该有多好啊……"

香织慌忙摆手道："哪有，青田老师您已经很棒了。要真是那样畅销，那反而不像您了。"

香织似乎意识到自己说错了什么，捂住嘴巴不再说什么。小驰在一旁淡淡地说道："一本一千五百日元，那一百万本的话，版税就有一亿五千万日元。这就跟中彩票头奖似的，老爸你绝对没可能，没可能。"

"小驰，这事儿可说不准呐。"冈本把酒杯喝了个底朝天，"小说的世界有时候真的很不可思议，先前有个作家去参加出版社主办的高尔夫大赛，坐上了出版社租的车，他就跟司机抱怨，说自己的书卖不出去，所有的都没有加印过。司机呵呵笑着对他说，X老师年轻的时候也曾这样感叹过，总有一天，您的时代也会到来的。"

X老师堪称小说界泰斗，每本新书都能在社会上引起一番轰动，畅销逾百万本。耕平觉得自己跟X老师根本就是两个世界的人，因此对冈本的话不甚反应。小驰却似乎饶有兴趣地双肘撑在桌上，凑近问道："也就是说，老爸也会成为畅销作家？"

冈本看了一眼耕平，答道："是的，尽全力不断奋斗的作家都有可能。我相信小驰的老爸一定会有那一天的。"

香织也插了一句："我也相信青田老师绝对会成功的。"

耕平听了却提不起半点高兴劲儿，相反，他内心既矛盾又复杂。此事无关畅销滞销，而是他从来都相信，自己的作品并非下乘之作，但听着她们对于作品成功与否的判别，他觉得自己至今为止所做的一切都是徒劳。

"我倒觉得现在这样挺好的，我挺满足的。"

女编辑显然对耕平的话甚为不快，她拿起另一杯香槟，绷着嘴说道："青田老师，你总说没关系、挺满足，什么都让给别人，谈话、采访节目你也不上。就是这样保守消极的态度让你太被动啦，说得不好听一点,就是太不显眼了。小说家是这个书籍世界里的名角,读者们都期待着你呀,你看看今天的签名会就知道了吧。"

的确,每握起一个读者的手,耕平就麻酥酥地感受到他们内心对所崇拜的作家的期待,这种期待提醒和鞭策着他要写出更好的作品来回报自己的读者。但这跟在媒体节目上明星作家似的装模作样完全是两回事。耕平也有自己的苦衷。

小驰突然说道:"对不起,冈本小姐。"

女编辑不知所措,把视线投向了这个才上小学五年级的小男孩。

"我想可能是我的问题。四年前,老爸也经常去参加颁奖晚会,接受媒体采访,晚上还出去和编辑见面。但老妈死了以后,他担心我一个人害怕,就经常在家陪我。我想老爸工作不怎么顺利,可能是因为有我在吧。"

听着儿子的话,耕平惭愧不已。若书籍畅销可以让他不如此自责,那他无论如何都会想方设法去做。只是结果,他竭尽全力却始终不着门道。此时,香织突然说道:"我觉得,青田老师至今为止,都无愧为一个作家。"

07

骤然安静下来的一围人,齐刷刷地把目光投向这个书店店员。窗外,是多摩广场灰云翻涌的夜空,灰色的积雨云遮蔽着半壁天空,悠然而又沉静地浮动着。横濑香织似乎也惊异于自己脱口而出的话语,满脸绯红。

"抱歉，请原谅我刚刚出言轻狂。但我从不认为青田老师存在感淡薄，也不认为您文风老土、内容贫瘠……"

文艺书专柜负责人说话肆无忌惮起来，或许有点醉意了吧。但她这一席话却如同一记重拳，沉沉地击撞在耕平的心脏上，除了以笑蒙混，他别无良策。

"你们看看今天来参加签名会的读者的反应就知道了，我也主持过不少作家的签名会，只有这次读者最热情，他们的崇拜是发自内心的，就算比数量，这次也不少呀……"

冈本编辑"嘭"的一声放下酒杯，不知为何，似乎带着些怒气。

"就是。我一直以来就钟爱青田老师的小说，所以才自告奋勇地提出要负责您的书，虽然周围的人并不看好，还有的劝我物色年轻作家，甚至为我推荐出版数量稳步攀升的人气作家，因为他们都不懂您作品的魅力在哪里……"

原来英俊馆第二文艺部的众编辑对自己的印象并不太好。耕平久挂的笑容渐渐僵硬起来，只觉得脸部痉挛得厉害。小驰一边得心应手地卷着盘中的意粉，一边淡淡地说道："没办法呀，冈本小姐，谁叫老爸的书除了成名作都没加印过呢。"

香织叹了口气，放下手中的刀叉，问道："……小驰，那……是真的？"

或许他不知道这话的严重性吧，小驰天真烂漫地点了点头："嗯，是啊，老爸经常嘟囔什么书卖不出去、卖不出去的。"

小驰注意到冈本和耕平一直低着头："怎么了，老爸，难道你从来没跟别人说过么？"

事已至此，再想隐瞒也无济于事了。耕平抬起头，看着香织:"呃,说起来实在惭愧,小驰说的都是真的。虽然我一直在努力,但加印似乎离我还远着呢。"

耕平挠挠头笑了,背上却冷汗直流。这时香织突然"腾"的站起来,似乎使尽全身气力地说道:"一定……"

年轻女店员高亢的声音回荡在安静的意式餐厅里,引得旁桌的视线齐刷刷地射了过来,耕平抱歉地用眼睛示意邻桌一位中年妇女投射过来的惊异目光。香织却完全不予理会:"一定是搞错了。青田老师的书,只要好好读就自然懂得其中滋味,只要好好卖就自然卖得出去,我们的文艺书柜台就很好地证明了这一点。"

耕平惊愕地看着她,张口结舌。冈本满意地点了点头。

"那好。我再加大力度进行新一轮推广,从明天开始扩大柜台面积。"

"太好了!你说是吧,青田老师。我也一定鼓足干劲努力销售,横濑小姐,我们一起努力吧。"

冈本和香织相视一笑,点了点头。耕平心里却像打翻了五味瓶,说不清是什么滋味,隐约觉得编辑和书店员似是出于同情。他只好微微点点头:"呃,那就拜托了。"

小驰漫不关心地说道:"真好,老爸。再来一杯葡萄汁。"

签名会的庆功宴还在波涛不惊地进行着,只是耕平心底的秘密已变得不再是秘密,那道无意识中筑起的防线似乎已被瓦解。虽与香织是初次相见,但耕平已经完全信任她,谈话间也跟她说起自己的家庭经济状况、身兼作家和父亲双重角色的艰难,甚至是对亡妻的思念。

香织总是认真地听着,不时发出一串串银铃般的笑声,也搭话说起书店工作的辛苦和曾经历的失败。不知不觉间，桌边的笑声多了起来。在耕平看来，思维活跃、谈笑风生的女人比容貌漂亮的女人更容易使他倾心。和这个知识渊博、反应敏捷的女人在一起，他觉得就像一对配合默契的网球混双搭档。

餐厅的钟摆鼓荡了十次，似乎在宣告庆功宴即将结束。冈本拿起挎包起身去收银台结账，小驰像意识到了什么似的随后站起来说道："我去尿尿。"

座位上，只剩耕平和香织两人相对而坐。耕平只觉周围空气好像突然稀薄起来，让他喘不过气。于是他扭头望望窗外，只见街道两旁绿树葱葱，在路灯的辉映下，就是一幅和谐美丽的图画。

"今天我太高兴了，本来还胆战心惊的，不知道签名会到底会开成什么样子，结果超乎想象地顺利。横濑小姐，谢谢你。"

香织轻轻地摇摇头，耕平隐约觉得，那微微摆动的刘海真好看。

"没有啦，签名会的成功应该归功于您的实力，是您一部又一部的优秀作品吸引了这么多忠实的读者，我该谢谢您才对。"

老套的礼节性寒暄过后，两人都不知还该说点什么，但这微醺的沉默并不尴尬，相反甚是轻松。耕平又望了望窗外站前转盘的夜景，似乎想把这一切刻进脑里，融进心里。

"那个……青田老师。"

香织思虑深重的声音把耕平的视线从窗外拉了回来，她直盯盯地望着耕平，眼睛微微泛着红，不知是不是酒精的作用。

"怎么了？"

香织顿了顿，说道："刚刚我给您的名片，还在吧。"

耕平小心翼翼地点了点头。

"如果您方便,就请往那个邮箱发个短信吧。虽然我只是一个普通的书店员,一个普通的读者,这样的要求可能有些厚颜无耻,但是……"

"呃,你别这么说……"

"那今晚我就等您的短信了。"

香织真诚的眼神如同架在耕平脖子上的一把利刃,让他无法拒绝。这是第一次有一个女人如此直接地要求他联系,耕平紧张不已,似乎除了点头,此时的他已不会其他任何动作。

"久等了。"

冈本和小驰一起走了过来。小驰晃了晃手中的小纸盒,说道:"这是冈本小姐给我买的巧克力曲奇。"

"冈本小姐真疼你。"

香织的表情顿时变得天使般清澈纯净。女人真是善变。

走出大楼,春天的晚风迎面吹来,宛如被一双双轻柔温润的手环抱抚摸。黑色雷克萨斯静静地等在人行横道对面。耕平站在司机为他打开的车门前,说道:"横濑小姐,今天谢谢你了。"

说完向她微微点了点头。冈本见状,也慌忙低下了头。小驰却"噌"地跳了起来,说道:"姐姐,下次再一起玩喔。"

香织摸摸他的头,说道:"嗯,下次东京见。"

冈本坐上副驾位,耕平和小驰则坐在了车后座。慢慢地,黑亮的汽车驶动了。耕平按住车窗边的按钮,淡蓝的车窗玻璃降了下来。

"再见。谢谢你。"

香织走上来,轻轻掩口说道:"青田老师,还记得我们的约定吧,我等你。"

雷克萨斯如黑鱼般绕着站前转盘转了一圈，然后飞快地走远了，车后窗外，还在不停挥手的香织越来越小，越来越小……

冈本转身问道："和横濑小姐的约定，是什么呀？"

"呃，没什么啦，关于书的事情。"

"总觉得怪怪的呢。"

小驰把额头贴在车窗上，目不转睛地看着这个夜色中的城市。耕平背靠在车座上，开始构思写给香织的第一条短信。比起这个，小说的开篇简单得多了。

08

车如离弦的箭一般在高速公路上飞驰，两侧的路灯踏着欢快的旋律向后跳跃着远去。今天真漫长啊，僵硬强撑的欢笑、连续不断的握手，这一切让青田耕平已有些头晕，但他心情还不错。坐在副驾位上的冈本编辑说道："今天签名会的气氛真好啊。横濑小姐真是百分百的青田迷，居然把单行本文库本都集齐了，还是个大美女。青田老师，她还不错吧。"

不愧是实至名归的大编辑，眼神实在犀利，应该是一直在暗中观察着自己的一言一行吧。虽然身为作家，但首先是个男人，还是个健康正常的男人，看到年轻漂亮女人湿润着眼睛忽闪忽闪地望着自己，如何拒绝得了呢？耕平的视线落到了手中的银色手机上。

（今晚还得给香织发短信……）

给一位几小时前才认识的比自己年轻近十岁的女人发短信，

该写点什么呢？对方不但是自己的忠实读者，还是极力为自己宣传销售的书店员。耕平想着，望了望身边的小驰，刚才还在兴致高昂地欣赏车窗外夜景的他，现在已枕着车窗甜甜地睡着了。两个小时的签名会，三个小时的庆功宴，陪着几个大人折腾了这么久，大概是累坏了吧。耕平定了定神，手指飞快地在手机键盘上敲打起来。

>今天谢谢你，
>给了我一个终生难忘的签名会。
>哪个周末你来神乐坂，我请你吃饭吧。
>小驰也非常期待你来。
>再见。

一条平凡得不会让人联想到出自作家之手的短信。耕平知道，打着儿子的幌子会让人觉得自己胆小怯懦，但是他更知道，过于直白只会让自己无法释怀。妻子去世四年，他反而对女人变得慎重了起来。很多人都说他是在享受单身的自由，可他心里清楚，自己已快四十，还带着一个拖油瓶，已经不是可以随心所欲的时候了。其实男人单身并不自由，结婚反倒自由得多。

耕平有时会问自己，就这样和儿子一起生活下去么？能就这样和儿子一起生活下去么？虽不至于忐忑不安，但偶尔亦会有恍惚之感。总有一天，小驰会长大成人，离开自己开始新的生活。那时年过五十的自己却仍形单影只。耕平不敢多想，眼前既当爸又当妈的双重角色和步步紧逼的交稿日期也让他无暇多想十多年后未知的未来。

"小驰好像睡着了吧。"

冈本在昏暗的车内光线中轻声问道。

"青田老师,您从没考虑过再婚么?"

行驶平稳的车内,光影模糊的微妙氛围,似乎很适合八卦这样微妙的问题。

"呃,这个……倒也不是完全没想过,只是还没遇到合缘的,小驰也会有想法吧,再说我现在这样的经济条件……总之各种问题交织啊。"

作家看似名利双收,其实年收入跟同龄工薪族并无二样。没有优厚的福利,没有企业年金,还带着一个上小学五年级的儿子,除了身体健康、没长啤酒肚、是个职业作家外,耕平再也想不出自己还有什么优点。

"我可不觉得都是问题。"冈本口中嘀咕,"你不知道,我们公司好多女同事都是您的粉丝呢,公司决定让我负责您这边的时候,还有人悄悄跟我说好羡慕我之类的,而且不是一个,是接连三个。"

今天到底是怎么了,莫非太阳从西边出来了?或者明天就是世界末日?初次相见的书店员要求给她发短信,现在编辑又说出版社里有自己的粉丝,这辆雷克萨斯该不会也凑热闹似的来场车祸吧。

"这种事你该早点告诉我嘛,冈本小姐。"

"编辑与作家之间的关系难处理啊,差异太明显了。"

耕平双手抱在胸前,无数对作家配编辑的成功案例在他脑海中浮现。一半以上同龄的大出版社编辑,年收入都比自己高,耕平从不认为作家与编辑之间存在什么上下关系。

"哪有什么差异。以前尊称作家为老师，是一种让人抬头仰望的职业，但是如今，大多读者都以一种与自身平等的态度视之，而对于最近的年轻作家，读者甚至抱以一种出于同情而支持的轻视态度。"

在博客、网络上公开自己作品的作家日趋增多，伴随着这种趋势，创作过程也日益民间化、大众化，从某种程度上来说，巨著也越来越难产。耕平完全不认为这有什么不妥。诞生伟大作品的年代，往往也是充满苦难的年代。若果真这样，还不如就生活在一个诞生不了伟大作品却可以创作自己喜爱的作品的平凡时代。已为人父的耕平在这个逐年紧缩的出版界摸爬滚打了近十年，什么理想、什么追求，早已在他的心里渐渐淡化。

到达神乐坂，已临近晚上十一点。这个时间，冈本说还得先回公司一趟，有一个重要的邮件必须在今天之内查收。她简单地同耕平父子俩道了别，然后顺着车直奔公司去了。文艺编辑们简直就是一群可怕的工作狂。

耕平抱着熟睡的小驰，踏进了去往十二层的电梯，可儿子太沉了，沉得耕平只得蹲在这个狭小的盒子里。他估摸着，这小家伙足有三十公斤了吧，原来不知不觉间，他一点一点、一天一天地长这么重了啊。

好容易打开大门，耕平轻轻地把小驰放在玄关的地板上，正准备给他脱下小皮鞋时，突然，口袋里的手机响了。打开屏幕一看，原来是香织发来的短信。

>应该说谢谢的其实是我。
>当我在签名会上看到那位双目失明的读者,
>我不禁感动得泪流满面。
>等到下个月,我们一起吃个饭吧,
>我有好多话想说,也非常想再见到您和小驰。

应该马上回复她吗?据说如今的小情侣都以回信的速度来衡量对方对自己的在乎程度。耕平迷惘了,久久地站在玄关处,似乎凝思着什么。突然,小驰的声音响起:"老爸,貌似是条不错的短信哈……"

"呃,是么。"

"当然。不然你老站在那里傻笑什么呢,笑得我心里直发毛。我困了,你抱我去床上吧。"

耕平笑着挠乱他的头发。不知是不是难为情,小驰猛地自己站起身来。

"你什么时候醒的呀?"

小驰向走廊深处走去:"到神乐坂的时候我就醒啦。我是想看看你会不会一直抱着我,所以才装睡了这么久。"

原来男孩长到十岁,嘴巴也越来越贫啦。真不知是应该说他可爱,还是说他可恨。

"现在已经很晚了,赶紧刷完牙睡觉去吧。"

小驰从盥洗室门缝里探出个脑袋,说道:"横濑小姐真是个大美女。老爸,你挺喜欢她的吧。"

居然连个小孩子都能洞察世事了,耕平不禁目瞪口呆:"你怎么知道啊?"

"因为,她笑起来有点像老妈……"

"是么……晚安。"

无力的自言自语中,耕平走进书房,浅坐在书桌上,呆呆看着那个摆满自己著书的书架一角出神。那里摆着亡妻久荣的相架,相架边放着一个小小的乳白色香炉,那是她的骨灰。四年来一直在那里,从没动过。

"怎么感觉小驰突然长大了呢。久荣,你说我到底该怎么办呢?"

耕平远远看着亡妻的相片,却并不双手合十,因为他觉得,此刻久荣就在他身边。

09

夜晚的神乐坂,流光溢彩。

陡坡两侧,餐厅、茶座五颜六色的霓虹灯竞相闪烁,街旁绿树上挂着的红白灯笼在风中悠然摇曳。横濑香织坐在二楼的榻榻米包厢里,远远地望着人行横道上来来往往的人群。小驰说得没错,她尖尖的鼻子和嘴角,的确和久荣有几分相像。

"还是日式房间最舒服啊。"身穿一袭明灰色夏裙的香织开口说道。她今天的打扮和上次见面时的围裙制服简直有天壤之别,俨然一副成熟女人模样。

"我在多摩广场附近都没看见有这种地方,这儿真不错。"

这是以前和编辑一起来过的鸡肉火锅店。

"你喜欢就好。其实这条街上还有更高级的日本料理店,但那种可以叫艺妓作陪的地方,我一次也没去过,所以……"

耕平笑着挠挠头,却见小驰在一旁冷冷地看着他。

"呃,这个火锅可好吃了,你们两个多吃点。"

小驰夹起刚刚煮好的嫩腿肉,就着水芹大口大口地吃起来。香织笑了:"你看,小驰吃得多津津有味啊,看得我都觉得胃口大开,但一想到是和自己崇拜的青田老师一起吃饭,我就满心激动,以至于什么都吃不下了。"

小驰满脸疑惑地瞥了一眼面前的这两个大人,然后继续专心打捞他的火锅。其实,这时耕平内心矛盾又复杂,和一个是自己粉丝的年轻女人共进晚餐,他当然高兴,但带上小驰的三人组让他不由得想起已离他而去的久荣,这份想念涌上心头,让他欲罢不能。虽然他清楚地知道,久荣再也回不来了,但他仿佛看见,隔着一层蕾丝轻纱,他们一家三口团坐一桌的光景和现在交织重叠在一起。他警告自己不要多想,多想只会徒添悲伤,不但没有意义,对香织更是失礼至极,可他无法抑制自己内心的蠢动。他对作品中的人物可以左右自如,为什么对自己的心反而无力驾驭了呢?其实作家和众多的普通人一样,心灵格外敏感脆弱。

"不知为什么,感觉您现在好奇怪啊。"

香织的话,把耕平拉回了鸡肉火锅店的包厢。

"呃,什么?"

"我说您的表情。下半部分在笑,上半部分却像是在哭。在女人面前摆出这副悲伤的表情,可是会被袭击的喔。"

"我被袭击么……"

耕平蒙了,他完全没有意识到自己刚刚到底是一副什么表情。小驰夹起的葛粉刚吃到一半,似乎忘记了继续吃,惊悚地望着香织。

"是啊,如今男人比较消极保守,所以女人渐渐掌握了恋爱的主导权。您就属于那种极易成为女人盘中餐的类型。"

小驰夹起一颗鸡肉丸,说道:"哈哈,老爸就像这颗丸子一样。女人啊,真是可怕。"

香织笑着伸出手,轻轻捏了一下小驰的脸颊:"是呀,女人真的很可怕噢。你这个嫩嫩软软的脸蛋,我也想要喔。"

刚满三十岁的香织感叹道。比起马上就要四十的耕平,她年轻得多了。

"如今这个时代,大家都不怎么介意年龄问题了啦,一半三十多岁的人都还单身呢。"

香织低头看着自己的小碗,拨弄着碗里煮蔫的茼蒿:"但对女人来说,三十就是一道坎,和年轻时候完全不一样啦。"

香织寂寞悲凉的语调,让耕平陷入了沉默。他拿起筷子,把小驰没捞完的水芹从锅里夹了上来。

三人一起走下楼时,刚过九点半。入梅前的热气尚未散尽,整个神乐坂似乎都在这入夏的空气中微微发热。耕平看看手表,马上就到小驰的就寝时间了,他又抬头看看香织的背影,真想再跟她聊会儿天。于是他说道:"香织小姐,小驰差不多得回家睡觉了,但我还想去喝会儿酒,你赶时间吗?"

香织嫣然回首。在她身后,沿路的灯笼点点盏盏绵延数里,直到被黑暗吞没。耕平看着这常被忽略的夜景,似乎迷醉了。

"没关系,我找个咖啡店等你吧,今天正好带了矶贝先生的新书。"

一定是那本凌厉得把自己逼退到自信丧失边缘的书吧。

"是《蓝天深处》对吧，那本书挺有趣的，写得也不错。小驰，我们走吧。"

"真无聊。过一会儿再睡也没关系啦。吃了火锅，我想再吃个冰激凌嘛。"

耕平不理会，径自牵着他的手走到香织面前："跟香织小姐说再见，不然她再也不会陪你玩了喔。"

"好啦好啦，晚安，香织小姐。今晚老爸就交给你啦，你可不能把他当宵夜喔。"

学校的考试只混得个马马虎虎，这种时候脑子倒是转得挺快。香织笑着摆摆手："嗯，你放心，我会忍住把他放到火锅里涮的冲动的。晚安，小驰。"

耕平以创纪录的速度让小驰刷完牙、洗完澡，然后用吹风机给他吹干了头发。头发不吹干就睡觉容易变乱，第二天早晨反而要浪费宝贵的时间来整理。

等小驰爬上床后，耕平便迫不及待地出了门。单身一人晚上外出，耕平感觉脚踝两侧似乎长出了小小的翅膀，脚步前所未有地轻快。

面朝神乐坂大街的咖啡店里，香织搭着腿，一边翻着书，一边等着耕平。纤细圆润的小腿下，一双清爽的白色夏季单鞋，蓬松的卷发如瀑布般倾泻在她的双肩上。踏进店门之前，耕平远远地观察了香织好一会儿。女人看书的样子真是迷人。他正了正夹克衣领，走近香织，柔声说道："不好意思，让你久等了。"

半晌，香织没有抬起头来，难道出了什么事么。终于，她抬起头，眼睛却红红的，像是哭过。

"对不起。这本书写的似乎就是青田老师和小驰的故事，越往后读，越让我觉得难过。"

耕平坐在香织身边，向应声而来的服务生点了一杯生啤。

"矶贝是我一个朋友，来参加过我妻子的葬礼。虽然我没有跟他本人确认过，但我想应该是以我们家为原型的吧。我看的时候也忍不住哭了。"

香织用手帕一角揩了揩眼泪，强装着笑道："今年上半年我读到的书里，只有您的《空椅子》和矶贝的《蓝天深处》最为出众。"

甚为欣慰的评价。但人气作家矶贝的新书已卖出二十万册之多，而自己呢，仅是他的三十分之一。

"谢谢。你能这么说，我真的很高兴，虽然完全卖不出去……"

耕平端起服务生放在他面前的生啤，香织则端起那杯冰镇白葡萄酒，一同举杯。

耕平抬头望望窗外，市中心漆黑漆黑的夜空，没有一颗星星。初夏的晚风像小生命的舌头一般舔尝着全身每寸肌肤。

"喝完这杯，要不我们去酒吧吧。"

香织伸起双手，长长地伸了个懒腰："这儿就挺舒服的，今晚就在这里喝吧，这里自制的葡萄酒还挺不错。"

耕平默默地点了点头。香织喝下一口酒，睁大着眼睛问道："我可以冒昧地问个问题吗？"

莫非她要问自己有没有以结婚为前提交往的女朋友？耕平严阵以待，不料香织问道："男人都对过世的妻子终日思念、难以忘怀么？呃，我不是单指您，只是看了这本书，我突然有这种奇怪的感觉。"

奇怪。大家都说久荣死了，但耕平心里她仍极平常地活着，在和他相依为命的小驰心里，她也活着。原来人死后，还是可以跟生前一样理所当然地活着的。耕平望着夜色中的神乐坂，点了点头："不是我难以忘怀，只是她不让我忘怀而已。"

10

"我想，您的夫人听到这句话，一定觉得非常幸福。"

晚风轻拂着香织黑亮的秀发。一群牛高马大的外国人说笑着，打闹着，走上了神乐坂。无法让生者忘怀的死者和无法忘怀死者的生者，到底谁更幸福呢？酒过三巡，青田耕平醉意微醺，恍惚地思考着。

"是么。大家把丧妻的男人想得太浪漫了吧，我并不认为有什么特别。"

耕平不想让香织把自己当作一个丧妻的人夫来看，他希望在香织眼里，自己就是一个纯粹的男人。

"但是，我可以感觉得到，不论是在您的文章里，还是在您的身体里，总无时无刻笼罩着一种忧郁的悲伤。"

耕平突觉一阵寒意刺刺地穿过脊背："呃，是那种多愁善感、感情脆弱的感觉吗？"

香织慌忙摆手："不，完全不是那种黏黏糊糊的感觉，而是爽朗干脆，非常迷人。"

一个作家，不论经历过多少辛酸艰苦，若将这些情感直接写入作品，他便不能称之为作家。作家在创作中只能利用现实世界中的某些元素，创造另一个风格迥异的世界，这与纪实文学完全不同。

"都在说我，也说说你吧，你男朋友是个怎样的人呢？"

说出这话时，耕平突然发现，原来自己仅是单纯地对香织抱有好感，而对她的恋爱经历一无所知。从她所说的来看，耕平估计她应该是单身，但这个魅力十足的三十岁单身女人，一定有男朋友了吧。香织举起酒杯，抿嘴笑道："秘密。"

耕平内心的怯懦让他无法再厚着脸皮追问什么。其实，这种怯懦在他的小说中也时有体现。正因为他觉得自己的性格缺陷已成为创作的阻碍，他才越加困惑。比起实际创作，他进行自我反省的时间反倒更为漫长。

"您妻子去世后的这四年，您就和小驰相依为命地生活着吗？没想过要同谁交往试试，或者找个人结婚吗？"

面对香织犀利的问题，耕平目不转睛地凝视着手中的玻璃杯："呃，到底是怎么过来的呢……开始的半年，我一直都沉浸在丧妻的痛苦中，竭尽全力去适应这种新的生活状态，所以其他什么都没想。每天早晨，叫醒小驰，给他准备早餐，拖地抹窗洗衣刷鞋样样都来，有时还得去学校旁听孩子上课，哎，我现在才知道上小学原来这么麻烦。"

这是一个独自抚养孩子的男人的真实感受。耕平得分文不差地准备好伙食费、教材费，得一丝不苟地在运动装、泳装上绣上儿子的名字，学校的通知隔三岔五，要上交的报告、感想更是不胜枚举。但是，向香织诉说抚养孩子的辛苦又算什么呢，虽然这确实让人白发虚增，但绝非不幸。耕平勉强挤出一丝微笑："不过我已经习惯啦，而且写完《空椅子》之后，我感觉半个自己似乎从她那里解脱出来了，现在也有余裕去想想别人了。"

作家克服问题的方式，实际上只能通过动笔创作，借助故事中虚构人物的生存方式进行思考。这已俨然成为一种习惯，即使是众人皆知的再简单不过的问题，作家往往要绕一个大大的圈，经过数月甚至数年，一边创作，一边思考。创作并非为找寻答案，而是以他们特有的方式毫无遗漏地思考到底的手段。

"可以把那么苦痛的经历写进作品，真是太了不起了。"

香织闪烁着酒醉微红的双眼说道。耕平内心十分复杂。自己以小青虫的速度一点点地爬格子寻求答案，换个头脑聪明的人，一定早就从中找到答案了吧。

"是么。我觉得小说不但麻烦，还转弯抹角的。"

"没有啦。您不但书写得好，而且还是个好父亲呢。"

耕平无颜点头，端起已微温的生啤，喝了个精光。

这晚，在露天咖啡店，耕平和香织一直聊到将近末班地铁的时间。初夏夜晚的空气在他心底留下淡淡的甜蜜，对一个充满魅力但还了解不深的女人一点点熟悉起来，那是任何天价红酒都无法企及的心醉。

"我差不多该回去了。"

香织低头看手表时，一丝失望从耕平心底掠过。但她明天要上班，自己明早也要准备小驰的早餐。耕平拿起账单，招呼服务生过来。看到耕平拿出钱包准备付账，香织说道："这家店我们还是AA吧。"

一个比自己年轻十岁的女人。耕平是个传统型男人，让女人付账从来不是他的风格。莫非她跟同年代的男友约会就是这样AA么？耕平内心不免猜测起来。

"没关系啦,我来吧。你要介意的话,下次给小驰买个手信什么的就好了。"

这种时候,孩子这个幌子真好用。

"嗯。"

耕平拿出一张既不是金卡也不是铂金卡的普通信用卡付了账,接过发票放进了钱包。作家是名副其实的个体经营户,交际费并无上限。对于每年交际费不多的耕平,新宿区税务所从未介入过调查。一定是他们太忙,所以才对没有几分所得税收入的耕平的申告表置之不理的吧。

两人慢悠悠地走下缓坡,朝饭田桥地铁站走去。末班车时间,神乐坂行人稀少。香织走在耕平身边,轻哼着他从没听过的曲子。坡路两侧,微亮的灯管线联结着一个又一个灯笼,一直延伸到护城河边。耕平忽然有种想呼啸着跑下坡去的冲动。虽已年近四十,但偶尔也会有这样的心情,他不禁想起了在小说中度过的青春年代,那时甚至还想过复仇的事呢。

"青田老师……呃,不,耕平,你可以牵着我的手吗?"

"呃……好。"

耕平轻轻牵起香织伸过来的手。这个女人的纤纤细手如此冰凉,就如掬起一捧井水一般。和她牵手如理所当然般自然,或许会有所发展吧。耕平这样想着,满心幸福荡漾。

走了不一会儿,坡下的地铁口映入眼帘,喝得东倒西歪的男男女女三三两两地走进地铁口,就如片片枯枝落叶被排水口尽收其中一般。两人转入昏暗的神乐小巷的拐弯处,香织突然说道:

"我好像有点醉了。耕平,你讨厌喝醉的女人吗?"

"呃，不会。"

香织拉着耕平的手，走进小食店鳞次栉比的小巷，抬头看，"道草小巷"的挂牌在风中轻轻摇晃。这附近有许多家月底囊中羞涩时可前来小酌几杯的酒馆。掩映在微微霓虹下的小巷里，没有半个人影。

走着走着，香织突然停下脚步，转身回眸，微微抬起脸，闭上了双眼。她轻轻嘟起的红唇，是在暗示什么呢？恋爱第六感迟钝的耕平像被雷劈醒了般马上明白过来。

（原来，她是在等待接吻。）

耕平微微侧下头，蜻蜓点水似的轻吻了一口。香织双手紧紧搂住他，然后才依依不舍地松开，莞然笑道："这是朋友之吻。耕平先生，您太可爱了，我真不舍得就这样让您回去。"

怎么男人女人的角色在这里完全颠倒了呢？耕平上大学那会儿，香织这样的话简直就是在抢男生的台词。

"呃，我也非常尽兴。"

耕平跟在香织身后，似有羞涩地抿着嘴，向地铁口走去。

11

时至六月中旬，青田耕平和香织已约会数次。在书店工作的香织，身为自由作家却得兼带儿子的耕平，自由时间都少得可怜，因此各自的工作地——多摩广场、神乐坂及两地的中点——二子玉川成了他们约会的好去处。两人努力寻觅日程表上的重合间隙，一起喝喝茶，吃吃饭。耕平作风严谨，香织也并不提供可乘之机,因此两人关系并无进展。

聊聊每日工作的烦恼,谈谈最近读到的新书,不知不觉间分别时分已悄然来临。有时牵手漫步,偶尔轻吻送别,虽年近四十却有如高中生般的约会,其中别有一番夏风吹背般的爽朗。

感觉没有变淡,若有缘,定会自然地步入下一个阶段吧。耕平在与香织分别后回家的电车里,对自己如此说道。

那个电话是在耕平去吃午餐的路上突然打来的。土墙延绵的神乐坂小巷,人迹罕至,是耕平最爱的散步路线。耳边,三味线悠扬的弦音在荡漾,石阶上,即干的洒水还隐约可见。耕平定睛看了看手机的液晶屏,原来是《all秋冬》的编辑米山辉。

"咦?米山,貌似还没到截稿日吧。"

《父与子》的最终章早已交付完毕,下一刊是随笔还是书评似乎也已说定。

"不是跟您说稿子的事啦,现在给我一点点时间就行,只要一点点。"

耕平看了看手表上的日期,六月中旬小说杂志的末校工作估计都完成了吧。

"嗯,可以呀,我现在只是去吃个饭。"

因为小驰不爱吃鱼,所以当耕平享受单人午餐时,常常选择日式料理。今天吃鲣鱼刺身还是盐烤青花鱼呢,其实油炸竹荚鱼也不错嘛。正当耕平为此犹豫不决的时候,米山说道:"我迫不及待地想告诉您这个消息,所以给您打了电话。青田老师,您的《空椅子》入围第一百四十九届直本奖啦!"

当耕平终于决定还是吃鲣鱼蘸橙醋的时候,"直本奖"三个字如同三颗重磅炸弹同时在他耳边炸裂,震得他脑子嗡嗡作响,以至于他无法振动声带发出任何声音。此时，米山接着说道："恭喜您首次入围。"

入围直本奖的作品，都是从半年来日本国内出版的小说中逐月选出的公认佳作，因此仅是入围也代表着某种荣誉。这是耕平在出道十年、第十五本单行本发行之时，初次荣登入围作品之列。

"稍后我会把正式文件寄给您，您看行吗？"

米山与平日判若两人，语气格外郑重而严肃。耕平口中干渴如久旱的田地，甚至连舌头都无法正常活动。

"好的，那就拜托了。"

"不客气，这全都仰赖于您，《空椅子》写得实在太出色了。不过入围作品尚未公开，请您一定保密。"

挂断因沾满汗水而滑溜溜的手机，三味线的弦音还在耳边荡漾，被狐狸迷住的感觉大概也不过如此吧。耕平对这突如其来的喜讯仍然将信将疑。

这份喜悦该跟谁分享呢？直本奖尚未正式收入囊中，仅作为六佳作之一入围直本奖，这对于出版界圈外人来说意义不大，因此他并不准备告诉自己的父母。最后，他决定给香织打电话。耕平虽然多次给香织发过短信，但很少打电话。

"你好，我是横濑。"

今天她上晚班，这时应该还在家吧。

"我是耕平。现在说话方便吗？"

电话那头似乎有些犹豫，一副商务接待口吻："嗯。稍微说几句还是可以的。"

应该正在会客吧。虽然心存疑问，耕平仍兴奋激昂地说道："我的《空椅子》入围直本奖啦！也就是说，成了这半年的六强之一呢。"

香织强压住语气中的兴奋："那真是太好了，稍后我再给您电话，祝贺您。"

香织随即挂断了电话，可能她正在工作中吧，莫非一个普通的书店店员也要陪出版社的发行人员共进午餐么。耕平向小巷深处门帘已褪色的小料理店走去。

橙醋的酸爽，茗荷的清凉，鲣鱼的油滑，听闻喜讯后，鲣鱼刺身显得分外美味。耕平想把这个喜讯广而告之，"请一定保密"这五个字的分量，让他一直没拿起放在餐桌上的手机。正当他吃完午餐走出神乐坂小巷时，平时在安静中度过一天又一天的手机再次响起，发出悲鸣般的音乐声。耕平下意识地把手机拉离耳朵几尺："恭喜……"

"呃，谢谢。"

"天使终于降临了。我一直在想您也差不多该踏进直本奖的圈内了，现在您写出了这么优秀的作品，我太感谢，太感激了。"

是《空椅子》的负责人——英俊馆的冈本编辑。身为作家，能让编辑如此感同身受，世上再也没有比这更值得高兴的事了。但为什么刚确定的入围名单，冈本就已经知道了呢？

"呃，为什么你会知道呢？我还是刚听说的。"

"噢，忘了您是第一次入围。这从确定入围名单的那一瞬间开始，就已经是个公开的秘密啦。虽然要等到评审会开始前一周才能在报纸等媒体刊登出来，但实际上一个月之前就已经确定了。"

虽身为专业作家已十载有余，但这个变幻难测的出版界，他不知道的还有很多，很多。

"所以，接下来还长着呢。据说入围的作家们都称这段时间非常难熬。"

新晋入围的耕平根本不敢想象等待大奖评审的痛苦。还记得新人奖那晚，他懵懵懂懂地跑去跟朋友一起喝酒，结果从手机留言信箱里才得知大奖得主竟是自己。

"啊，是吗？"

仔细想想，数千位作家中，有资格等待这次评审会的仅有六人。不论最终是擦肩而过还是抱得大奖归，至少这种心路历程对于作家来说都是难能可贵的。这时，耕平突然注意到另一个重要事实："呃，你说知道我入围，那你应该也知道其他五本入围作品吧。"

耕平故作镇定地说道。冈本似乎完全没在意他在想什么，轻松地说道："嗯，知道啊。要不我等下传短信给您，其实现在口头告诉您也可以。"

耕平暗暗地深呼一口气："你现在告诉我吧。"

"嗯，等一下。"

电话那头响起沙沙的纸张摩擦声。

"首先是神山静菜的《百花竞放：名捕持棍追凶帖》，这次是她第六次入围。"

神山静菜是一位资历深厚的历史小说家，此次入围作是一本广受欢迎的江户历史小说。

"另一本历史小说是晴海喜一郎的《若冲眼中》，第三次入围。"

这是一本关于江户时代画家伊藤若冲的评传性小说，作者晴海虽年纪轻轻,但饱读诗书,在作家界小有名气。

"现代小说有剧场原田的《梦中之梦》,和您一样,初次入围。"

今年上半年热销五十万册的年轻喜剧演员剧场原田的处女作。

"呃,还有野野见仁美的《张口呼吸》,第二次入围。"

这位以丑闻性爱小说著称的年轻作家,处女作虽是轻小说,但数本之后成功冲破瓶颈,闯入成人小说世界。耕平觉得腹背都是强敌,适才的兴奋渐渐暗淡下去。

"最后一位是您的朋友,矶贝久的《蓝天深处》,第四次入围。"

耕平震惊了。初次入围直本奖竟要和青友会的朋友矶贝久狭路相逢。那本书到底有多出色,没有谁比他更清楚。

12

整个下午,耕平始终无法静下心来工作。许多资料等着他翻阅,四页原稿纸的散文也即将截稿,可耕平依然心神不定,首次入围直本奖对他的冲击并不亚于彗星撞击地球。

各出版社编辑的祝贺电话不时响起,好不容易决定静心投身工作时,电话铃就不失时宜地响起。电话那头祝贺的话语,让耕平找不出话题长聊却又无法马上说再见。毕竟他们都是衷心地为自己高兴,也是这惨淡经营的十年间一直支持自己、鼓励自己的战友,就算神经再大条,也不能大条到突然挂断人家电话的程度。

(这要持续整整一个月直到评审会结束么?)

耕平真想长长叹口气，文学奖提名的喜悦，竟渐渐变味成忧郁。获奖固然高兴，只是获奖作品只字未改，它作为小说的价值其实并无变化。强迫本身不会自发争夺的小说相互争夺，简直就是造孽。

耕平无心下厨准备晚餐，于是决定带小驰去神乐坂那家他们常去的小餐馆吃饭。那是一家拖家带口、穿着T恤牛仔裤都可安然踏入的无须拘小节的小店。他点了一杯香槟，给小驰点了一杯看似红酒的葡萄汁。

"嘿，老爸，你嘴里一直说的好消息，到底是什么呀？"

耕平故作神秘地一笑："你猜猜。"

"我知道了，跟香织小姐进展顺利，对吧。哎，老爸还是老爸，你爱怎样就怎样，不过我有话在先，老妈只有一个。"

小孩似乎总能轻易说中大人下怀。

"不是啦。是老爸前不久出版的新书，入围第一百四十九届直本奖啦。"

小驰听到如此有名的文学奖项却似乎没有多大反应。他一脸迷惑地说道："也就是说还没拿到那个奖对吧，那什么时候确定获奖结果？"

"呃，那要一个月后开一个评审会，才能从六本入围作品中选出一本作为获奖作品。有时会有两本同时获奖，而有时一本都没有。"

小驰不愧是作家的儿子，他抬起眼皮望着耕平，问道："拿了那个奖，书就能大卖了么？"

"嗯，虽然我不是很清楚，但说不定能马上加印十万本吧。"

话虽说得轻松，但要实现并不轻松。《空椅子》初版才七千册，若果真能一口气加印十四倍之多的话……耕平正为这种渺茫的可能性心荡神驰，忽然像意识到什么似的慌忙打住："拿不拿得到还不知道呢，老爸初次入围估计很难吧。不过能入围对一个作家来说也是一种荣誉嘛，来，小驰，干杯！"

　　"嗯，干杯。祝你一举夺得大奖！这样我们的房贷就还得清了，对吧，老爸。"

　　耕平苦笑着碰了杯，心里却像打翻了五味瓶。他警告自己，再也不要在孩子面前抱怨房贷没还清，再也不要提及书不畅销之类的话题。

　　深夜零点左右，一贯是香织发来晚安短信的时间。耕平坐在书房，静静地望着那本早已破旧不堪的刊载有自己处女作的小说杂志时，手机奏响了美妙的和弦，是香织打来的。

　　"白天非常抱歉，我那时正和别人在一起，所以语气才那么见外。"

　　突如其来的道歉让耕平不知所措，白天的事他早已不记得了。

　　"其实听到你入围，我高兴得都要跳起来了。这样的话，我们书店就会大量订购你和矶贝先生的书啦。"

　　香织是文艺书专柜的负责人，每届直本奖公布前夕都会预先订购最可能获奖的作品。

　　"呃，谢谢。但我还是初次入围，能够入围就已经很满足了。"

　　这话虽有几分客气，但却道出了耕平大半心声。不想他忽然话锋一转，问出了一个他本无意知道的问题："你白天见的那个人，是工作上的朋友么，感觉你那时候的语气挺客套的。"

电话那头的香织似乎屏住了呼吸，微妙地沉默几秒后，她说道："是啊，我当时都没意识到，不好意思让你担心了。不过得知你入围直本奖，是我近来最高兴的事情了呢。"

这种奇妙的欢快语调，一点也不像香织。耕平也曾试图迎合，但似乎终难合拍，几分钟暗淡无趣的通话后，香织说起明天得上早班，于是挂断了电话。耕平心牵着几缕不平静，出神地望着夜色中的书架。

不出一分钟，手机又响了。它今天也累坏了吧。

"嘿，是我。还没睡吧，赶紧来索芭蕾！"

青友会的老友、历史小说家片平新之助浑厚的嗓音在耳边响起。

"让我给你敬杯酒嘛，大家很快就到齐啦。等你和矶贝来了，我们就开一瓶十万的香槟。哇，今晚真是可喜可贺啊，我们青友会居然入围了两个。听好了啊，赶紧来！"

耕平还没来得及说上半句，电话马上就被他挂断了。不过，要给这个特殊的日子画上一个圆满的句号，银座的俱乐部的确是不二之选。耕平拿起钥匙和钱包，蹑手蹑脚地朝玄关走去。

午夜十二点半，耕平打车来到银座，此时索芭蕾已临近关店时间，客人寥寥可数。

"欢迎光临，青田老师，有没有偶尔想起我们这个小店呢？"

椿笑容满面地出门迎接。耕平这才想起，这个月来除了偶尔发发短信，还真是好久不见了。

"哟，来啦，来啦！"

新之助拍了拍身旁的沙发，示意耕平坐下。恋爱小说家山崎玛莉亚、商业小说家大贯正明、传统悲剧小说家江良利俊彦、科幻小说家长谷川爱、鹰派小说家花房健嗣悉数都在，只有矾贝久尚未露面。突然，耕平身后响起一个厚重的开门声。花房拍手道："噢，另一位主角出场啦。椿小姐，开香槟！记在新之助的账上就行啦，要深粉色的哦。"

椿笑着向吧台后的服务生点了一瓶香槟。

"青田老师，恭喜您。"

矾贝穿着一件洗得有些发旧的简单T恤，向耕平伸出右手。耕平和他握手道："也恭喜你第四次入围。《蓝天深处》写得真不错。"

耕平已记不清，他到底花了多少个昼夜，只为把那个因之深陷泥潭的自己拯救上来。作家之间的互评，往往只有简单的只字片语。虽然其中蕴含着心照不宣的沉重分量，但那简单清淡的言语确实让人心情愉快。

"你们就别在那里互喊助威啦，过来坐，来干杯啦！"

青友会唯一一个直本奖获得者——山崎玛莉亚说道。漫着气泡的粉色香槟传到每个人手中。香槟真有那么甘甜吗？

"椿，再开一瓶粉的！耕平，那本书要加印了吧，不管怎么说，现在可是直本奖入围作品的天下啊。"

新之助劈头第一句，问的不是小说的内容，竟是新书的销路。他大概已经醉晕头了吧。

"呃，跟以往一样，八字还没一撇呢。"

于是，新之助转向矾贝："小久你的呢？"

年纪尚轻的矾贝久瞥了耕平一眼，说道："大概……二十版左右吧。"

鹰派小说家和历史小说家齐声叹息道："什么啊，这是。"

新之助举起空酒杯，对椿说道："再来一杯！再版了二十次，还入围了直本奖。椿，第二瓶给我算在小久头上，我是绝对不会再请这小子的客了。"

矶贝久笑着挠挠头，喝起手里的粉色香槟来。

13

"二十版啊……"

不知不觉中，青田耕平叹了口气。初版后再无加印的《空椅子》和人气作品《蓝天深处》竟同时入围同一个文学奖。这就是文学奖的不可思议之处。人气畅销和其他评价体系并行不悖，在这个商业和数字就是王道的世界，这还是挺让人振奋的。

"喂，别一张苦瓜脸啦。等拿到直本奖，给这个家伙点颜色瞧瞧，我绝对挺你到底！"

和耕平一样朴素无华也不叫座的鹰派小说家花房健嗣拍了拍他的肩膀。

"但这次最有希望的应该是第六次入围的神山静菜和第四次入围的矶贝，直本奖的话，累计入围次数还是有很大影响的。"

其实看看此前的结果就不难知道，摘得大奖的作家几乎都不是初次入围，且平均入围次数都达到三至四次。恋爱小说家山崎玛莉亚穿着一袭风骚得丝毫不亚于银座女招待的深V连衣裙，坦然显露傲人乳沟的癖好似乎已超越年龄，所向披靡。

"以往的话，我们还可以赌一赌，但这次小久和耕平双双入围，赌不了喽！"

不愧是一年两度的出版界盛事。每一次，青友会的作家们总是兴致高昂地猜测它到底花落谁家。虽是打赌，赌上的顶多也就是索芭蕾的酒钱，但这群职业作家却玩得津津有味。

"怎么等呀？"

或许是醉了吧，历史小说家片平新之助突然大声说道。耕平完全摸不着头脑："等？等什么？"

醉意醺醺、眼神迷离的山崎玛莉亚湿润着眼说道："啊？你原来不知道啊。就是等待直本奖评审会结果的仪式，一般会叫上责编，在某个店里喝点小酒，等待结果公布。入围者多的话，甚至有三四十位大出版社的编辑们到场呢，只是不但花时间，气氛还奇奇怪怪的，特别是落选的一瞬间……哎，其实也有作家一个人在家等结果的，不过大概是少数吧。"

耕平眼前浮现出编辑们一张张恳切期待的脸庞。十年的初版生涯中，责编们一个个离他而去，只剩下现在的三个，就算全都叫上也极为冷清吧。他决定问问矶贝。

"矶贝，那你是怎样等的呢？"

长着大学生般幼稚脸孔的小说家腼腆地说道："我不爱热闹，所以多半只叫上入围作的责编，找一个包厢，安安静静地等。"

矶贝久忽地笑起来："结果呢，三次接连落选，还被评审们说来说去。哎，入围直本奖不容易啊。"

入个围就激动得小鹿乱撞的耕平这才渐渐明白此事的严重性。就像庙会里，比起一旁冷嘲热讽站着说话不腰疼的人来，坐在左摇右晃的轿子里的人何止辛苦十倍。

除耕平和矶贝久之外的所有青友会成员一致决定，就在索芭蕾等待大奖揭晓。不论他们两人谁得奖，都要过来参加庆功会，如果两人都落选，就直接华丽丽地举行安慰会。不管得奖还是落选，在直本奖揭晓之夜喝到东方出现鱼肚白似乎在众多入围者心里已成为定例。

接下来的三周是如何度过的，耕平现在已印象模糊，他只记得的确如往常一样赶在截稿之前写好了稿子，因为小说杂志的连载页上已印满了密密麻麻的铅字。每天给小驰准备好早餐，隔天把衣物篮里的脏衣服丢进自动洗衣机。但这一切仿佛夏天黎明时的梦境一般浅淡，不真实。更无奈的是，虽然极力想集中精神投入眼前的工作，但心却早已飞到九霄云外。因此，他很少去想文学奖的事。只是突然想起时，心便会不自觉地开始彷徨。评审会那天，自己将会如何度过呢，结果会如何呢，和矶贝久双双获奖的可能性也不是绝对没有吧，记者招待会、电视台采访的时候该说点什么呢，把获奖怀表拿给小驰看的话，他会是什么表情呢，一个不叫座的作家如黑马般腾空出世，至少能赢得几分尊重吧。

作家的想象力此时大展拳脚，支配着想当然的痴望满脑子无止无尽地空转。虽然卧室里开着透凉的冷气，可耕平的脑里、身体里弥漫的热气让他无法静心入睡。不单只文学奖，其实所有奖项都是一场悲喜剧，只有当自己站上舞台那一刻，才知道嘲笑他人的浅薄和孩子气是多么可笑。

一夜无眠。

睁开眼，已是天明。青田耕平叹了口气，就如自著中所写，自己并无大器之才。的确，获得直本奖的作品拥有入选小学语文课本的特权，社会知名度也不同凡响，但十年前，自己仅是出于对小说的热爱才走进这个世界的,并无半点野心。而现在呢,初次入围就如此得意忘形,这还是那个自己么?

耕平从凌乱不堪的床上坐起,对自己的庸俗厌恶不已。步入文坛前,他曾认为只有德才兼备、人格高尚的人才配当作家,看来并非如此。小说家就是一群普通人。他自嘲着掀开被窝,拖着一双因睡眠不足而摇晃不稳的腿向厨房走去。

等待大奖揭晓的日子里,耕平仍努力维持着与香织的关系。但也正是从这时开始,两人约会的气氛却如夏日的天空般开始渐渐微妙起来。

耕平越来越难以揣测香织赴约的心情。微醉的回家路上,想牵起她的手她却婉转逃开,想吻吻她的脸她却低头回避,被她突然拒于千里之外的态度冷淡疏远的次数也与日俱增。

可有时她又莫名其妙地热情,在神乐坂大街上突然当众索吻,在吧台边小鸟依人般温柔依偎。这些举动让耕平很高兴,但有时也手足无措,无所适从。

和年轻女人恋爱,难道真的这么不稳定么?耕平一边拿出钥匙开门,一边自言自语道。身为作家,年收入和同龄的上班族并无两样,不仅未来的生活没保障,还带着一个刚上小学五年级却神气十足的孩子。或许正是因为这些严峻的事实,她犹豫了、迟疑了吧。一个中年丧妻的男人或许并非理想的交往对象。但是,被一个年轻聪慧充满魅力的女人折腾得疲于应对的耕平,不知为何,竟从心里感到一种难以言传的愉悦。

小说的世界里,作者就是上帝,可现实生活中那个万能的上帝并不存在,恋爱中更是如此。那个经历过无数次恋爱甜蜜,也经历过无数次分手痛苦的山崎玛莉亚,耕平记得她曾说过:"没有哪个女作家可以无条件获得幸福。"

耕平曾怀疑过这话的真实性，但现在他发现，这句话用在一般女人身上同样成立。

"没有哪个年轻女人可以无条件获得幸福。"

把玛莉亚的话如此置换一番，或许可以写进某个短篇，毕竟短篇只需一个主题或是一句提纲挈领的话便足够。耕平终究只能做个彻头彻尾的老好人，如此缺乏魄力和自信，不单在创作中，连恋爱时也暴露无遗。

他现在回想起来，要是当初早些弄清香织的真实想法就好了。那样的话，就不至于在初次入围直本奖的评审会前一晚，让自己的心情跌落深谷了。

青田耕平在浮躁喧腾的心情中一边勉强应付着手中的工作，一边纠结着与年轻女书店店员恋爱，就在他不知不觉间，夏天已悄然而至。距离七月十五日的直本奖评审会，仅剩短短一周时间了。

14

"请问是青田耕平先生吗？您好，我是朝风报社文艺部的日比野谦一。"

这是在直本奖评审会当周的星期一，耕平清早开机后接到的第一通电话。直本奖评审会定于星期五举行。

"是的，你好。"

这突然而至的电话，是来干什么呢？报刊连载小说框限甚少，是文坛大家或畅销作家的专属阵地，稿费也高出小说杂志两三倍。当然，也从没向耕平约过稿。耕平正满心期待，不料这位文艺部记者轻描淡写地说道："我就开门见山吧，直本奖评审会召开在即，想跟您做个事前采访。"

"呃……好的。"

这哪里是连载小说的约谈！虽有些失望，但转念一想，全国性报纸的采访从天而降，也是一件值得高兴的事嘛。大牌文学奖果然不同凡响。记者驾轻就熟地问道："您看评审会前一天，也就是周四的下午一点行吗？"

"好的。"

"那地点呢？"

耕平提议在神乐坂那家圆木小屋风格的咖啡店见面，在那里，他曾多次约见过各社编辑。突然，被文艺部记者毫不犹豫挂断的电话又响了起来。

"在您百忙之中冒昧来电，真是抱歉。我是每昼报社文化部的新井枝里子。"

百忙？一件事也没忙。这段日子热火朝天的直本奖事件，要忙的事都被搁在一隅自生自灭，一阵不快油然而生："是直本奖的事前采访么。"

"嗯，是的。"

耕平答应了声"好的"，把采访约在了周四下午，同一家咖啡店。这样，两件麻烦事就可一并解决了。初次入围的耕平这才猛然发现，直本奖竟如此令人劳心劳神。

每昼报社的电话挂断后，耕平漫不经心地翻阅着未刊载自己新作的小说杂志，等待下一通电话的到来。兴起时，他甚至把这些小说划分为三六九等，据说这种读书法十分有利于精神健康，不过若自己的作品登载其中，恐怕就该另当别论了。发现崭露头角的新兴后辈时会情不自禁地为他们加油鼓劲，读到同龄作家的杰作时内心却饱受煎熬。作品的世界虽浩瀚无涯，作家的内心却狭隘有界。

十五分钟后读切报社文艺部的记者打来电话时，耕平已彻底冷静下来。冷静地约好采访的时间、地点，冷静地写在暂代日程本的日历上。朝风报社下午一点、每昼报社下午两点半、读切报社下午四点。全国三大报社紧锣密鼓地依次排列在桌头的台式日历上，俨然畅销作家密密麻麻的日程安排。

如此无谓的纷扰何时才是尽头呢，往日悠然的工作心境又该如何重拾呢，在另一种意义上，耕平急切盼望着直本奖评审会的那天早日到来。

如同在烧红的平底锅上"嗞嗞"煎烤着的日子，一点一点从指缝中溜走，每天却似乎比一周还要漫长。直本奖主办方——文化秋冬的编辑米山辉打来电话，是那个周二的下午。微胖的责编开口第一句话就是："绝密情报！据说吉冈老师对您的书大加赞赏噢。"

吉冈诚一是一位已担任直本奖评委近二十年的泰斗级人物，让人如临其境的高黏度性爱小说是其鲜明特色。

"哈？吉冈先生哪……"

完全在意料之外。《空椅子》展现的是对亡妻泪尽海枯的悲伤，完全没有任何性爱场面。以恋爱为主题却没有性爱情节，居然没被指责不够震撼人心？

"虽然我这边还在试探评委们的态度，不过您应该没问题，我们文艺振兴会里，您的《空椅子》就像一匹黑马，渐渐舒展开拳脚了。"

罪孽深重的流言啊。对米山责编而言，此话或许轻轻妥妥，却让耕平内心动摇不已。他早已认定，初次入围恐怕是无缘大奖的。

"呃，谢谢。不过得奖得看时运呢。"

虽说如此，但耕平清楚其实并非如此。得奖并非全因好运，而是一步一个脚印踏踏实实的积累和入围作品优劣的综合实力较量。作家这种职业哪有仅靠运气就能如鱼得水般轻而易举。

"还有呢，中央电视台来电说要给您做个采访，说是直本奖评审会实时连线系列节目的一部分，还说要专门设一个镜头，全程跟踪拍摄……"

已经被那些全国性报刊折腾得叫苦不堪了，居然还来个全国性电视台。这种狂热已经远远超出了耕平的底线。

"呃，你是说等待评审结果期间，镜头一直对着我么？得奖了倒还好，没得奖怎么办呢？"

米山也谦恭道："那样的确有点难办，我当时觉得可能对新书的宣传有好处，所以……不过我们又没欠他们电视台的人情，这个事情最终还得您说了算。"

耕平想象着自己一本正经的表情出现在电视屏幕上的样子，落败的惨状也定会在全国观众面前一展无余吧。这太丢人了，估计往后只能宅居家中，无颜再在神乐坂大街闲游乱逛了。

"不好意思，你帮我推了吧。要这样的话，还不如一早不要入这个围呢。"

细想一下，直本奖也好，芥山奖也好，都仅是文化秋冬这个出版社单独主办的文学奖而已，可不单只作家、编辑，连所有媒体都被它折腾得团团转。米山的嗓音似乎带着些许哀求："青田老师,您千万别这么说,您是《all秋冬》能登堂入室的作家里面为数不多的幸存者啊,我们都万分期盼您凯旋而归呢。"

"你这样说,我很为难呐。这奖又不是说拿就拿得到的,再说了,下次入围还不知道是猴年马月呢。"

米山认真起来,用手轻捂住话筒,含混不清地说道:"据说,只要拿了直本奖,一辈子就能赚两亿日元。"

"……"

耕平无言以对。两亿日元,他只有在彩票中才敢想一想。

"当然这得拿了奖之后继续写作,不过拿奖后的稿费、演讲的出场费就完全不能跟拿奖前同日而语了。"

十年间初版后再无加印的耕平从没想过,文学奖之中居然暗藏有这般玄机。如此说来,评审会之夜,岂不就是彩票抽奖大会么?只是彩票大奖的中奖几率为几百万分之一,而直本奖却有六分之一的机会,而且自己的名字将被永远印在一本又一本的语文教科书上。这就是文学的至高荣誉反馈而来的现实利益。烦恼缠身的耕平心情不甚畅快:"米山,我终于知道直本奖为什么可以引起如此骚动了。我和那个世界太格格不入了,简直快要精神错乱了。评审会那天再见吧。"

和《空椅子》的出版方英俊馆的编辑一样,米山也被委派为直本奖联系人。

"好吧。期待您的好消息。"

耕平无声地叹了口气,挂断了让他疲惫不已的电话。

随后,他坐到客厅的沙发上,不觉竟睡了半个小时。或许是全国性报刊、电视台的采访请求和直本奖的经济效益对他刺激太大了吧。不管怎么说,《空椅子》只是一本初版仅七千册的小说。被渗出的汗水扰醒的耕平，走到厨房喝下一大杯矿泉水。

耕平眼角的余光忽然感觉到有什么光亮在一明一灭，定睛一看，原来是放在桌上的手机。他打开屏幕，是香织节奏不定的短信。

>我有很重要的话要跟你说。
>正是直本奖热潮之中，
>我知道你很忙，
>但是你可以为我匀出周四晚上的时间吗？
>竭诚祝你凯旋而归。

为什么所有人都齐齐送上祝福呢？可耕平能做的，只有等待而已。四十年来他第一次体会到，等待竟如此令人疲惫。

15

"说实话，您入围直本奖太让我意外了。您执笔已经有十年了吧。"

朝风报社文艺部的记者一边说，一边翻开记事本。嬉皮派的长发烫着卷，似乎文艺部记者总散发着一种独特的气质。自称日比野的记者说道："我读完六本入围作品，觉得这次直本奖非您的《空椅子》莫属。"

"呃，这个……这……"

高兴是高兴，可受到如此称赞还是不知该如何回应是好。

"上届直本奖你猜中了吗？"

文艺部记者自信满满："对啊，我当时就猜了《猫爪酒店》。而且前三届的，我都猜中了呢。"

耕平暗自提醒自己，不要得意忘形，至少两年前这个记者就猜错过。日比野又毫不在乎地说道："最重要的是文章不错。如今的作家，哎，虽然我没有资格说三道四，感觉真的大不如前了。不过您的文章端正工整，精于韵律，那富于都市气质又不失细腻的感觉，在如今的男作家中极为少见，这是您最大的魅力所在。"

对于华丽夸张的场面或犯罪描写，耕平只能举白旗，丑闻或惨状的描写他更无从起笔。受到饱读小说的文艺部记者如此称赞，他的心情不由得放松下来："其他入围作怎样呢？我只读了矶贝的。"

报社记者双手抱在胸前。白色灰泥粉刷的墙壁和洁净无尘的木质地板，让人仿佛置身于颇有情调的山中小屋，只是窗外葱郁的道旁榉树被暑气折腾得耷拉着枝条，无精打采。

"那也是一部不错的作品。矶贝先生的人气和经历都无可挑剔，但这部作品中有一些幻想成分，有的评委对此极为厌恶，因为近代现实主义仍是直本奖判定优劣的主要基准。所以矶贝先生有点悬哪。"

"呃，是么。"

耕平不知该再说点什么。矶贝久是自己青友会的朋友，他的才能已在出版界公认不讳。但是，他也是同自己竞争直本奖的对手。

"因此，循规蹈矩的《空椅子》便得以脱颖而出。我的看法就是这样。"

耕平真想长长地叹口气。什么叫循规蹈矩？这在耕平的字典里，就是陈词滥调。

"其他四部作品在我看来都不在获奖范围之内。青田老师，绝好的机会啊。"

"呃，谢谢。"

事前采访就是这么回事么。直本奖真是恐怖。接下来还得应付两场呢。

"我还想请教几个关于《空椅子》的问题。"

接下来便是耕平驾轻就熟的作者访问时间。其实，对于数月前出版成书的小说，耕平已无话想说，因为该说的都写进了书里，但作者访问对于书的宣传来说至关重要。耕平将一半心思漫然晃荡在夏日的神乐坂大街上，另一半则熟练地回答着记者们总爱提的问题。

当晚十点将过，耕平早早把小驰哄睡，在神乐坂街头约见了香织。好久没有像这样两人单独约会了，他心房的一角隐藏着一个异样的期待，现在差不多是和香织有更进一步发展的时候了。

她这样在评审会前夜特地跑到神乐坂，说无论如何想见一面，即便是真的和她发生点什么，也并不稀奇吧。在那个经常光顾的意式餐厅，在那个经常预定的靠窗座位，两人相对而坐。正前方的舞台上，一位盲人歌手正高亢地演唱男高音歌剧。耕平故作镇定，点了一瓶五位数的香槟。

"不好意思，这么晚……"

她一定是下了班回家特地换了衣服才来的吧。那条从没见她穿过的蓝白条纹夏裙，不但颜色精神，且无袖，宽领低胸，露在外面的两条手臂和胸口，在柔和的灯光下闪耀着迷人的光泽。淡淡的妆容，一定也花了不少心思吧。毫不夸张地说，今晚的香织，是相识以来最迷人的香织。

"呃，没有啦。三家报社的连番轰炸让我神经紧绷一下午了，这样跟你喝喝酒倒挺放松的。你不是有话跟我说吗？"

耕平拿起冰桶中的香槟，正要给香织倒酒，忽然觉得自己仿佛别国的绅士一般谦恭有礼。也正是这时，他突然发现香织握着酒杯的手竟在阵阵颤抖。

"你怎么了？紧张吗？"

或许今晚真的有那种期待吧。男人的心，总是醉翁之意不在酒的。年轻的书店店员放下酒杯，突然低下头："耕平，对不起。"

她说完抬起头，眼睛红红的。耕平拿着香槟瓶的手悬在半空，仿佛时间凝固了一般。难道自己做错了什么？

"对不起？什么对不起？你想说什么呢……"

眼泪满眼眶打转，香织却拼命强撑着，不让它们流下来："错的是我。我有未婚夫了，九月份就要举行婚礼，却还对你……"

未婚夫？婚礼？完全不明其意。耕平放下香槟瓶，一口气喝光了杯里的香槟。这么昂贵的香槟，竟只有酸味，非得投诉不可。

香织毫不回避地看着耕平，继续说道："我可能是有点婚前恐惧症吧，心里一直迷惘着，就是他了么？要跟他结婚么？那时你正好来我们书店开签名会，真的，我就像见到了王子一样兴奋，一直觉得你像个天外之人一样遥不可及，可你却温柔地跟我说话，还几次三番约我见面。这段日子我真的非常高兴，每天都像做梦一般美妙。"

耕平忽然觉得什么东西从他胸口慢慢逃离开去，心中那朵还未等得及盛开的花朵只得含恨枯萎。

"但是，对你的喜欢一天天增长，我觉得不能再这样下去了。对不起，虽然明天是对你意义非凡的评审会，我也不得不说出这些话。全都是我的错。"

香织又一次低下了头。强忍许久的泪水终于冲破眼眶流了下来。耕平挣扎着坐起身，作最后的顽抗："那就不要和那个人结婚了，跟我交往吧。"

香织哭着微笑道："他父亲得了重病，医生说最多只能活半年了。上周六，我和他一起去医院看他父亲，他父亲握着我的手，流着泪对我说，'儿子我就交给你了，虽然我很遗憾看不到孙子长什么样，但我还是可以安心地把儿子交给你的。'可我并不如他所想的那么好。"

书店店员再也强忍不住内心的感情，哭了起来。

"那你是怎么回答的呢？"

香织嘴角强露一丝微笑，说道："其实我真的很厚颜无耻。我说'嗯，我会努力让他幸福的，您就放心吧。'即使时间倒流，我想我也会这样回答。所以，我不能再跟你见面，不能再对你想入非非……"

香织擦干眼泪，抬起头来："虽然他不像你一样生活在如此华丽的世界，也不会让我怦然心动，但他绝不是坏人。我今生最后的恋爱，将在今晚，在这家餐厅画下句点。"

"这样，你真的觉得好吗？"

书店店员认真地点点头，笑了："我仍然是青田耕平的忠实读者，会一直读你的书，买你的书。明天努力吧，我会在心里为你加油鼓劲的。"

耕平微笑着掩饰胸口划开的伤洞:"我只能说非常遗憾。我可以邀请你陪我喝完这瓶酒吗?"

"嗯。耕平,对不起。"

这晚,耕平把香织送进地铁,独自走进半坡上的一家酒吧,一直喝到天明。

第三章

01

(糟了!)

睁开眼的一瞬间,青田耕平惊出了一身冷汗。昨晚被横濑香织重重甩开,不知不觉竟在神乐坂酒吧里,红酒、伏特加、杜松子酒,甚至还有调酒师强力推荐的二十年陈酿苏格兰威士忌,一杯接一杯喝得酩酊大醉。现在已经完全不记得到底喝了多少杯酒,花了多少钱,只知道头很痛,钻心地痛。他慌忙坐起身,却见小驰穿着睡衣站在门口,担心而又关切地望着他。

"老爸,你没事吧。一直打着大呼噜呢。"

耕平抓起床头柜上的闹钟一看,早上七点。还好,还不至于让小驰上学迟到。

"不好意思,我马上做早餐,你等会儿啊。"

"嗯,这个不急。老爸,你今天要去直本奖评审会吧。"

"呃……这个。"

昨晚被年轻的书店店员撂下再也不要见面的狠话,耕平似乎还未从那打击中回过神来,竟把这件大事忘得一干二净。他不禁又是一身冷汗，连忙爬起床来，向厨房走去。

冰箱里还有昨晚剩下的米饭，耕平决定做个日式早餐。纳豆、煎鸡蛋、大葱和油豆腐做成的味噌汤，前些天腌制的西芹和青瓜。小驰夹起一片青瓜放进嘴里，马上皱起眉头："老爸，这个太酸啦！"

耕平刚才明明尝过，却丝毫没有感觉。心不在焉地做好早餐，心不在焉地吃着早餐，心不在焉地看着早报，他不知道自己的心到底飞去了哪个国度。在冲绳，这种状态叫作"丢魂"。突如其来的失恋和直本奖评审会来临的双重冲击，似乎让耕平也把魂给弄丢了。他夹起一条西芹，咯嘣咯嘣地嚼着，仍然浑不知味，就如同嚼着一口冰冷的泡沫塑料。

"这个，很咸吗？"

小驰面露烦色："好了好了，老爸。我就盼着直本奖的热劲儿赶紧过了，那样我就可以吃上美味的早餐了。"

他夹了些纳豆，又挑出煎鸡蛋的蛋黄放进饭碗，胡乱地拌了拌，大口大口地往嘴里扒着。这是耕平最乐于见到的吃相。他也尝了尝，果然还是不知其味。连米饭和纳豆都吃不出来，今天真是太反常了。

"今晚，外婆会来吧。"

把她也忘得一干二净了。晚上，亡妻久荣的母亲郁美会来陪小驰，所以耕平没有打电话叫钟点保姆。

"呃，是噢。晚饭我会拜托外婆给你做的，你想吃什么。"

小驰没有半秒思考或犹豫，大喊道："蛋包饭。外婆做得比你好吃多啦！"

久荣去世后，耕平曾大费工夫地钻研烹饪书籍，但终究不及久荣和岳母。磨炼厨艺就如写小说，都是大量消耗时间的差事。

把小驰送出家门，耕平又如往常一样回到书房，坐在书桌前。今天的任务是百货商店广告杂志的五页随笔和小说杂志所邀短篇小说的情节构思，都不是可以马马虎虎应付了事的东西。随笔不仅稿费高出普通广告宣传杂志一两倍，广告部负责人还是他的忠实读者。隔周一篇的随笔的稿费，是他生活得以继续的珍贵收入。

但不论他如何伏案苦思，仍然找不到工作状态。其实随笔的主题早已确定，对比今夏的酷热和童年夏天的凉爽，轻笔带过环境问题这一话题。平常看来毫不费力的文章起首在此刻竟异常艰难，想再翻翻资料找点灵感，却发现所有文字都已失去意义，如同沙粒般簌簌地从书页上零落。

或许真是把魂丢在哪里了吧。不论他如何努力集中精力，努力了整整一个钟头，随笔还是只字未动。他知道，这种时候再怎么着急都是于事无补，就算使劲推、使劲拉，也有如风平浪静的大海一般纹丝不动，而说不定第二天却奇迹般地下笔如有神，这就是作家工作的不可思议之处。在状态的日子和不在状态的日子泾渭分明，便是作家生活的每一天。

不过，今天是直本奖评审会举行的日子，稍有紧张抑或丢魂落魄都是可以理解的。因为不管怎么说，要是夺得大奖，自己将万众瞩目地出现在当晚的电视新闻上，面对全国的读者和观众。耕平关了电脑，决定看看圈中好友的赠书。这样的心情，还是看本轻松点的吧。他从书架上抽出片平新之助新写的时代小说。好人恶人迥然分明的名捕侦探小说，即使确是不朽的杰作，大概也难以称之为文学作品吧。但不得不说，新之助的小说有种神奇的力量，可以让人在心情最低落的时候，把眼前的烦心恼火之事忘得一干二净。能把读者带入另一个世界，这或许才是小说最为珍贵的力量吧。

下楼吃完午饭，耕平又回到了寓所。上电梯的时候他想，今晚一定免不了被大伙儿带进这个餐厅那个酒吧的，到时候连洗澡的时间都没有。于是，他早早地放好水，舒舒服服地泡了个热水澡。却不想泡澡的功效如此神奇，竟让他烦闷浮躁的心情沉静了下来。夏日的户外光线透过浴室窗纸，散发着一种奇妙的光感，不觉间让他全身涌动着直本奖即将到来的兴奋。

耕平从衣橱挑出刚从干洗店拿回的白色衬衫和一套夏季西装。今晚的形象或许会被载入史册，决不可马虎了事。虽然平日不修边幅，不爱打扮，但绝不能容忍穿着让人心生厌恶。正当他的手伸出衬衣袖口时，内线电话响了。耕平拿起听筒。

"耕平，我是郁美。我是不是来得太早啦？"

原来是岳母。在耕平夜晚外出的时候，她偶尔会过来陪陪小驰。

"没有，没有。您看，总是麻烦您。我马上开门。"

耕平一边按下内线电话的自动解锁按钮，一边把袖口纽扣扣了起来。打开门，只见郁美抱着两大束鲜花，一大束白百合和一大束红玫瑰。郁美拿出那束红玫瑰递给耕平，说道："这个给你，祝贺你入围直本奖。虽然不知道最终能不能拿奖，不过已经很了不起啦。我想久荣在那边也一定为你高兴呢。"

郁美走进门，径自走进厨房，把接好水的花瓶从水龙头下拿了出来，顺着水流剪去白百合的绿茎，插在花瓶里。耕平看着她微弯的背影，惊讶地发现这四年里她确实老了不少。这个六十多岁的老人曾经的绰约风姿，在痛失独生女儿后已然消失得无影无踪。

"我今晚可能会晚点回来，麻烦您叫小驰按时睡觉。"

郁美把花瓶凑到眼前，仔细地修正每朵花的角度。又要把它摆在女儿的遗像前吧，就像往常一样。

"结果大概什么时候揭晓呢？"

人生的首次评审会。耕平没有任何经验。

"呃，可能七点吧，也可能是九点多，我也说不准。"

岳母转过脸朝他笑了笑，耕平也彬彬有礼地回笑了笑。郁美把白百合花瓶抱在胸前，说道："多晚都没关系啦。那孩子过世已经四年了，难得你为了她一直单身，作为岳母我很欣慰，但你也是时候找个好女人，重新整装再出发了。下次不管是这样的评审会，还是你要去约会，小驰就交给我吧。"

岳母的这番话，让耕平全身一阵发麻。他不知该如何回答。

"《空椅子》我看完了，看得出你还没忘记那孩子，作为母亲我已经感到非常满足了。直本奖拿不拿得到都无所谓，因为这本书不论是对久荣也好，还是对我也好，已经是最美好的礼物。"

耕平感觉自己宿醉的身体似乎从内至外洁净了起来，"谢谢您。今晚我会努力的。"

他轻轻点点头，走回卧室继续打点未完的行头。

02

出租车在赤坂一本木大街的中华饭店前停了下来。这是一家常现于荧屏的由中国厨师经营的饭店,两翼的白色建筑物仿美国初期建筑式样而建,犹如南国度假酒店般豪奢华丽。时间刚过五点半,七月中旬的黄昏仍如白昼般明亮。耕平下了车,英俊馆的责编冈本静江马上跑了过来。他对冈本说道:"呀,这样好么,这么高级的饭店……"

冈本拍着胸脯说道:"说什么呢,你可是堂堂正正、名正言顺的直本奖候选人。一切包在我身上。"

话虽如此,出道十年初版后再无加印的耕平还从未享受过英俊馆如此阵容豪华的接待,不免诚惶诚恐。

"出版部长也在等着你呢,请!"

冈本抢先一步走进饭店。只见走廊中央一条小河潺潺流淌着,两侧墙上星星点点装饰着点燃的蜡烛,高高的天花板上风扇悠悠地转动着。耕平突然注意到冈本身着深蓝套装的背影:"这身套装,你在猫山小姐的记者招待会上穿过吧。"

冈本回头看了他一眼,表情带着几分惊讶:"你记性真好,作家的眼睛就是敏锐啊。我想着上次穿这套衣服猫山小姐得了奖,所以这次也穿上了这套,讨个吉利嘛。"

对出版发行获奖作品的出版社来说,直本奖也是至高荣誉,得奖后出版社必定大热。因此从这个意义上来说,直本奖不仅对作家,对出版社、对编辑来说也是意义非凡的奖项。

"我定了最里面的那个包厢。这边。"

耕平慢步走过一张张铺着洁白桌布的无人圆桌，一种与身份不合的唐突之感油然而生。

十张榻榻米宽的正方形包厢里，英俊馆出版部长盐谷典秀和文化秋冬的联络要员米山辉齐齐坐着。见到耕平，两人拿去铺在双膝的餐巾，突然起身站得如军人般笔挺。若是寻常的会面，定不会如此彬彬有礼抑或紧张吧。与耕平有过数面之缘的出版部长拘谨僵硬地说道："青田老师，紧张的时刻就要来了。我一直坚信，这一天一定会到来的。可以和您一起等待直本奖揭晓，我感到无比荣幸。"

盐谷现已五十有余。耕平还记得刚入行的时候得到过他很多帮助，印象里留下的是他青年时候的模样，却不想如今已是白发掺半。年老这个如此稀松平常的事情，却总引得人无限感慨。

"呃，谢谢！各位，请不要这么紧张，不然就传染到我身上来啦。"

胖得圆滚滚的米山忍不住大笑起来："是啊。说不定得等两三个小时，甚至是四个小时呢。我们还是放松放松，边吃边等吧。这家饭店的北京烤鸭、冬瓜和燕窝可是极品中的极品哪……"

米山舒畅爽朗的笑声在包厢里响起，似乎让这里有些压抑的气氛突然明快起来。这是他的拿手好戏。文艺编辑若无此爽朗个性，又无一二绝技，恐怕难以在出版界长年摸爬滚打。作家与编辑的世界，就如冲破公司框架的狭小村落，一人一技即是生存之道。个性缺失者只能被淘汰出局，不论是作家还是编辑都不例外。此时，冈本说道："喝点什么呢？要不先不喝带酒精的吧，得了奖的话，还得去开记者招待会呢。"

耕平暗中观察着米山和盐谷的表情。在这个夏日黄昏,他们结束一天漫长的工作,赶到这里陪自己等评审结果,无论如何也不能点个乌龙茶吧。

"那……我要一杯生啤吧,感觉有点口渴了。你们呢?"

米山兴奋道:"哇……青田老师果然爽快。跟有的人一起等,从头到尾都是让人如坐针毡般紧张的气氛,简直想立马溜之大吉。冈本小姐,那就……"

不等他说完,女编辑马上接话道:"好,好,你也是生啤对吧。要不就先上前菜吧?"

米山的性格在出版界可谓众所周知。他挠挠头,笑了。出版部长也说道:"我也要一杯生啤好了。冈本,你呢?"

"那我也要一杯吧,今天上午就开始觉得口好渴了。哎,又不是我拿奖,直本奖真是奇怪。"

不久,身着旗袍的女服务员走了进来。耕平已记不起那件旗袍到底是红色,还是蓝色。本来以为自己可以沉着镇定地观察周围的情况,却终究难以沉着镇定。

一顿看似与平常会面并无二样也不必拘谨的晚餐,席间谈笑也滔滔不绝毫无间断,可心思都用在等待结果上的一切谈笑,都只是笑谈。

"说起来,盐谷先生当编辑好久了吧。"

微醉的出版部长回答道:"是啊,干了二十五年了。"

耕平天真烂漫地问道:"那……你经手策划出版的直本奖作品有多少呢?"

盐谷脸色一变:"哎,一本也没有。我们出版社文艺部成立得晚,刚成立那时还被轻视呢,别说得奖了,连入围都不敢想。敢奢望奢望得奖也是最近七八年的事。我只要出一本直本奖作就够了，那是我年轻时候的梦想。"

耕平震惊了。二十五年，至少经手策划出版了三百本书吧，但一本获奖作都没有。冈本满脸遗憾地说道："说起来我们出版社的书从上届奥运会以来就没得过直本奖了呢。是吧，米山。虽说文化秋冬的书有一半的几率获奖……"

惬意地喝着啤酒的联络要员咳了一咳，说道："拜托，我又不是评委。我们也不能横加干涉评委老师的意向啊。别在这里鼓吹这种阴谋论啦。"

看到米山窘迫的神情，盐谷调解似的说道："说起来，我们的一个编辑几天前和绫濑登喜子老师交谈过，他说绫濑老师对《空椅子》赞赏有加，说这本书不但内容实在，而且女性描写非常到位。"

绫濑登喜子是一位年过古稀的文坛大家，在评委中算得上长辈，也比较有威信。小说中，对异性的到位描写非常重要。漫画界的流行语"画得美女帅哥，就能名利双收"，也同样适用于文坛，因为描写异性需要敏锐的观察力和感受力以及丰富的经验，即使名利双收也无须奇怪。

米山夹了一筷醋拌海蜇入口，说道："这么说来，貌似吉冈老师也给《空椅子》投了一票呢。绫濑老师都赞不绝口的话，说不定初次入围就能一举夺奖，虽说最近五六年都没发生过此类壮举。"

耕平渐渐坐不稳了，眼看着一道道奢侈讲究的前菜端上圆桌，却勾不起丝毫食欲。生啤也出奇地苦涩。

还得在如此漫无目的的谈话中继续神游三个小时么。耕平此时真想逃之夭夭。一个人悄悄地溜出饭店,在赤坂的大街上漫步,任由夏风吹拂整个身体和心灵,那该有多畅快啊。

其他五位作家,此时一定也怀着同样忐忑不安的心情等待着结果被揭晓吧。细想一下,被挑选入围,被卷入无谓的纷扰,被挑来选去,都并非出自本人意愿,可不论是全国的媒体、出版界,还是读者们,都兴致勃勃地等待着。这个文学奖那个文学奖的,真是给人添足了麻烦。

03

等待已经持续了近两个小时。到了这个时候,所有能掰的话题似乎都掰尽了。三位编辑注意到耕平的情绪,绞尽脑汁跟他搭着话,得到的却是几句简单重复的回答。

(哎,管他是能得奖,还是得不了奖,无所谓啦。)

耕平心里暗暗地跟自己这样说,却无法在这种场合下说出口。英俊馆的出版部长经手制作了三百多本书,却没有一本得过直本奖,或许不只是他,对整个出版社来说,出一本直本奖获奖作品都是梦寐以求的夙愿吧。作为入围者的自己却在他面前轻言放弃,情何以堪呢?

"这个北京烤鸭不错,用的不是甜酱,而是这样……"

文化秋冬的编辑——米山辉似乎早已对这样的等待习以为常。他耐心地从小碟里夹出毛玻璃粒似的矿盐,洒在蜜色的烤鸭上,然后拿起一片面皮包好烤鸭,神情惬意地送入口中。

"看上去很好吃吧。青田老师,要不我给你包一块?"

耕平向来吃不惯油腻的食物，再加上满心紧张，入座以来就对这些高级的中国料理浑不知味。

"呃，谢谢，不必了。"

冈本突然语带愠气地说道："从刚才开始就只有你一个人在吃。你也注意点气氛嘛，要不说点调动气氛的话，要不就跟评审会现场的人联系一下，问问那里到底情况如何呀！"

米山嘎吱嘎吱地嚼着烤鸭，挠挠头道："噢，抱歉抱歉，那里的情况不能问呀。哎，难办哪……"

直本奖是由单个出版社主办的文学奖。文化秋冬的员工大概时刻都承受着到处挨训的悲惨命运吧。小说奖这种内部活动，不知何时竟已长成为吸引全国眼球的怪物，和它有关的所有人都无可幸免。

"可以啦，可以啦，我也拜托你了。"

耕平说着，把他那个没用过的碟子递给了米山。

两个小时，三个小时，四个小时也将马上过去，北京宫廷料理的最后一道甜点早已吃完。耕平小抿着中国茶，到这时已觉得腹中饱满。冈本小声叫道："这次真慢哪，都快九点了，这到底是怎么了呀？"

耕平还清晰地记得，走进这家饭店时，刚好是下午五点。同一时间，同在筑地的某个高级日本料理店，评审会也如期举行。到现在还没有定论，就意味着十位直本奖评委还在紧张激烈地讨论中，包括一位年过七旬的老前辈。此时，不论是评委一方还是等待结果的一方，都需要极大的耐力来支撑。这，就是文学奖。

四个小时的巨大精力消耗，让耕平已经疲惫至极。他看看面前团坐的三位编辑，不由得满心愧疚。即使他们经手制作的书得了奖，对他们而言也没有任何实质上的利益，工资不会上涨，职位也不会马上提升。耕平知道，除了在场的英俊馆编辑，其他责编都在某个地方急切地等待着结果的公布，就算最终得奖的是其他出版社，他们也会发自内心地鼓掌欢呼。他觉得自己很幸运，能踏入这个文艺的世界，在售书谋利，文艺作品品质和作家、编辑人格的微妙平衡中从事创作。文艺乃大人之事。他忽然一本正经地说道："呃，我想结果差不多也快出来了，最后我说几句行吗？"

这句话如一声厉雷，惊得醉酒伏案的米山正襟危坐。

"好！"

冈本和出版部长异口同声道。耕平缓缓说道："虽然还不知道结果如何，但今晚能和各位一起等待结果公布，我真的感到非常荣幸。这十年来，我的书一直销量平平，但你们不但没有抛下我，还一直给我出书，对此我真的非常感激。虽然我真的很想这次一举拿下直本奖来回报各位的恩情，但即使没能拿到，那份感激仍永不会变，真的非常感谢。从今往后，作家青田耕平就拜托给各位了。"

耕平深深地低下了头。此时，他只想用最简单的言语，来表达最真实的情感，却不想抬头时，盐谷部长正用指尖擦着镜片后流出的泪水，冈本拿着餐巾轻拭着眼角，而米山嘴角嚅动着，双眼噙满泪水。他惊呆了："啊，我刚说的话原来这么催泪啊？其实我只是想表达一下谢意而已。"

冈本静江两颊通红地说道："你说什么呢？刚刚说得太好啦，我这一生都会支持你的。从今往后，英俊馆也拜托你了。"

日本作家界并不实行欧美的专属制。虽说存在如强制量产之类的弊端，但也有自主选择投缘出版社的优势。米山从旁插嘴道："不只是英俊馆，我们文化秋冬也拜托啦，你有我们两家也足够了嘛。"

　　不愧是编辑，连这种场合都不忘捞上一把。就在这时，带有中式日语味道的声音在耕平头上响起："请问作家青田耕平先生在吗？"

　　身穿旗袍的年轻女服务员手拿无绳电话走进包厢，走到圆桌前。在场的所有人，如同看着一个保险被拔掉了的手榴弹一般直盯盯地注视着她手里的电话。耕平微微举起手："我就是青田耕平。"

　　"您好，您的电话。"

　　女服务员的语气没有丝毫紧张。耕平两手接过电话，深吸了口气，把话筒放到耳际。

　　"青田老师在吗？"

　　分外镇定自若的中年女声。

　　"你好，我就是青田。"

　　下一句话，就可以知道获奖还是落选。直本奖为了缓和冲击，在对方自报姓名的阶段，就可让候选人预测当选还是落选。

　　"我是文化秋冬的本桥。"

　　全身的力气，一点点从体内逃逸。若对方自报是文艺振兴会的某某，即为获奖，若是自报文化秋冬的某某，则是落选。三位编辑正屏气凝神地注视着耕平表情的变化。他拼命强撑着，不愿让他们看出自己的那份沮丧和失落，但他终究没能坚持到底。高级中国饭店包厢内的空气突然降至冰点。电话那头的女声继续冷静地说道："非常可惜,得奖的是矶贝久的《蓝天深处》。请不要气馁,您的书在评委中也获得了广泛好评。再见。"

匆匆打来的电话,又被匆匆挂断了。女服务员正在因为不知到底发生了什么而不知所措的时候,耕平把电话递给了她。她匆忙接过电话,逃也似的离开了。

"各位,非常遗憾,大奖得主是矶贝久。让你们等到这么晚,辛苦你们了。"

耕平轻轻地低下了头。盐谷出版部长紧绷着嘴角说道:"这还是初次入围嘛,我们下本书再冲击直本奖吧。"

冈本一边从口袋里掏出手机,一边说道:"为什么大家都看不到《空椅子》的闪光之处呢?太奇怪了。不好意思,青田老师,我打个电话行吗?我之前叫人准备了获奖绶带,得告诉他不用拿过来了。"

耕平点了点头,冈本便起身离席而去。他给自己调了一杯加冰的威士忌,一口喝下,这才终于喝出来酒的味道。虽有遗憾,也有不甘,但结果仍需自己来承受。既然有胜者,就必然有多倍于其的败者,这是世界之常理。此时,许久没有动静的手机突然响了起来。是片平新之助。

"嘿,耕平。真是遗憾哪,你今晚打算怎么过呀?小久说他搞定记者见面会就过来跟我们会合。"

反正今晚必将是个不眠之夜。岳母在家留宿,小驰明天的早餐就不用操心了。

"好。我等下就过来。"

此刻,耕平只想狠狠地把自己灌醉,哪怕直到不省人事。因为等待他的黑夜,无比漫长。

04

随着耕平落选公之于世，等待直本奖评审结果的餐会也陡然失色，自然地走向了尾声。围坐在圆桌旁的三位编辑面面相觑，谁也不敢和耕平的视线相汇。他们不知道，这种关心方式过于极端，反而让人很受伤。一行人走出饭店，来到赤坂大街上，英俊馆的冈本说道："接下来去哪里呢？要是你想喝到天亮，我一定奉陪到底。其他出版社的责编都在银座等着，一个电话他们就能过来。"

耕平想一个人待一待，那种低沉压抑的气氛，他已经足足忍耐了四个小时了。虽然他不曾奢望初次入围就能一举夺得大奖，但他也不曾想，落选的冲击就如撞打数次后的钟摆，现在仍让内心和身体震颤不已。

"等下我要去一下索芭蕾，青友会的朋友们都在那里等我呢，听说矶贝也会去。但去之前我还得跟一些人联系一下，你们不用担心我，让我一个人待一待吧。"

冈本在挎包里找了找，掏出一张的士票："那你拿着这个吧，我看你脸色不太好，你一个人没关系吗？"

耕平用尽全身力气挤出一丝笑容。他无法想象，这到底是个怎样的笑容。

"呃，没关系的，我等下就去跟他们会合了。各位，回见了，虽然结果令人遗憾，但我还是得感谢你们。"

耕平轻轻点点头，在赤坂一本木大街上，出版部长盐谷却深深低下了头："请不要气馁，下次一定会有机会的。"

直本奖主办方文化秋冬的米山一脸轻松乐观，乐悠悠从旁插话到："就是，下次就用我们出的那本新书一举夺奖吧！"

《空椅子》的责编冈本语带愠气："什么啊，对其他出版社的书只保留好感，把自己出的书却捧上奖台。你们也要适可而止！"

"噢……对不起。其实也没有啦……"

冈本或许对落选心有不甘吧，毕竟她所从事的工作使她比作家更深入书的内核。耕平呆呆地望着他们，最后说道："各位，索芭蕾见。今晚我要大开酒戒，你们可都做好心理准备噢。"

七月中旬，晚上九点稍过。白天吸足了太阳光热的柏油马路此时正微微地散腾着热气。耕平脱下夹克搭在肩上，解开衬衫胸口的钮扣，穿过一本木大街，走上了青山大道。这时他双腿突然一阵发软，似乎身体轻飘了许多。大家应该都已经通过电视新闻得知自己落选的消息了吧，没有必要给谁打电话来分享这种遗憾和不甘了。

（落选了！）

耕平茫然伫立在城市中心空出租车飞驰的大道上，望着来来往往的远多于寥寥行人的高级轿车，一份刻骨铭心的失落灌满了全身心。虽然他深知不论是实力、人气，还是对出版界的贡献，直本奖还轮不到自己，能入围都已算是荣幸之至。但他无法抑制那份失落。

（失败了！或许再也没有卷土重来的机会了！）

历经十年的惨淡经营才好不容易首次冲入重围。那下次呢，会不会又是一个十年？可那时自己已是天命之年，而且以目前的状态，自己果真能坚持到那时么？狂欢后的空虚和无助才下眉头，却上心头。

第一百四十九届直本奖已经尘埃落定，大奖得主是比自己年轻五岁、品格好、长相好、人气旺、作品更是好评如潮的矶贝久。虽然同期出道，在青友会的聚会中也时常碰面，但耕平内心的遗憾和悔恨并没因此消退半分。十年滞销作家生活的煎熬和忍耐已让他看透许多作家的性格、教养往往与才华相去甚远，而像矶贝久这样面面俱佳的作家确实极为少见。但一想起实力不敌的自己将当着众多编辑的面向这个年轻的直本奖得主寒暄应对，他便又胆怯犹豫起来。

（一切都结束了。但是，真正的战斗现在才开始。就算败，至少也应该败得风度翩然。）

沿着青山大道茫然漫步了半个小时，耕平终于得出一个极简单的结论。人，就是一种只会关注他人失败的动物。这个国家只教给孩子成功，却对失败不屑一顾。若自己仍坚持留在出版界，就必须做好面对无数次失败的准备。做一个有风度的败者，就必须抓住下一个挑战权。他昂起头，挺起胸，站在人行横道的一端，向夜晚的出租车流扬手示意。

"'欢喜也只得中庸'么。耕平，真遗憾哪。"

耕平还未在深蓝的沙发上坐定，就听到历史小说家片平新之助充满惋惜的粗犷嗓音。小林一茶的这句俳句，应此一人得奖一人落败的情景恰如其分。角落处的席位上，青友会的成员们齐集团坐，除了矶贝。各出版社数十名编辑围坐在旁边的几个席位上，小声地谈论着什么。椿快步走过来，递给他一杯加了少许水的威士忌："给你。对了，小驰刚发给我一条短信，让我告诉你，继续努力，下一个就是老爸了。真是个好孩子啊。"

那小家伙平时强装镇定，原来他知道入围后各种压力纷至沓来，一直都在担心挂念着自己呢。恋爱小说家山崎玛莉亚拍拍耕平的肩，说道："据说《空椅子》留到了最后决选呢，另外两个是矶贝和神山。这不是很好嘛，给评委留下了好印象。"

鹰派小说家花房健嗣双手抱在胸前，说道："那样的话，胜负就在第二、第三次啦。神山静菜入围六次都没中，估计很难再入围了吧。"

局外人真是站着说话不腰疼！耕平无名火骤起，他一口喝下威士忌，让自己静静地听他们的对话。虽然最终以落败告终，却有种从直本奖重压之下解脱的快感，酒似乎分外甘醇。

"椿，再来一杯。"

文艺吧女招待把手轻放在耕平的膝盖上："好的。不过我说，你的那套彬彬有礼准备坚持到什么时候呢？轻松点，乐观点嘛，不管怎么说，你好歹也是全国入围者之一呀。"

虽说如此，让他突然来个一百八十度大转弯简直难过登天。即使拿到了大奖成为了畅销作家，他也羞于报此一箭之仇。这便是耕平。

大概一小时后，一直在吧台惬意地喝着酒的年轻编辑一手拿起手机说道："矶贝说他刚搞定记者见面会，正在往这里赶。"

记者见面会设在日比谷的某个会馆大厅，开车到银座都不用五分钟。耕平正提醒自己做好心理准备的时候，门突然开了。并不宽敞的吧厅里顿时掌声雷动，不知谁高声喊道："新直本奖作家、矶贝久老师出场啦！"

一副大学生般童颜的矶贝，今晚依旧一身T恤牛仔裤，却如整个昏暗吧厅的聚光灯全打在他一人身上一般闪亮夺目。莫非这就是明星作家和文学奖的叠加效果？矶贝扬起一只手臂回应着热情高涨的欢呼声，一边径直走向青友会的朋友们，在和编辑们一同鼓掌的耕平面前站定。

　　即使天下大乱也泰然自若的年轻作家一脸认真地凝视着耕平，整个吧厅突然如潭水般安静下来。耕平感受到他强烈的气场，不觉站起身来。

　　（他到底想干什么呢？）

　　正当耕平莫名其妙时，矶贝久伸出了右手。原来是来握手。耕平紧紧握住那只手，只觉得第一百四十九届直本奖作家的手圆润而又温暖。矶贝久低声说道："有一件事，我必须向你道歉。"

05

　　（这个当红作家到底在说什么呢？）

　　耕平丈二和尚摸不着头脑。众编辑和青友会成员们屏息凝视着两位作家定格的两只手。店里安静得连掉下一根针都能听见。新直本奖作家继续说道："我把你们一家作为原型写进了《蓝天深处》，因为在我眼里，你是一个好父亲，小驰也是一个好儿子。你应该经常跟小驰出去玩吧。"

　　自久荣死后，一些作家朋友便经常约耕平和小驰到处游玩，赏樱花、逛游乐园、看电影首映……虽有悲伤，但现在想来，却是弥足珍贵的回忆。

"如果真是这样,我其实应该先跟你说一声的,只是那时我怕被你拒绝,所以就……没想到竟在直本奖评选中和你同台竞争,让我心里很过意不去……"

今晚诞生的直本奖作家矶贝久不仅才华横溢、年纪轻轻且人红气旺,连品性也无可挑剔。真是个令人头大的男人。此时,被他的作品和文学奖所征服的耕平心里,那份初读此书时的芥蒂与隔阂已经烟消云散。他明白,世上有一种人纵使嫉妒艳羡也始终无法企及。他用力紧握住胜者的右手:"没什么,我读的时候就知道你写的是我们家。说实话,我都震撼到没法专心修改《空椅子》了。但是已经没关系啦,就算我来写,我想我也写不出那么棒的作品,哈哈。祝贺你,作为青友会的朋友,我感到非常骄傲。"

山崎玛莉亚感慨至深地大叫道:"你们两个,都太完美啦!"

四周响起缓缓的鼓掌声,玛莉亚起身站到他们中间。编辑们纷纷拿出相机开始拍照,一时间,闪光灯的"咔嚓咔嚓"声响彻耳际。

"都说女人嫉妒心深重,看来男作家有过之而无不及啊。现在小久好好地道了歉,耕平也好好地道了贺,真是太完美了!"

历史小说家片平新之助走过来,似乎醉得不轻。他一把抱住两人的肩膀,说道:"小久,虽然我心有不甘,但还是得祝贺你,你的确货真价实。喂,耕平,赶紧地,下次把奖给我拿回来。我虽然与奖无缘,但出书数量上绝不会输给你们。过一段日子,我就去海边买栋别墅。哇……今晚可喜可贺,可喜可贺呀。"

耕平忽觉他声调怪怪的,转头看了他一眼,却见他双眼红红。"不知是否上年纪了,怎么变得这么多愁善感了呢?喂,椿，'嘭嘭'，再开一瓶粉色香槟，我虽然当不了直本奖作家，也要当个让直本奖作家买最多香槟账单的作家。"

东京平民区出身的新之助不亦乐乎地搬出自著历史小说中朗朗上口的台词。

"好了，好了。各位老师，都先坐下吧。"

女招待椿敦促着，让大家都落座。因为耕平他们不落座，众编辑也只好陪站。

大家刚落了座，吧厅处处便荡漾起阵阵笑声来。椿递给耕平一只香槟杯，说道："这次真是遗憾。但您刚刚对矶贝老师说的那番话，让我不禁心生恋慕。"

虽然还没有酒醉，但耕平的脸颊却不由得泛起一圈红晕。学生时代自己就没有什么女生缘，现在居然撞上如此直接大胆的告白，简直就跟天上哗啦啦地掉大洋一般。若是矶贝那样的畅销作家倒也无须大惊小怪，只是入行以来从没有女人主动投怀送抱的自己，怎么想怎么不真实。

"呃，谢谢。"

文艺吧女招待轻轻摇摇头："人家说喜欢，你却答谢谢，太不像男人说的话啦，青田老师。"

椿的手，极自然地放在了耕平大腿上。掌心里的温度，牵动着耕平的每一条神经。

"不好意思，打扰一下……耕平先生。"

是文化秋冬的米山辉，一张圆溜溜的脸呵呵地笑着。一旁的出版负责人大久保高志也端着酒杯站起身来。米山说道："评审会期间还让您连载《父与子》，真是辛苦您了，不过我想，它丝毫不会逊色于《空椅子》的。"

身材魁梧的大久保躬身道:"我也有同感,这将是您初次入围后的一部决定性作品,我们一定会努力做好这本书的,也请您多多配合。"

米山作为《all秋冬》的编辑只负责连载小说的收稿工作,成书则交给了第二文艺部的大久保。小说杂志的连载小说都是经过这样的流程,最终出版成书的。

"另外,下周校稿就会从校订那边拿过来了,您看我拿到您府上还是……"

转眼间新书又来了。虽说每年只能勉强出版两本,却似乎整天都在围着校稿打转。但这的确是无可奈何之事,两部单行本加两部文库本校稿都需要修改,因此一年里大概三分之一的时间他都在往校稿上添改红字中度过。米山说道:"这本书我们出版社可是下了大力气喔,文艺部的评价也不错呢。"

直本奖入围作品的选定表面上是由文艺振兴会进行,而实际操作的其实就是文化秋冬的编辑们。

"嗯,那就做成一本好书吧!"

文化秋冬的编辑微微一鞠躬,向对面的沙发走去。正想着终于可以坐下来好好喝口酒时,另一位编辑的声音在耳边响起:"青田老师,这次真是可惜呀!"

看到那张久别的面容,耕平差点大叫出来。

正是独步企划的编辑桥爪浩一郎。他应该已从文艺编辑部调到营业部去了吧。如今在独步企划里,已经没有自己的责编了。

"我们公司之前真是对您太失礼了,您还愿意再给彼此一个机会吗?我们会为您找一位新责编,不是我这样不修边幅的中年男人,而是年轻漂亮的女孩。"

或许这就是入围直本奖的效应吧，已无责编的出版社居然再次主动找上门来。说起来，这些年各个出版社的年轻文艺女编辑日益增多，大多数不但容貌靓丽得几乎让人错认为是电视台女播音员，而且头脑灵活，做起事来有条不紊，引得许多男编辑都自叹不可轻视。

"好的，那就拜托了。"

或许，许多作家会以此作为讽刺出版社翻脸比翻书还快的口实而对这个邀请不屑一顾，但耕平选择了应允。虽说入围了文学大奖，但初版后再无加印十年的事实还没能改写，必须死死地趴在绝壁上坚持写下去。

（今晚把直本奖忘到九霄云外去吧！）

拿起酒杯，抿上一口微甜的粉色香槟。

（为了自己，为了小驰，必须继续坚持！）

这时，冈本拿着手机快步走了过来，双眼闪闪有神，看上去相当兴奋。

"恭喜你！"

"都落选了，还恭喜什么呀？"

冈本仍满面笑容："或许这也是入围直本奖的连动效应吧，《空椅子》要再版啦！虽然只有两千本，但我们也会努力的！"

久违十年的再版。耕平激动得差点当场跳起来。

"谢谢！我真的太高兴了，冈本小姐，谢谢你！"

"没有啦，是我该谢谢您。今晚辛苦您了。"

银座的俱乐部里，年轻的女编辑深深地向耕平鞠了一躬。

06

被窝里,味噌汤浓浓的香味飘了进来。耕平迷迷糊糊地翻了个身,紧紧抱住羽绒枕头。

(这不是久荣煮的味噌汤么?哇,莫非久别四年,她又回来了?)

这个瞬间,他深信久荣其实只是出了趟远门。

"喂,老爸,外婆已经做好早餐啦,快起来一起吃吧。"

耕平慌忙看了看床头柜上的闹钟,还好,没过七点半,小驰上课不会迟到。穿着T恤、短裤的五年级小学生笑看着他,问道:"老爸,昨晚什么时候回的呀?"

每次耕平晚归,第二天早上小驰一定会问这个问题。每次耕平告诉他的总要比实际上早一两个小时。反正又不是妻子询问。

"呃,大概三点左右吧。"

耕平想起昨夜的骚动。评审会最后竟变成了一场盛大的安慰会,在索芭蕾喝到打烊后,又去了青山吧,青友会一帮人在那里一直喝到凌晨四点。

"昨天直本奖,真可惜呢。"

忘得一干二净了!原来自己没能抓住这条大鱼。但奇怪的是,起床后的心情竟分外爽朗。小驰一脸担心地说道:"差点就可以一生赚两亿日元了……"

如今的孩子,不只是小驰,似乎都热衷于谈论钱的话题。

"虽然是这样,但那也只不过是加在现在的所得之上嘛,没拿到奖，稿酬又不会减少，你不用担心这些。对了，有个好消息喔。"

小驰似乎在想着什么："是暑假要去旅行吗？我们班上没有去过国外旅行的，就只有我一个人了。"

身为父亲的耕平听到这话，不禁自惭形秽："呃，那个……下次吧。你知道吗，老爸的书再版啦，虽然只有两千册。"

不愧是作家的儿子，深知再版的意义与难能可贵："太棒啦，老爸。恭喜，要是以后也这样就好了。"

"嗯，是啊。"

耕平一边说着，头脑中便一边计算起来：《空椅子》再版两千册，税后入账也只有三十万日元，哪够父子两人在暑假这个旅游消费颇高的时节去国外呢？还是存进银行吧，说不定到时需要急用呢。

耕平揉揉微饿的肚子，跟在小驰身后向客厅走去。

"欢喜也只得中庸"么。已故俳人的佳句真是耐人寻味。

"耕平，你辛苦了。"

热气腾腾的味噌汤碗对面，岳母笑着说道。耕平觉得，现在跟这个年逾六十的岳母似乎比久荣在世时更为亲近。或许是因为分担着同一份悲伤的缘故吧。

"没有什么辛苦的啦，只是一边吃一边等了一阵，落选后又跟朋友狂喝了一顿而已。"

耕平喝下一口味噌汤，只觉得炸得金黄的豆腐的汤汁如丝般渗透酒醉的身体，他不由得感慨道："为什么自己做的一点都不觉得好喝，别人做的就这么美味呢。"

郁美笑看着女婿的眼神忽然认真起来，对正吃着半熟煎蛋的小驰说道："昨晚，外婆跟你说过，对吧。"

咦？说过什么？耕平半醉的头脑迷迷糊糊地想着。

"要给耕平找个妻子。"

突然而来的致命一击，让耕平差点没把口中的味噌汤喷出来。郁美毫不在意地说道："耕平还年轻，小驰也需要个新妈妈，我想去了另一个世界的久荣也是这么想的。所以耕平，你也得考虑考虑再婚了。已经过去四年了，要是还没碰到合意的人，我一定尽全力给你找。"

文学大奖的评审会后，总要接踵发生一连串不可思议的事情。郁美双肘撑在餐桌上说道："耕平，真的还没有合意的人吗？"

郁美说完便直直地看着耕平，目光似乎比直本奖的评委还要恐怖。虽说此时耕平的脑海里浮现出椿和香织的面容，但都还没正式交往过，更没确定关系。对了，前天晚上貌似被香织甩了吧。虽说入围了直本奖，但对女人还是十分怯懦。郁美接着说道："昨晚，我跟小驰谈了谈，他也说老爸还是找个比较好，现在就看你的想法啦。"

这时，一个小声得连尖起耳朵都难以听见的声音响起，"……不要。"

郁美慌乱地瞪了他一眼。一直低着头的小驰慢慢抬起头来，微微提高音量说道："虽然我昨晚的确那样说了……但我想想，还是不要。"

郁美伸出手，轻轻握住小驰放在餐桌上的手："怎么啦？昨晚不是还跟我说会笑着欢迎新妈妈吗？"

小驰突然把自己的小手从外婆的手下面抽了出来，看着耕平。虽然双眼没有噙着泪水,但那份明亮的悲伤却一览无余:"因为那样的话,老妈就太可怜了。"

这孩子的眼睛原来如此澄透啊,声音也无比清澈:"老爸有新女人了的话,老妈就太可怜了。我不要。"

耕平和郁美无言以对,稍许沉默后只得各自继续吃各自的早餐。快吃完时郁美柔声说道:"小驰,你的想法我理解,过一阵我们再讨论这个话题吧。"

小驰沉默着,微微点了点头。耕平勉强自己兴奋地说道:"小驰,今天还是游泳训练吧。好好游,要晒得黑黝黝地回来喔!"

小驰瞥了父亲一眼,静静地向自己的房间走去。

评审会结束后的第一天,耕平又重新回到了小说家的普通生活中。文学奖的压力不再,无需期待些什么的感觉不能不说对精神健康十分有益。写写散文,看看资料,构思构思新作,这些一如往常的工作令人倍感愉悦。

虽然无缘大奖,但入围已经让耕平倍受鼓舞。身为作家的他一直以来都是初版后再无加印,即使新作频出读者也毫无反响,多次陷入责编一个个减少的预警状态,可即便如此,直本奖并没有将他拒之门外。

第二个星期,耕平收到了《文化秋冬》的秋季新书《父与子》的校样。这是一本他自己感觉不出任何变化而责编却说是决胜之作的小说,也是他凭借初次入围大获关注后出版的第一本小说。他虽知道编辑的言下之意,但却不知何以为答。书既然已经写完,便无法再下大气力。

这本在《all秋冬》上从去年一直连载到今年夏天的小说,耕平自觉没有决胜不决胜的压力。书中以幽默的笔调讲述了一个从事自由写作职业的父亲和上小学的儿子相依为命的故事，与文学奖所要求的宏大厚重相去甚远。如果一定要说决胜之作，或许是将要在英俊馆的《小说北斗》上连载的长篇恋爱小说。呕心沥血不说，至少也花了不少心思，可以算是自己入行以来最引以自豪的恋爱小说。若能再次入围，一定也是因为它。耕平修改《父与子》校稿的红笔，在纸上游走得格外轻快。

07

　　暑假，是青田耕平的死穴。每年临近七月末，他便愁闷不已。因为必须终日面对已上小学五年级的儿子小驰。工作地点设在自家书房的他，不像每周连休两天的公司职员一样有固定的休息日，如果截稿日期紧迫，他就必须放下日常生活中的一切琐事坐在书桌前赶稿。

　　但是暑假，无论截稿日期多么紧迫，也必须让孩子的生活起居有条不紊。小学生旺盛的食欲容不得半刻耽搁。按时做好早餐，出去外面吃午餐，晚上还得好好做一顿晚餐。把碗筷放进洗碗机之后，还有一筐小驰每天去参加游泳训练汗湿的衣服等着他放进洗衣机，另外家里的大扫除也想尽量一周做两次……

　　耕平有时都说不清自己到底是个小说家，还是小驰的妈妈。像评审会后那样痛快畅饮的夜晚，仅是偶尔在重大活动时才有机会。每一天就在穿梭于神乐坂坡上和坡下之间极平静地流逝而去。在提着购物袋往回走的路上看到自己的书摆在书店的店头，他竟会忍不住吃惊不已。与作家华丽的创作生活完全无缘的一天，每一天。

自从评审会的第二天早晨小驰说不要新妈妈之后，耕平便谨慎地回避着这个话题。每天抬头不见低头见、每餐坐在同一张饭桌上吃饭的两父子之间，也有不可触碰的话题。

今年秋天，耕平就将越过四十岁大关。难道就在这样的育儿和写作中让自己的后半生孤身一人度过么？总有一天小驰会因工作或结婚而搬出这栋公寓，一旦搬出去，大概就不会再回来住了。虽然他只有耕平这一个父亲，耕平也只有他这一个儿子，但这是必然的。因为小驰无法自立就相当于自己育儿失败。每想到十多年后自己又是孤身一人的时候，总有一种切肤入髓的寂寞在耕平心里滋生疯长。

现在从事着作家这个世界上异性好感度最高的职业都没有什么女人缘，五十多岁时一定更是无人问津了吧。收入恐怕也难以上涨，只是一直孜孜不倦地写出一本本老土又不叫座的小说。要是连这样的小说也写不出了，想想依靠年金生活的年老孤独，他就不禁寒毛直竖。

（唉，人生之路何其修远啊。）

这是耕平对他这半生的真实感受。虽然在小说中可以任意安排别人的人生，但并不能把它们复制进自己的人生，却还必须装出一副有所领悟的模样。这就是作家的宿命。

"嘿，听说了？"

片平新之助总是那么热情高涨。或许这份热情，正是他每日无休地写出三四十页原稿的战斗力之源吧。

"小久这家伙,就快淹死在采访风暴里了。"

许久不见的青友会作家们在评审会之夜后的第二周又聚在了一起。时近八月,酷暑季节即将来临。冷气大开的索芭蕾,如同大海深处一般清凉,沙发和地毯的深蓝色调更是让人觉得凉爽怡人。女招待椿给耕平端来一杯兑水的苏格兰威士忌。耕平喝下一口,说道:"矶贝,最近还好吧。"

忙得不可开交!新直本奖作家的生活,至少获奖后半年内的生活,都可以用这个只言片语总结得淋漓尽致。

"啊,他给我打过一次电话,说起评审会后的三天内居然有二十二家采访,采访五十分钟,休息十分钟。全国所有报纸、半数电视台、普通周刊、女性杂志、男性杂志,外加约稿的小说杂志,甚至还有名不见经传的行业报、广告宣传报。他惊诧地跟我说,日本居然有这么多做传媒的啊。"

山崎玛莉亚从旁插话道:"我那时嫌采访麻烦,就拜托出版社给我拦杀了一批,矶贝应该全都接受了吧。"

鹰派小说家花房健嗣似有不爽地说道:"这才是他的风格呀,小久规规矩矩、认认真真的,对什么都知道感恩图报。"

"啊……对呀,对呀,那才是他。"

错不了,这尖细的动漫音就是科幻小说家长谷川爱。穿着一件Kitty猫T恤在夜银座闪亮登场的,恐怕只有她这个年龄不详的作家吧。

"他说过,自出道以来得到过许多人的支持和帮助,这就当作一点回报吧。矶贝真是太帅啦,我也好想有机会说出那样奢侈的台词喔,但是我们科幻小说没几个人爱看……"

小说界每隔数年便会掀起一股热潮。虽说书籍的流行不如时尚一般随季节变换，但每隔三四年，人气小说的类别便会风水轮转。科幻热潮散去似乎已有二十多年，其后，冒险小说、鹰派小说、正统推理小说、纯爱小说轮番汹涌来袭，而现在正是历史小说的天下。不论多么出色的作家，都不可能引领每股浪潮。作家写的，只是他们能写的东西。除了那几年的风靡，在等到下一次浪潮来临前他们能做的，只是埋头写下去。而有时候，或许永远没有下一次。

"得到许多人的支持和帮助啊……"

发出的声音比预想中更为深刻，耕平不禁大吃一惊。椿担心地看着他。为了不冷了气氛，耕平自嘲地逗乐道："我好歹也熬了十年，可出版界对我就不那么仁慈啦，初版印数嘎吱嘎吱地砍，有往来的出版社、编辑也一个一个地减少。"

片平新之助举起空酒杯："来一杯冰威士忌！"

新之助算得上青友会里最劳苦却不功高的人。

"我写文库新历史小说之前，也是名不见经传呢，这个圈里翻脸比翻书还快的我见多啦。"

椿递上一杯加冰威士忌给他，说道："等下喝点解酒茶吧，新之助老师，喝多了对身体可不好喔。"

"没关系啦，你这么担心我的话，那今晚陪我睡好啦。"

又是那句不知是玩笑还是真心话的老梗。花房健嗣说道："我觉得，能坐在这里，我们就已经很幸运了。还记得城之内臣么？"

山崎玛莉亚点点头："嗯。也不知道他现在在哪里，《誓爱》很不错啊。"

十年前同期出道的城之内，其处女作《誓爱》冲破百万销量大关后被改编为电影，名躁一时，以至于"誓爱"入选为当年的流行语之一。

"那他现在怎么样呢？"长谷川爱的动漫嗓音蒙上悲伤的色彩。

"听说在一个地区省府的文化学校当小说学习班老师，大概是因为写不出第二部作品了吧。"

小说销量过量和销量不足一样，都非常危险。一部印刷百万余本的小说，举国上下家喻户晓，因此下一部作品必须更完美，更夺人眼球。可正因为有这种执念，一行都写不下去。

"船山多摩子也是呀……"花房健嗣一副不管不顾的语气。

船山以处女作一举夺得被誉为纯文学登龙门的芥山奖，曾华丽地雄踞数本杂志的封面。这个二十二岁年轻又漂亮的女大学生，却早早弃笔与一个贸易公司职员结了婚，据说现在定居在中东。至于原因，编辑之间流传说是因为写不出第二部作品。城之内和船山曾是通俗和纯文学世界同期闪现的两颗耀眼的新星，现在却已归于陨灭。谁能幸存？谁有发展？在这个世界挣扎了十年的耕平也无法预知答案。

他重新环视身边一起度过了十年光阴的青友会的朋友们，忽然觉得大家都很了不起。但是，酒醉得满脸通红的作家的脸，看不出丝毫的了不起，仅是一张张理所当然的极为普通的脸。诞生了不起的作家的时代一定在战后某个时刻宣告结束了吧，可我们这些人即使没什么了不起，也不伟大，但也只能继续写下去了。

08

穿过所泽市,沿路跳入眼帘的绿色渐渐地多了起来。盛夏时节的树木,墨绿得很可爱。

"嘿,老爸,这可是最新型的7000系列车喔,可我更喜欢以前的模型……"

小驰坐在耕平旁边,贴着车窗看外面的风景。每年暑假,他们都会回到亡妻久荣的老家给她上坟。琦玉县饭能市曾以林业建市,现在已成为入间川溪谷和连绵山峦环绕的东京城郊住宅区。

耕平和久荣当时决定在神乐坂买房,就是因为从最近的饭田桥站到西武池袋线直通的有乐町,不到一个小时就能回老家。小驰还小的时候,两夫妇都有工作在身,因此常把他交给外公外婆照看。

铁轨发出轧轧的声响,引得耕平一阵困意袭来。本来还想用车上这段时间好好想想秋季要在《小说北斗》上连载的长篇小说,连构思本都摊开在膝盖上了。他看看小驰,只见他正目不转睛地看着车窗外飞驰而过的风景。果然还是个小男孩啊,对交通工具竟如此着迷。生活在无车一族的青田家,年仅十岁的他却已经是个十足的铁路迷。

"回去的时候坐副都心线吧,在新宿换乘一下,很快就到饭田桥啦。"

"听你的,听你的。"

列车驶过入间市,一片悠然的田园风光在眼前铺开。很快就到目的地饭能了。其实，耕平一直期待着这次上坟，因为入围直本奖的事，还有久违十年的再版的事，他有太多太多话想跟久荣说。

耕平放弃了构思他所谓决胜作品的长篇恋爱小说的念头，把手中的B6笔记本收进提包。

"你们可算来啦，小驰、耕平。"

车站检票口，岳母郁美招手道。旁边站着个晒得黝黑、穿着无袖连衣裙的女孩，白眼球和白牙齿灼灼闪光。耕平微微低头道："前阵子麻烦您了。小芽，晒黑不少了呢。"

菅野芽久实是耕平一个远房亲戚的女儿。以前他听岳母说，她是久荣的叔叔的老婆的孩子。对于这种农村特有的错综复杂头绪纷繁的血缘关系，耕平完全不解其意。他唯一了解的，就是小芽和小驰都在上小学五年级，暑假常在一起玩得很开心。

"小驰，你也要打声招呼嘛……"

站在一年不见的小芽面前，小驰似乎有些害羞，连正视都不敢正视地生硬地说道："你好，外婆。好久不见了，小芽。"

女孩突然伸出手，放在带着棒球帽的小驰头上。原来，她是在比谁高谁矮。

"我比你高呀！去年的时候还差不多呢。"

小驰满面通红，一把打开小芽的手："讨厌鬼……"

小驰不服气地上下打量着小芽。她的确长高了不少，向日葵印花的连衣裙下，胸部也微微凸起。虽然脸晒得微黑，但眉目清秀齐整。小驰局促地说道："讨厌死了，大块女。"

同龄的男孩女孩，女孩较显成熟。小芽不理会他，向耕平低头行礼道："好久不见，青田叔叔。大奖，真可惜呢。郁美外婆，差不多该走了吧，外公还在等我们呢。"

站前的小转盘处，停着一辆RV，岳父重行正坐在驾驶位上。耕平一边走出站门，一边打招呼道："爸爸，好久不见。"

　　嗯。重行的应答像是口中含着什么东西嗡鸣一般。他这个人极为寡言少语，直到现在，耕平有时仍完全不清楚他在想什么。

　　"往里面挤挤啦。"小芽对小驰抱怨道。

　　"讨厌鬼，大块女。"

　　郁美看着他们，苦笑不已。等大家都坐好，重行依然沉默着，发动了汽车。

　　久荣的老家离车站仅有五分钟的车程，就在古老的街道旁，可以俯瞰到饭能河滩的高台上。重行把车开进车库，把耕平他们的行李放在门口，又把车停在了街道上。

　　"要去见老妈吗？好久没见她啦。"

　　即使时隔四年，小驰仍决口不说上坟，而说去见老妈。这种感觉耕平也深有体会。久荣并不是出车祸死了，她只是去了另一个世界，还跟从前一样地生活着。那个世界和这个世界差不多，只是稍有错位地和这个世界重合着，感觉似乎伸手可及，但绝不可能接触。对耕平来说，死，有一种常伴身边的亲切感。

　　四轮驱动车嗖嗖地爬上夏日的山峦，蝉鸣如莲蓬头的水线般从四方灌注而来。按小驰的意愿关掉冷气敞开车篷，凉爽的夏风顿时涌进车内，格外舒畅。

　　狭窄的山路前头，可以看见一个小小的山门，那就是久荣的菩提寺。RV发出一阵碎石摩擦音，停在了就近的车位上。从这里开始，就要徒步走上去了。

　　小驰跳下车，喊道："快点走啦，老妈在等我们呢。"

　　小芽在他身后追赶不及："你等等我啦，我也去。"

山门间往上是一段青苔微生的石阶，山门被茂密的树木枝丫掩映着。每次来到这里，耕平心里总有一种难以言喻的宁静。两个孩子闹着跑上石阶，把蝉鸣和静静的山门抛在了身后。

"我们也上去吧。"

郁美说完，重行沉闷地应了声"嗯"。耕平跟着岳父岳母一起，穿过了这扇油漆褪尽的古门。

被无数人来往踩踏的石阶中央已经微微凹陷，有如一个个浅浅的小碟。数百年来，人们都是这样心怀着对亡人的思念挣扎着活下来的。听着如此蝉鸣，他恍惚觉得在都市里每分每秒被时间追赶的生活，反而不真实。

"老爸，你走得太慢啦！外婆、外公你们也快点！"

小驰提着木桶，小芽则拿着淡淡升烟的线香。他们大概已经和寺院的人打了照面了吧。郁美把一大束鲜花递给耕平，说道："你拿着这个先去吧，我和老头子去跟住持打声招呼。"

一束洁白的山百合和含羞草。扑鼻的清香中，耕平加快脚步向上走去。

"老爸，我们三个人比赛吧！看看谁先见到老妈！"小驰抡起木桶，大喊道。

"好呀！"

不等耕平爬完最后一级石阶，小驰和小芽已经开始跑了起来，传来一串串运动鞋弹奏出的夏日音符。耕平把花束紧抱在胸前，一边快步追赶，一边开玩笑似的冲他们大喊："等等我——！老爸可是最棒的哟！"

小驰和小芽"啊""啊"地呼啸着，在一片片墓地间穿梭前进。果真已是盂兰盆时节了，各个墓碑前都摆放着鲜花，周围流淌的，尽是线香的独特味道。

"老妈，我回来啦！你一个人有没有很无聊啊？口渴了吧。"

在这个仅一坪大小的新墓前，小驰双手合了十，便马上拿起长柄木勺给青色花岗岩铸成的墓碑浇水。

"青田阿姨，你好。"

小芽说着，也拿起刷帚咯哧咯哧地刷起墓碑来。这时，耕平才终于追到这里。他把手中的花束放在墓碑前，却并不合十，只是把手搭在了冰凉湿润的墓石上。其实久荣没死，她只是去了一个近在咫尺却无法看见的世界，所以根本没有理由合十。

"我回来了，久儿。"

然后，他便呆呆地望着两个孩子热火朝天地刷刷洗洗。

09

"久荣这孩子，真是太性急了。"

郁美把花束分成两半插在墓边的花坛里。水洗后的青色花岗岩如一面灰色的镜子一般澄透。墓地对面的天空中，几朵洁白的积雨云向更远处舒卷。此时小驰双手合十，对着久荣的墓碑不知叽叽咕咕地碎念着些什么。

"你许了什么愿呀？"耕平问道。

小驰回过头来："希望长得比小芽高，还有老爸的书节节大卖！"

耕平苦笑不已。原来久荣去了另一个世界也不好过啊。小驰的身高倒还不是问题，任其自由生长便是，可书籍大卖这种事情并不简单，看看自己至今的销量便知。人本以为死后可图得一方清净，却不想被活人硬塞来许多愿望，真是麻烦透顶。

"老爸你不许么？"

"嗯，差不多就行了。"

四年来，耕平从没向亡妻许过任何关于他自己的愿。毕竟，写作是一项唯有他自己能够完成的工作，别人帮不上任何忙。不过他也不是没许过，只是他许的都是关于小驰的，比如希望久荣在那边也要保佑他，让他长成一个健康活泼的孩子，成绩不好一点也没关系之类的。虽然身为作家，但对孩子永远不变的爱，他和天下父母都是一样的。

"老爸，那我们快点上去吧！"

一直喊着叫着要来上坟的小驰，似乎现在已经开始有些厌倦。耕平看看手表，扫墓到现在才过了十五分钟。

"好吧，你先去上面看看，我马上就来。"

小驰的表情霎时间阳光灿烂。"喂——小芽，我们又要赛跑啦！"

话音未落，便飞也似的跑开了。爬上墓地里最高的那段台阶，便到了那个能将饭能的崇山峻岭一览眼底的展望台。当孩子们奔跑呼啸的声音终于消失在陡斜的台阶上时，只剩下久荣的墓地、耕平和久荣的父母静立在蝉鸣声和夏日阳光中。

"哎，真是精力充沛呀。"郁美擦着汗说道。

"嗯。"沉默寡言的岳父重行沉闷地应声道。他是在表示赞同吧，总觉得和他之间有种奇妙的距离，不知如何是好，却还难以开口。

"你还记得我之前跟你说过的事吗，耕平？"

"呃……"

耕平不知所指，应答也变得和岳父一般沉闷。

"说你再婚的事呀！"

这不是在久荣墓前该谈论的话题吧。耕平不由得把视线转向盛夏里郁郁葱葱的树木，说道："这件事，要不下次再说吧。"

郁美毫不退步。无风的墓地前，线香的细烟笔直地向上升腾。

"不行，得趁现在说好，正好让久荣也听听。"

重行拿着长柄木勺一勺一勺地给女儿的墓碑上浇水。此时，他该是一种怎样的心情呢？面对同一个人的死，父亲和丈夫的心情一定大不相同吧。耕平站直身子，等待岳母发话。

郁美以一种清朗的语调，静静地说道："你还年轻，跟我们不同，人生之路还有三十年、四十年要走呢，现在就放弃怎么行呢。等你上了年纪，却还是一个人孤苦伶仃地生活，该是多么寂寞啊。对小驰来说也好，对你来说也好，都应该再找一个呀，你不也正要迎来工作上真正的高峰么。"

耕平呆立在墓地前狭窄的过道上，不知如何回答是好。虽说人各有不同，但对很多作家而言，五六十岁才是真正的事业高峰。

"一直让你一个人承担所有家务，还要抚养小驰，如果你清清闲闲倒还没什么，其实是你硬撑下来的吧。"

在彻夜赶稿的清晨给儿子做早餐，在喝酒晚归的半夜把脏衣服丢进洗衣机，即使睡眠不足也坚持参加课程旁听……对于父亲一职，耕平也一样鞠躬尽瘁。

"这跟硬撑不一样。虽说是为了孩子，但如果父母自己不乐意，那也坚持不了多久的。抚养孩子，不就是这样吗？"

这是耕平心灵最深处的真言。看着小驰一天天长大，是他最美好最幸福的经历。骑自行车、背九九乘法口诀、煎蛋……昨天都还不会的事情，今天居然勉强会了。见证孩子的成长从来都是父母最开心的事情。他最想给久荣看的，不是自己的新书，也不是文学奖，而是小驰的成长。

"你能这样说，我真的很欣慰，久荣找对了人啊。"

重行面朝着墓碑，闷闷地应道："嗯。"

在这个不合时宜也不合气氛的场合，耕平几近笑出声来。他抬头望向头顶碧蓝的夏空来掩饰萌生的笑意。此时郁美瞥了丈夫一眼，微笑着说道："但是，这样下去总归不是办法，你还是要找个新妻子的，小驰要是能有个兄弟姐妹的也好啊，再组一个新家庭，不论是对你还是对小驰，都是最好的。那样，我和你爸也不会觉得无聊寂寞啊，而且呢……"

在亡妻的墓前，耕平渐渐觉得无地自容。极力劝说女婿再婚的岳母郁美，字字掷地有声："而且，我也希望你工作能更出色。无关乎什么奖啊，大卖不大卖，只是希望二十年后、三十年后，你还能继续写出只有你才能写出来的小说，我想，久荣在那边一定也这样祈祷的吧。"

耕平觉得自己的身体似乎已完全麻痹，既无法点头，也无法出声应答，只听见无绵无尽的蝉鸣充溢在整个天地间。

"现在你才三十九，还正是血气方刚的时候嘛。但不久的将来，如果你一个人面对这一切，不是难以吃得消。家里有个女人总之还是有好处的，比如搬什么笨重的东西，你一个人搬不动，她可以帮忙啊，男女搭配，干活不累嘛。"

"嗯。"

重行闷闷的应答声，这次却变得异常坚定有力。曾有人说，耕平是写恋爱小说的好手。这类评价大多只可信其一半，事情一旦临到自己头上突然就变得很没出息，连他自己都觉得可悲可叹。或许岳母说得对，以为自己无所不能的想法的确有勉强硬撑的意味。最明显的，就是以为自己既能出色地搞定工作，又能完美地扮演当了爸又当妈的双重角色，是自己一开始就太自信了。

　　郁美似乎想起了什么，笑着看了看重行，说道："我嫁给老头子就是再婚呀。其实我俩住得近，而且很早之前就认识，只是他离婚后整个人都变得颓废不堪，生活也一塌糊涂，我很想帮他点什么，结果一脑热就结婚了。"

　　意外之至！十五年了，还是头一次听说岳父岳母风花雪月的开篇。

　　"要是你还没找到合意的人，我给你介绍。其实我早就跟好几个朋友打过招呼啦，只要你有这个想法，我一定给你介绍到底。"

　　真是皇帝不急急太监，听这语气，似乎她对再婚一事是举双手双脚赞同的。原来女人一到某个年龄，便变得喜欢胡乱给人牵红线搭鹊桥。即使她的真心天地可鉴，此时此景，何以开口说出托媒之事？

　　"嗯，我知道了。再婚的事，我会认真想想的。"

　　郁美在女儿墓前双手合十："久荣，你也要保佑他找到个好姑娘啊。要是莫名其妙地吃醋，妈可不许喔。"

　　耕平对着岳母的背影深深低下了头。这时，重行突然大声说道："嗯。不管再不再婚，你都是我们的儿子，这一点是永远都不会变的。"

作家竟被别人的台词感动而流泪,情何以堪?耕平自嘲着情感脆弱的自己,向着岳父岳母的背影,再次深深低下了头。

10

在饭能的河滩上,在悠然自在的玩耍嬉戏中,他们度过了这天的黄昏。孩子们欢闹着往河中丢着石子,顺着河水漂下一只只小树叶船。耕平把牛仔裤挽到膝盖,一步一步地踏进夏日的浅滩,却不想河水竟清凉得让他浑身为之一震。离开东京,似乎连水也变得新鲜了不少。还记得久荣曾说,用饭能的水泡澡,肌肤的感受简直天差地别。这里的水一定特别好吧。

晚饭时和岳父母一起喝了点小酒,耕平便早早地上了楼。客房是八张榻榻米大小的日式房间,即使夜半已过,蝉声依旧嘈杂。小驰白天玩累了,现在早已睡熟。耕平把从东京带来的书放在枕边,茫然地望着拧得只有黄豆大小的油灯发呆,完全没有心情拜读别人的作品。

他想的,正是再婚的事。在和儿子生活得好好的二人世界里新添另一个人,这简直无法想象。据说男孩只有在十五岁之前才能和父亲好好对话,若果真如此,说不定再过五年,小驰和自己之间便仅是同住一个屋檐下的关系。虽说他是个坦率的好孩子,但要他自省,恐怕相当困难。

其实岳母说的似乎也不无道理,或许他是对久荣念念不忘,才难以下定再婚的决心吧。耕平自己也说不好。许多人以为,发妻早逝的男人都过得风流潇洒,那是因为生于现代社会的他们根本无法想象，一个男人竟会因为忘不了亡妻的音容笑貌而独身持家。

耕平转而想了想自己平日的生活，猛然察觉，最近几乎很少想起亡妻，一不留神竟已过了好几个星期。如果不再翻翻老照片，甚至连她的脸都要忘记干净了。

可即便如此，他也不敢想像和另一个女人在一起的生活。这种心理究竟是怎么回事呢？原来，男人的心也不可知啊。作家能知道的，也只是作品人物的心罢了。

天快亮时，耕平做了个梦。

梦里他彻夜赶完稿，头脑昏沉地走出书房，身上穿着厚厚的法兰绒睡衣，那一定还是冬天吧。黎明的走廊昏暗迷离，客厅的门敞开着，荧光灯的光线微微地从那里透了出来。久荣似是凭门而立，仅露出半个身子，熟悉的藏蓝色睡衣不显半分春色。

（久荣……）

接下来的梦境让耕平极为难受。他想喊叫，却发不出一丝声音。从书房到客厅那仅有几米长的走廊，不论他如何向前迈步，仍丝毫拉近不了两人之间的距离。想要呼唤她的名字，想要奔去她身边，撕心裂肺歇斯底里却仍然无法靠近。

久荣一定也很难受吧。她用那只从门边露出来的眼睛无言地凝望着，只是耕平读不出任何情感。这样的短短几秒，却仿佛像好几年那么漫长。

睁开眼，清晨的阳光已经明晃晃地照进房来。耕平浑身是汗。好久没做过如此难受的梦了。他这样想着，擦了擦额头上的汗珠。这是四年来，久荣第一次走进他的梦境里。

（你来看我了啊……）

汗水浸透了他的睡衣T恤。耕平对亡妻充满了感激，一种虽悲伤但亦欣喜的连他自己都无法解释的心情，留给他深入心底的疼痛。他看了看身旁熟睡的小驰，头发没擦干就倒头大睡，结果睡得凌乱不堪。

"……老妈。"

小驰在梦中迷迷糊糊地呼唤着，一颗晶莹的泪滴从他眼角滑落。耕平的内心如刀绞般难受。这孩子虽然还小，却一直拼命地忍受着丧母之痛。除了这样默默地看着熟睡中的他，耕平不知自己还能做什么。突然，小驰睁开那双酷似久荣的细长的双眼，小小的瞳孔深处突然收缩起来。

"做梦了？"

小驰擦擦眼泪，点了点头："嗯，老妈走进我梦里来了。"

父子如出一辙的表达方式。死去的人不是化为鬼魂出现，而是前来相见。这种感觉，想必失去过至亲的人都有所体会吧。住在久荣老家的这段日子里，两父子总是不约而同地梦见她，以至于并不迷信神灵鬼魂的耕平，都觉得这一切并非偶然。

"老爸也梦见了，和你一样。老妈在梦里跟你说什么了吗？"

小驰迷糊地眨着眼睛，咯哧咯哧地揉着："嗯。她说会有好事发生，现在保持这样的状态就好了。还说老爸很脆弱，要我好好保护你！"

好事？会有什么好事呢？耕平想猜却没有半点头绪。遗憾地与直本奖擦肩而过，虽说再版，但也才区区两千册，滞销作家泥泞不堪的生活还不知何时是个尽头呢，她怎么能说出让一个十岁孩子保护父亲的话呢？真不明白久荣到底怎么想的。

"小驰！耕平！吃早餐啦！"

楼下响起郁美洪亮的嗓音。小驰"呼啦"一声如猛兽下山一般从床上跃起，低头看着耕平："你的梦里，老妈说什么啦？"

心里虽然有那么一丝醋意，耕平仍然坦白地答道："什么都没说。在我梦里，久儿一直都沉默着。"

"是么，哈……"

耕平对儿子的反应又气又恼，只是只字未说。久荣也真是，可以跟儿子说，为什么连一句话也不肯跟老公说呢？在这个阳光灿烂的夏日早晨，耕平满心不悦。

和孩子们一起度过的这个周末，悠然地从指缝间流淌着。开车去入间的商场闲逛，去秩父的温泉舒展身心，去饭能站附近的乌冬面馆和图书馆散步，顺便露露脸。这里清新自然的空气、纯净清透的水质，是耕平从神乐坂一来到就感触深刻的引人流连的地方。

从那以后，岳父岳母再也没有纠结不休地提起再婚的话题，小驰和小芽也整天在河边玩得不亦乐乎。眼前没有步步紧逼的截稿日，很多编辑也正在享受盂兰盆节的假期，名副其实地算得上作家一年中屈指可数的最为自在放松的日子。

其实这样的日子里，耕平也在脑中构思着新作。把一个个小小的黏土块反复揉捏搋和，一点点堆砌成长篇小说的基石形状，这样的角度妙趣横生，这样的人物刻画入木三分，这样的奇闻异事更是别有天地。作家都是怀着对作品的浓厚兴趣才孜孜不倦地从事创作的。当然，刚开始着笔时也常会有磕磕绊绊、迷惘彷徨，但这些对处于构思阶段的作家来说，完全不值得一提。他们只是一点点地堆砌着只有他们才能乐在其中的秘密花园，因而更有种无法言喻的奇妙。

耕平坐在宽大的河滩树荫下，听着潺潺的流水声，把笔记本摊在膝盖上。纵横驰骋的钢笔记录着他泉涌的构思。这便是他即将在《小说北斗》上连载的长篇恋爱小说，书名还没想好。他突然发现，这十年来自己作品的主人公，竟大多都是比自己年轻的男女。

这次，他决定正面描写一对与自己一样将要迈入中年的男女的爱情故事。男主人公是印刷公司的业务员，和耕平一样三十九岁，五年前丧妻。在图书馆当管理员的女主人公与他同岁，三年前丧夫。这对已称不上年轻、对恋爱日益胆怯甚至没有勇气改变自己生活状态的男女，慢慢地一点点相互靠近。季节就设定在由秋入春的那段时间吧，这样，许多重要场面就能以灰沉的冬天为背景了。

如果为他们各自配偶的死设定若干神秘的疑团，这便不再是单纯的恋爱小说，而是描上了一抹悬疑惊险的色彩。在这个灵感泉涌的悠然的盛夏午后，耕平远远地望着孩子们嬉戏玩耍的身影，深深觉得自己已是幸福之至。

11

暑假之旅的最后一个黄昏，饭能河滩烧烤如期举行。河滩上，两顶只有开运动会时才会拿出来用的帐篷迎风支起。不只是岳父岳母与小芽，附近邻居也都齐聚一堂。

耕平拿着纸杯心不在焉地喝着啤酒。烧烤这种场合，他常以参观学习者自居，并不带头准备食物。郁美领着一个素未谋面的女人朝他走来。

"耕平,我来介绍一下好吗?"

岳母满脸明媚地笑着,细长的眼眸深处一本正经。

"呃,好的。"

穿着西装短裤坐在休闲椅上的耕平稍稍正了正坐姿。郁美身后,站着一个身穿藏青底牵牛花图案浴衣的女子,两手恭谦地叠搭在腹前,一头齐颔的短发。

"这是在附近的中学教国语的坪内奈绪小姐,听说是你的小说迷喔。今天她的朋友没有来,你陪陪她吧。"

郁美郑重地向耕平点了点头,便向烧烤架走去。第一天便挑起再婚话题的背后,原来藏着这般大作战呢。她一定早就盘算着要在暑假撮合我和这个女人了吧。这个所谓国语老师的女人表情十分严肃,或许是在学校受男学生欺负了吧。

"那个……我该怎么办才好呢?"

她不知所措地低头看着耕平。耕平在五彩的休闲椅上挪了挪,给她腾出位置。

"呃,坐这里吧。"

奈绪在他身旁坐下,耕平夹紧双膝正襟危坐。虽说写恋爱小说是手到擒来,但面对这从天而降的相亲对象,耕平实在无力驾轻就熟地和她聊天。啤酒一杯接一杯地入肚,耕平已经微露醉意。

"好像有点奇怪呢。"

严肃认真的国语老师说道,眼睛却并不看耕平。这种时候,把视线转向四面被群山环绕的河滩的确是不二之选。小驰和小芽穿着泳装在河里玩得正欢呢。

"那个……可以给我一杯啤酒吗?"

"呃，不好意思，没注意到。"

耕平递给她一个纸杯，倒出剩下的罐装啤酒。

"别的先不说，干杯！"

耕平举杯祝酒，但两只纸杯的碰撞似乎没有多少反应。一口酒喝下去足过了有半分钟，奈绪说道："我想起来了，我妈好像拜托了郁美阿姨些什么，原来就是这件事啊。真不好意思，坏了你的兴致了。"

干脆爽朗的语调。她望了耕平一眼，笑了："我本来还觉得奇怪，为什么我妈总唠叨我穿这件浴衣来。转眼我就三十了，或许她担心了吧。"

她一口喝下杯中的啤酒。她喝酒的样子真是赏心悦目。耕平又打开一罐啤酒。

"来。"

耕平给她满上啤酒，递上一些小菜。有芝士鱼糕、墨鱼丝、辣柿种，都是些小老头派的东西。奈绪拿了条墨鱼丝，衔在饱满的双唇边："你不用因为我而顾虑那么多啦。"

一种莫名的温馨浮动着。此时的奈绪，似乎已经不再是一个普通的国语老师。耕平也拿起一根墨鱼丝衔在唇边："对了，这样才好吃。"他拿起小凳上那只百元小店买的打火机，慢慢地烤着墨鱼丝的前端，然后递给奈绪。

"真的呢，好香啊，要是有日本酒就好啦！"

原来她这般严肃而又一本正经的气场里，也有如此随和亲近之处。感觉很不错。

"嘿！耕平和奈绪，牛排煎好了喔！"

郁美端着纸碟和刀叉走了过来。一股接受现场督察员视察的感觉涌上耕平心头,自己做得够周到够风度了么?岳母看了看二人的神情,马上走开了。一不小心当了电灯泡可就不好了。

奈绪目送着郁美,说道:"郁美阿姨说话真有意思呢。"

耕平醉晕晕地点点头:"是啊。怎么说我都四十了,不年轻啦,已经是个大叔了。"

"四十岁才不是大叔呢!"

奈绪语气坚决地说道。耕平稍稍定睛看了看奈绪。西山上的夕阳鲜红如血,虽然天空正中已经染上了夜色,但西天仍有暑气残留。

"我看还是算了吧。"奈绪像要放弃似的地说道。是什么地方出问题了吗?耕平惶惑而不得其解,莫非是自己的应对不行?他不禁打了个寒战。

没有一个人走来他们的座位,或许是郁美打了招呼吧。两个孩子这时正和岳父岳母一起,欢乐地吃着烧烤。

"我们还是结束这样的相亲游戏吧。我是个坏女人。"

国语老师放下纸碟,环视了一下四周:"你急着走吗?青田老师。我有个秘密跟你说。"

奈绪从休闲椅上站起身,背向帐篷走去。耕平随后也追了上去。两人在水边的大石块上坐下。脚下清透的水流击撞在岩石上,溅起白色的水花。

"这件事我一直瞒着父母,所以我才跟他们撒谎说,要是碰到合适的人给我介绍介绍。"

奈绪的声音听起来十分痛苦:"我配不上你这样带着儿子还努力写作的好男人。"

一直为两人的单独相处而紧张不已的耕平不由得叹了口气。

他觉得自己真是愚蠢至极,竟抱着某种期待来到暗处。接下来大概就是继续刚才的自暴自弃之词吧。

"哪里配不上?你不也在学校教书教得很好吗?"

国语老师似乎毫不在意耕平说了什么,她脱下淡紫色带子的木屐,把脚尖浸入夜晚的河水中。

"从二十四岁开始教到现在,已经五年了。这件事有点难以启齿,其实我一直跟着一个男人。很多次我下定决心跟他分手,但始终做不到。他比你大一岁,满四十了。"

奈绪的话如同寂静的河滩上突然投下的炸弹,耕平半晌不知该如何回应。回过神,他说道:"为什么初次见面,你就跟我说这么私密的事情呢?"

奈绪望着远处帐篷的灯火,突然笑了:"因为你是小说家。就像郁美阿姨说的,我真的非常喜欢读你的作品。就算我告诉你这个秘密,你也一定能理解。我就是这样想的。"

"呃……原来是这样。"

耕平也向热闹欢腾的帐篷望去。熊熊的篝火直喷到大人的腰那么高。

"这里的人都很好,可是,如果大家知道同一个中学的两个老师乱搞男女关系,非闹翻了天不可。"

耕平凭借着至今为止的作家身份听说了许多人的秘密。只是听了百家之言,对他的写作也没有过什么用处。这个世界上所有的素材中,耕平只用得上那些极少的与他投缘的素材。

"郁美阿姨这么费心安排,短短几个小时就要结束了呢。"

奈绪凄美地笑了。就在这个瞬间,耕平脱口而出了一番连他自己都不曾预想的话:"乱搞男女关系又有什么呢?你很喜欢那个人对吧，只是他有太太了。这样的话，你也可以找一个可以偶尔跟你喝一杯的男朋友呀。这里人多嘴杂，如果你愿意，下次来东京喝几杯吧。"

奈绪圆睁着双眼惊诧地望着耕平。她的眼睛里，摇曳着远处熊熊的篝火。人与人的相遇，真是捉摸不定。

12

两人在夜晚的小河边到底说了多少话，耕平已经记不清了，似乎只有半小时那么短，又似乎有好几小时那么长。他只记得中途回烧烤帐篷去取了好几次啤酒。面对这个初识的女人，自己竟可以如此无拘无束，他觉得实在是不可思议。四周完全昏暗了起来，河滩上的灯火分外耀眼。

果然还是一开始就没有交往念想的女人好啊。五年来，奈绪一直与一个有妇之夫难分难舍，这幕戏里，自己绝对不能登场。这份无拘无束，让耕平的舌头变得轻快了起来。

虽说刚知道的时候非常震惊，但天马行空地谈了一会儿之后，便发现她其实是个非常纯洁聪明的女人。不但读过自己半数以上的作品，还像个国语老师一样，丝毫不掩饰对作品的批评不满之处。耕平搭起二郎腿，说道："日本真是不论到了哪里都有蚊子呢。"

既没有驱虫水，也没有蚊香。和奈绪说话之间，穿短西装裤露出的腿上已经被叮出好几个小包。马上就满三十的国语老师笑了："我刚才也被叮了五个包呢。你看，这里也是。"

奈绪卷起牵牛花图案的浴衣的袖子，露出上胳膊的内侧。只见雪白的肌肤上凸起一个小小的红肿痕迹。

"但是，我很高兴。"

被蚊子叮了还高兴？莫非这女人有什么特殊爱好么？醉晕晕的耕平不禁联想起某些轻浮之事。

"说不定我们是被同一只蚊子叮的呀，有点小高兴。"

"呃，这个……"

耕平只觉得全身的血液一齐涌上脸颊。万幸的是，在夜晚的河滩上，即使面红耳赤也不会引人注意。这是一条救命稻草。耕平向远处的烧烤会场望去："我们差不多回去了吧，引起什么流言就不好了。"

"嗯。但是，刚刚说的话，不能只是随口说说的喔。"

刚说过什么话？耕平不知所措地望着奈绪。奈绪轻瞪了他一眼："就忘记了？那句话还让我深受感动了呢。"

"不好意思。"

亡妻也曾说过，耕平虽然不善于一锤定音，但那些毫不费劲的轻描淡写的话语中，却总有一种动人心旌的力量。只是他自己没有意识到这一点，因此已经忘得一干二净。

"你刚刚不是说过嘛，如果他有太太，我找个男朋友也没关系，还说下次来东京喝几杯。"

耕平挠挠头，说道："呃，我是真心这么说的。"

奈绪从浴衣的胸口里拿出什么。原来是如珍珠贝一般光亮的白色手机。

"那，你告诉我短信邮箱。"

脚下的水流声清脆凉爽。夜晚小河边，红外线通讯。耕平忽然觉得，在没有手机的学生时代读过的恋爱小说似乎更为沉静感动。但时代在变，人与人的相遇和恋爱方式也在变。耕平还年轻，比起古时鸿雁传情，还是随时代而动更为理想吧。耕平把奈绪的电话号码和短信邮箱存进手机，似乎顷刻间手机变得丰富而重要起来。

"稍微隔开一点时间，我们跟大家会合去吧。坪内小姐，你先请！"

"嗯。到时候我给你发短信。"

奈绪向宽阔的河滩走去。藏青色的夜空下，藏青底的浴衣，多么风姿绰约的背影啊。耕平远望了好一阵夜幕下欢腾的水渊，才慢慢向会场走去。

帐篷下，数盏灯笼通明，宴会仍在火热地进行着，岳父岳母和邻居们谈笑甚欢。耕平在人群中寻找着小驰的身影。不见人影，那还是问问郁美吧。

"小驰这家伙，不在这里么？"

岳母醉得不轻。

"啊，刚才还在这里吃炸鸡块和饭团呀，说起来小芽也不在了呢，大概到哪里玩去了吧。"

耕平心里忐忑不已。刚刚没空管他，老天保佑他没出事才好。每逢周末，日本全国总有很多人因为水上事故而丧生。

"我去找找。"

"嗯，烧烤大会也差不多快结束了，麻烦你了。"

耕平骨碌骨碌地快步走在满是滚圆石块的宽阔河滩上，绕了一圈，仍然不见孩子们的踪影。于是，他向河流的宽处走去，还是没有。只剩下从河滩拾级而上的公园和上流的小河洲没找了。

笔直的石阶看上去陡不可攀,他决定先沿河而上去找找。饭能川上架着一座朱红漆的铁桥,耕平穿过桥下,沿着向左流去的河流,在绿色拐角处转弯,便看见了夜色中约有篮球场那么大的白色河洲。

那里站着两个孩子。耕平正想叫他们,却不由得猛地停下了脚步。穿着泳裤和T恤的少年,分明地把手搭在穿着泳衣和灰色带帽风衣的少女肩上。耕平下意识地向岩石后面躲去。

少年就是小驰,而少女就是小芽。被小驰搭着肩头的小芽,看不出丝毫不快或是抵触。两人似乎在说着什么,可水流声太大,耕平听不清楚。小芽也伸出手,用指尖抓住小驰的T恤下摆。这是在干什么呢?昏暗的灯火中,两个孩子的脸越靠越近,越靠越近,比小芽稍矮的小驰踮起脚尖……

虽然耕平所在的位置看不到他们唇与唇的吻合,他也不由得屏住了呼吸,似乎这是发生在自己身上一样。小驰才上小学五年级,今年秋天才满十一岁。如今的孩子都这样么?还是只有小驰早熟呢?耕平没有答案。但是作为父亲,他没有丝毫反感或是不快,也没有愤怒或是担心。回想起来,自己的初吻比这晚了五年还多,已是二十多年前的事了。耕平内心忽然涌起一种年代感。

他仍然清楚地记得喜欢上一个人的感觉,还有和喜欢的人接吻时内心的震撼。那种心情像是自豪,又像是受到甜蜜伤害的伤心,还有种向大人阶段又迈出一步的感觉,都是不可再得的美好经历。

这样的话,作为父亲,即使夸他几句也无伤大雅吧,因为他拥有了喜欢上一个人的美好经历。那不正是生命的大树么?有时人们将恋爱怀抱于心便可以度过一生。恋爱的力量就是这么伟大。

浅吻之后，这对年少的恋人便离开了。耕平这才终于松了口气。原来，小驰和小芽接吻时，耕平竟也不自觉地忘记了呼吸。

（现在不是写恋爱小说的时候。）

耕平在岩石后自我反省起来。这样岂不是要被小驰赶在前头了么。河洲上，小驰把手从小芽的肩上拿开，并着肩向夜色中的河流走去。小芽的指尖仍然紧紧地抓着小驰的T恤。

明天他就回东京了，下次再来这里还不知道是什么时候。年少的恋人分别在即，今晚这点有限的时间又能如何呢？耕平想，如果可以，让他们两个人单独相处久一点，再久一点吧。但是，热闹的烧烤大会马上接近尾声了。

耕平故意在岩石后踏响脚步，石块与石块碰撞的声音如枪声般回响。小芽像是丢开着火的布片似的松开了小驰的T恤。耕平大声叫唤道："小驰，小芽，你们在哪里呀？该回去啦！"

年少的恋人互相点了点头。在被他们发觉之前，耕平悄悄地离开藏身的岩石，向远处的篝火走去。

第四章

01

今年夏天,东京俨然一个热带城市。

虽已临近九月,但早晚的风却丝毫不见凉意。万里无云的晴空刚一昏暗,就刮起风暴般湿润的强风,顷刻间暴雨倾盆而至,直下得天地间一片白茫茫。游击型的暴雨战斗二十分钟,迎来的又是一片灼热炙烤的天空。连对全球变暖只抱有平常关注态度的耕平,都觉得这气候不正常得很。虽然很想为防止全球变暖贡献一点力量,但如此炎热的天气,书房的冷气是无论如何不能关的。关了冷气,恐怕一个字也写不出来。

所以,小驰便常常开玩笑似的批评他不环保。如今,小学课堂上经常提及环境问题,小学生的环保意识都强得离谱。本来,作家生活的能耗非常低,耕平更是处处留心节能,勤快地关电关灯,虽不见得有什么实质效果却尽量调高冷气的设定温度,特别是孩子出生以后,把这个星球妥妥当当地交给下一代的意识更是有增无减。决不能让自己的孩子将来居住在一个桑拿星球上。

后半个暑假,小驰精力充沛地投入到游泳、写作业和他喜欢的画画上。如今的孩子,如果不事先用手机互相确认日程,几乎都没法儿约在一起玩耍。学习班、运动俱乐部、夏令营……越来越多的孩子繁忙程度绝不亚于大人。

偶尔,耕平也会想起饭能川河滩上的那个夜晚,小驰和远房亲戚的女儿(可能)在河洲上初吻的场景。虽然那时他独自得意地笑了,但他绝不会告诉小驰原因。就算小驰有多么想知道,就算他对这样的父亲心生厌恶,他也会始终缄默不语。

拿他自己来说,如果年少时被父亲指出自己已经性觉醒,他一定会羞愧得无地自容吧。一父一子的生活虽然有些寂寞,但也不乏一些不经意的乐趣。

和中学国语老师奈绪之间的短信来往并没有间断。虽然不像年轻恋人一样每天几十通,但每隔几天便会像偶然想起似的互通短信。对已经不再年轻的耕平来说,这样的步调最为舒心。

奈绪虽然和耕平成了短信聊友,但与有妇之夫之间的交往似乎也照常不误。同一所中学的教师之间的秘密交往,以一个作家的眼光来看也不失乐趣。如果什么时候文思枯竭了,或许可以拿来写成一篇喜剧短篇。

数通短信来往之后,奈绪突然问道:

>问你这样的问题或许非常失礼,
>可以告诉我你夫人是怎么去世的吗?

下午时分,小驰和班上同学一起去附近的白银公园玩了。耕平定定地望着小小的液晶屏幕,全身无法动弹。

那件事已经过去四年了。对于存活在世上的人来说,时间飞逝之快简直令人咋舌。但当某一天发生了某一件事,让你回想起那时发生的事,无论是记忆还是胸口的疼痛,都一如昨天刚发生的事情般鲜活清晰。

>因为交通事故。
>撞在了首都高速的侧壁上。
>据医生说,几乎是当场死亡,应该没有痛苦。

一条平静而冷淡的回信,再也多写不出半个字。似乎多写了点什么,就会让人莫名地忐忑不安。写了删,删了写,写了又删,结果只能作罢。

在认识耕平以前,久荣就非常喜欢开车,而且开得很好。因此,约会的时候几乎都是久荣开车。

认识久荣是在朋友的酒会上,那时她是个美术杂志编辑。她毫不黏糊清爽干脆的个性,清晰明朗又时而以新鲜独特的讽刺或玩笑谈论人间世事的说话方式,以及对耕平不在行的社会政治问题的纵横自若,在耕平看来,都是那么的魅惑迷人。

离开老家一个人来到东京闯荡,单说汽车维护都花费不小吧,但她总能把她意大利制造的手动档小座驾打理得井井有条。耕平曾跟她说开自动档会更轻松,可她却认为那没有自己拨档来得真实。

在箱根、日光的山路上兜风时,她总能熟练地把握倾斜度,配合引擎的转数,调换到最佳档位嗖嗖地飞驰。此时,耕平眼前浮现出妻子立起驾驶座靠椅,似是把方向盘紧抱在胸口一般飞快地驶过转弯处的身影。

（她曾是那么地喜欢开车……）

而那个妻子，却突然在交通事故中死了。火红的小车只剩下原来的半个大小，像是被一只巨手捏瘪了一般。久荣的脸上虽然看不到明显的伤痕，但右半身却像是被车轮轧过，已不成人形。从那以后，青田家就再也没有买车，除了所谓滞销作家的经济问题外，其实也另有隐情。

久荣出事是在一个极平常的深夜，下班回家的路上。进行事故调查的警察曾询问，她是不是在收完稿开车回家的路上打瞌睡了。耕平也看了事故现场拍下的道路黑白照片，在撞上水泥侧壁之前，路面上确实没有刹车的痕迹，车子直接以约八十码的速度冲上渐趋逼仄的侧壁转弯处，几乎没有获救生还的希望。

那时小驰才六岁，刚上小学一年级。他似乎还不懂母亲的死是怎么回事，几乎没怎么哭闹。一周没去学校上课，他每天都无数次地拿着线香反反复复地问耕平，不去学校上课不会被老师骂吗？

没事的，现在不去上课没关系的。耕平如此回答着，可他内心里所承受的打击，连他自己都无法想象。

人们常把失去生命中重要的人用"沉重"来形容，而耕平恰恰相反，极深刻的打击反倒却极"轻微"。一半灵魂、一半内脏、一半血液和肌肉突然缺失，似乎自己的体重也减半了一般轻飘飘得很"轻微"。众多亲戚朋友的安慰吊唁之词，全被身上挖开的那个巨大的白色洞穴吸了进去，不留半点悲伤。虽说永远都不想再经历一次这样的苦痛，但这也让身为作家的耕平学会了一点，描写痛失至亲的悲伤时，绝不会写得庄严厚重，而是轻淡如残留着微热的白色灰烬一般。因为祭坛上骨灰坛里的骨灰，干燥，且轻微。

耕平站在阳台上，若有所思地俯瞰着神乐坂宽阔的街道。记得久荣还在的时候，两个人常在小驰睡后拿一听啤酒，就像现在这样凭栏迎风。有时他莫名地就觉得久荣其实一直在身边，什么事故、葬礼或是死亡，都如让这条街上摇荡不定的烈日一般，尽是虚幻。

中学已经放暑假了吧。奈绪很快回复道：

>那时很难受吧。
>我想，抛下年幼的小驰和你而去，你妻子一定也很难受吧。
>但是，你真的很了不起。
>不管是当父亲，还是当作家，都非常完美。
>我真羡慕这样竭尽全力生活的人。

完美是什么，耕平想。一切不过只是外人的评价而已。真正重要的，是那些被小说或电影删节的生活细节。犹犹豫豫、迷迷茫茫中顶住生活中的压力，期待着明天崭新的开始。作家的工作成果都凝结在书本上，极容易计量，然而做的事情其实跟普通职员没什么两样。

当父亲更是如此，永远都找不到正确答案。自己真的把小驰培养得很出色了吗？难道单靠父亲一人之力就可以营造一个温暖的家庭吗？耕平愁绪万千。

02

　　和小驰一起在神乐坂上的意大利料理店吃完午餐回来。青田耕平望了望楼下电梯旁的信箱，里面有好几封信件。学习班的广告、信用卡的还款通知、中学的国语考试承诺书，说起来，这个月卡上还要扣去银座文艺酒吧的酒钱。

　　底下还有一个厚厚的B5信封。拿出来一看，"all秋冬"的毛笔字标志赫然映入眼帘。耕平当场撕开环保纸做成的信封，一看究竟。可是分明的，他的手颤抖了起来。

　　"老爸，怎么了？我上去啦！"

　　小驰站在电梯里，按住开门按钮。

　　"呃，等等，老爸也上去。"

　　耕平快步走进电梯，视线却一直停留在手中月刊小说杂志的封面上。彩色的装帧画上那个弥漫着忧郁的少女肖像仍一如往常，只是那个反白的大字标题……

　　"第149届直本奖结果公布：矶贝久《蓝天深处》。"

　　都差点忘了。每年夏冬两季，直本奖主办方文化秋冬的小说杂志上都会刊载获奖作品摘录和著者采访，还有评委评词。

　　"老爸，到啦！"

　　小驰按住开门按钮等着他。耕平直直地盯着直本奖公布后的封面，双脚迈不出半步。

　　"怎么了，老爸？这个月卡债很多吗？"

　　小驰所担心的，总是经济上的问题居多。作为家里的顶梁柱，耕平简直想马上找个地洞钻进里去。他也无可奈何，两父子生活过得紧巴巴的确是事实。

"没有啦，是一些很厉害的老师对老爸的书作了一些评价。"

耕平神经高度紧张，以至于电梯到了十二楼他也丝毫没有察觉。毕竟是首次入围的首次评词，有些紧张也无可厚非。耕平打开玄关门，嘱咐小驰好好做作业，自己便缩进书房，仔细阅读起评词来。

日本的文学奖评选基本都是由作家主持。那些拥有出类拔萃的作家生涯和获奖经历的老作家们阅读了新人或中坚层作家的作品后再作出评价。他们中间流传着一句话：文学奖就是为了让前辈培养出后来居上的对手而存在的。

现在直本奖的评委共有十人，最年轻的也满了五十岁，都是出道逾二十年的历史小说、现代小说、悲剧小说等各个流派的代表作家。

耕平伏在书桌上，全神贯注地读起分四段印在糙纸上的评词来。上一次这么认真地阅读小说杂志是什么时候？或许出道以来都久违了吧。

但是，第一个历史文学女作家让耕平的期待狠狠地落了空。对于耕平的作品，她没有评及半个字。入围的六部作品中虽然有三部有幸被她提及，但除了获奖作品外，其他评词都极为苛刻。然而这也让耕平羡慕不已，因为至少荣幸地成为了她评论的对象。在她眼里，《空椅子》连占用一行评词的价值也没有。真是遗憾。

（啊，直本奖的评选真是严格啊！）

即便是从容淡定的耕平也忍不住叹起气来。下一个是以喜剧风格的寓言和反战小说为特色的评委。他平衡地对六部作品进行了评价，然而最后评及的是矶贝，似乎是按照从低到高的顺序评价的。耕平排在获奖作品的前一位。

耕平不禁精神为之一振，把那段关于自己作品的评词又反复读了几遍。

"青田耕平氏《空椅子》中所描绘的一个思念亡妻的丈夫的生活，既具体实在，又充满诗情画意，而不足则在于结尾处勉强设置迷局，将故事草草收尾。若拨开这个结尾不看，这部作品将永远留在我们的记忆之中。"

得到这样的评价，即使落选了也了无遗憾。第三个是写中年女人恋爱小说已达到登峰造极境界的女作家。

"《空椅子》中，回忆画面的描写极其唯美精致，有些比喻甚至前无古人后鲜来者，但是谈话背景和描写现在生活的片段略显平庸。"

能把一部小说解读到这种令人毛骨悚然的地步，这才算作家。以亡妻久荣为原型的回忆画面中，耕平的笔端似乎也被注入了无法抑制的力量，以至于他觉得不是自己在写，而是妻子在为他写。这一点居然被评委轻松地尽收眼底。下一个是令人望而生畏的鹰派作家的评词。

"青田氏《空椅子》感性之灵动，文体之透明，让我为之陶醉。读着他对亡妻诉说的字字句句，让人有种参透生死本质的感觉。"

（哇！）

看完评词的三分之一，耕平意外连连。除了第一个历史文学作家之外，其他几个评委几乎都是盛赞之词。这样的话，那不就像大奖得主不是矶贝久，而是自己一样么？耕平欣喜地翻开下一页，接下来是写战国时代为背景的厚重历史小说的大作家。

"《空椅子》的确运笔有神，但因其以回忆画面为主，以至于结尾时给人一种似是一直潜在水中的憋闷感。"

呵，原来如此。布局上必须这样安排，但他说得的确没错。如果能在某个地方插入哪怕一个场面，把主人公带入一个宽广的世界，那就完美了。耕平自我反省着，也思考着如何将这个建议运用到现在正在着笔的作品里。下一个是中国历史小说第一人。耕平反复读了多遍他的评词，却不见只言片语提及《空椅子》。又一次被直接无视了么？耕平有些沮丧，而当他看到最后一段评词时，不料想被震惊得倒仰在椅子上。

"这一次，青田耕平的才华终于得以在世人面前展露。语言之妥帖自如，甚至凌驾于获奖作品之上。我想，在不久的将来能够有所飞跃写出名作的，就是他了。"

呃，高兴是高兴，可言过其实的赞美，还是让人心里不踏实。自己的写作手法真的没问题吗？首次入围就受到如此褒奖，或许还是得小心点交通事故吧。下一段是短篇小说名家的评词。

"《空椅子》是一部难以捉摸的作品。虽然遗憾无缘大奖，但数位评委的评价都不错，我就是其中一个。抑扬有致的文体、细致的观察和精巧的描写，感受着这些，让我不禁有'真想再看一部'的冲动。"

耕平坐在书房的椅子上，却像是遨游在太空里。或许自己真的能行，在艰苦恶劣的创作世界里纵横数十年的老作家们都对自己如此褒奖。即使存在文章公开发表时的夸大成分，也一定是因为自己有相当的实力,有突破瓶颈的机会吧。耕平这样想着,越想越难以平静,像一只得了欣快症的黑熊一般在狭小的书房里走来走去。剩下的三个评委中,又有两个对耕平的作品视而不见。

原来是因为这两个评委和第一个时代女作家的反对才与大奖失之交臂的么。耕平反复读了多遍评词,终于可以想象出评选会的大致流程。最后是一个年轻时即出道,在第一线创作了近五十年的明星作家。

"让我忘却评委身份痴迷阅读的,有青田耕平的《空椅子》和矶贝久的《蓝天深处》这两部作品。两位作家文采洋溢,而且清楚地知道如何做到有扬有抑,让我切身感到,应该受到关注的作家登场了。青田较为文艺,矶贝则能敏锐捕捉时代,虽然我把票投给了矶贝,但青田的实力并不比获奖作品逊色。"

耕平高举起双手,不禁兴奋得叫出声来:"太棒啦!"

此时,门忽地开了,小驰从门缝里探出头来:"怎么啦,老爸?你今天真是太奇怪了。"

耕平拉起面露嫌色的儿子的手,在书房里跳起舞来。初次入围直本奖的作品竟能受到如此高度的评价,他做梦都不敢想象。这段评词,让他这十年来不见天日的作家生活突然闪耀了起来。

03

"啊,我真的被震惊到了。"

桌子对面,坐着文化秋冬第二文艺部的编辑大久保高志。这时,他正啪啦啪啦地浏览着耕平刚修改好的《父与子》的校稿。

"这次几乎没作什么改动呢。您辛苦了,青田老师。什么事那么震惊啊?"

不愧是编辑,比起与作家闲谈,新书的校稿显然更为重要。耕平喝了口冰咖啡:"当然是《all秋冬》的评词啊。被夸成那样,搞得我都诚惶诚恐了,似乎得奖的不是矶贝,而是我一样。"

"啊,这件事情啊。的确对首次入围者来说是史无前例的好评呢,我听主编说……"

大久保突然把声音压得很低。正是大白天闲散之时,这家神乐坂咖啡店里却异样地在唱着戏。

"在决选投票的三部作品中,大家对矶贝先生和您的评价不一,有的还说要让两部作品同时获奖呢。最终矶贝先生的前几次入围经历起了作用,他获得了大奖。而对于首次入围的您,则决定看下一部作品如何。所以,我想那些评词都是评委们真实的感受和想法。"

耕平虽然在收到直本奖公布号小说杂志的那天把评词反复读了多遍,但随后便把它放进书架,加上了封条。若一直沉浸在那些评词中,便会终日得意忘形而无法着笔,这就是常言道的"捧杀,捧杀"。虽然只是首次入围直本奖,但耕平确确实实地感觉到,一种叫"必须写出优秀作品"的无形压力忽然落在了他的肩上。

"呼……原来如此。但是很多人即使首次入围作品评价很高,但之后还是屡次落选呢,说什么写得还不如上次鲜明。那才是真的郁闷呢。"

耕平的脑海里立即浮现出好几个作家的名字,他们凭借着光鲜华丽的处女作闯入了直本奖提名。如果要求他们写得更有新意,当然无法与处女作匹敌。这着实是个残酷的打击,但自己并非没有陷入这个怪圈的可能。十年来初版后再无加印的作家生活，已经无形之中消磨了耕平意志。

"不，我觉得这次绝对没问题！"

大久保可真是自信。

"什么没问题啊？"

"马上就九月了。通常把校稿交过去，出书也是三个月后了。但《父与子》的预定出版发行时间却是十月二十五号，我们快马加鞭，足足提前了一个月。青田老师，您知道这是什么意思吗？"

新作提前出版发行，将在十月末付梓。

那是什么意思呢？耕平糊糊涂涂地，猜不出个所以然来。编辑意味深长地点了点头："直本奖冬期入围作的截止日期，是十一月初。我们非常希望您能拿奖，不论是编辑，还是营业，甚至包括印刷厂和装订在内，都鼓足干劲地在支持您呢。"

耕平一时不知该如何作答："呃……这个、这……"

"没关系。主编好像从各位评委老师那里得到了什么启发，您现在正是顺风起航呀，英俊馆的那本入围作不是加印了嘛。而且我们确信，《父与子》一定不会比《空椅子》逊色，因为我们文艺部所有人读完之后都这样说。所以，您尽管把心放到肚子里。"

这就是独家主办直本奖的出版社的强大之处吧，简直和其他盼个入围都只能听天由命的出版社有天壤之别。然而耕平丝毫感受不到顺风的助力，虽说加印了，但才区区两千册，眨眼一个月又要过去了，出版社也没来联系三刷的事。读者来信也是，与以往并无不同。而且他们对这部作品的评价也与自己的评价有微妙的差异。

"打住打住。我也觉得《父与子》写得并不差,但绝对够不上直本奖的厚重,所以这本书不可能拿奖的啦。对于文秋各位的支持,我很高兴,但我觉得,我的决胜作是下一部长篇恋爱小说。"

大久保微微皱了皱眉,伸出神经质般细细的指尖,把校稿一点点放进信封。

"下一部长篇是哪里的?"

"在《小说北斗》上连载,所以是英俊馆的。"

对编辑而言,他所负责的作家的出版时间表是极为重要的业务信息,因为作家的工作由一连串的步骤组成,出版的时机、广告的手段等,都是营业战略不可忽视的部分。

"嗯。但是,您也会有不着痕迹、悠然舒畅地写成的作品,对吧。我觉得《父与子》就是您出道十年、步入成熟而不着痕迹写成的优秀作品。轻快,有韵味,有笑有泪。评委老师们都非常资深,我想他们一定会认同作品的这些魅力的。哎,我们只是选出入围作而已,没办法决定最终结果。但是,如果这本书拿了直本奖,作为负责人,我不知道会有多高兴。青田老师,您辛苦了。谢谢您的大作。"

大久保深深地低下头。活到现在,还没受过几次他人如此由衷的行礼。当然,出版社是商业机构,应该也做过数字计算吧。如果出的书赤字频出,估计只能立马倒闭了。但是,超越业务之外的连带感、好恶和尊敬,是任何工作中都可能存在的。

(虽然一直滞销,但我拥有这些好编辑啊。)

耕平思想单纯,从不认为那是因为自己的人品或是才能。

"你这样恭敬,这……"

他不知该如何回应是好,安静的咖啡店里,他也低下头来。

九月,是个安静的月份。

直本奖评审会前的狂热与骚动,只如幻影一般。从那以后,没有一家全国性报纸过来采访,连载之间的空隙也没有小说要写。新作预定在十一月截稿的新年号上连载。耕平一面构思着新作的情节,一面一篇篇地读着古今恋爱小说,希望能从中悟到哪怕是一点新创意或新设定。

恋爱小说和悲剧小说不同,一般没有规定同一创意或设定不可再次运用,即使是同一设定,只要改变故事的展开或作品的氛围、温度、湿度,就完全是两本不同的作品。但现在这个时代,还是要讲究新意的。耕平读的作品多是国外的新作或是比他还年轻的作家的作品,而可算作古典的恋爱小说,他大部分都已经读过了,现在只是拣出有感触的再读读而已。

开学后,小驰精力充沛地进入了五年级课程的学习,看不出丁点有关和小芽恋爱的蛛丝马迹。他像他老妈一样思虑深重,久荣就绝不会挑明是自己主动喜欢上了对方——而对方就是小驰老爸。一定是因为害羞吧。

耕平自己的恋爱则完全进入了休养期。虽然有时会去银座喝喝小酒,但和索芭蕾的椿几乎没什么进展,只是偶尔会收到椿的求救短信,说她在店里没事可干,无聊得很。

和奈绪也是,相隔数天才互通一次的短信还是不温不火地继续着。耕平对这个岳母安排的相亲对象并没有特别的好感,虽然对这个比自己年轻十岁的国语老师的感觉还行,但还没有和她正式交往的想法。比起这些,现在的头等大事是维持小驰的生活,准备新的小说。耕平这样想着,却被奈绪突然发来的短信吓了一跳。

>耕平先生,这周六有空吗?
>想让您兑现那个约定呢。
>如果需要人照顾小驰,
>我去拜托郁美阿姨。
>我现在有点想把自己喝醉的感觉,
>请考虑一下答复我吧。

突然而至的约会邀请。呃,麻烦了。耕平双手抱在胸前,忘记了翻盖手机还没有合上。

04

左犹豫右犹豫,和奈绪的初次对饮还是定在了涩谷。不但从饭能坐副都心线就能直达,而且那里有很多年轻人常去的时尚酒吧和咖啡店。如果第一个地方没喝尽兴,要再续摊也能随当时的心情有选择的余地。

耕平预约了一家意大利料理店,就在宫益坂下的那栋大楼的顶层。楼顶一半是露台,小小的水池里装着许多蓝色的灯,跟这个暑气尚存的九月夜晚极为合宜,给人一种清透凉爽的感觉。

碰杯的,是冰镇的白葡萄酒。奈绪穿着一件领口大开的纯白夏裙,和上次穿浴衣的感觉迥然不同,性感而大胆,完全不像中学的国语老师。在面朝露台的座位上,奈绪让耕平与她并排而坐，可她胸口以至更下方的雪白的肌肤却一窥无余。很高兴，但也很困扰。

"不好意思，突然给你发短信说什么想把自己喝醉，我有点太卑鄙了吧。"奈绪转过身，正对着耕平说道。

"呃，没有啦。是出了什么事吗？"

奈绪一抬手把杯里的白葡萄酒喝了个精光，然后放下酒杯说道："他老婆怀孕了。"

该如何回应是好呢，耕平没有主意。情急中，慌忙把明摆着的事情搬了出来："那个和你搞婚外情的人，是你同一个学校的老师吗？"

"可以不用'婚外情'这个词吗？他跟我说，他已经对他老婆没感情了，两个人性生活也很少，现在竟然说什么他老婆怀上了，你不觉得是天大的笑话么？"

"呃，这个……这个也不是不可能吧。"

耕平的回答含混不清。为什么男人要为男人辩护呢？其实搞婚外情的男人多半都是因为家庭不和。

"难道对男人来说，撒一些这样的谎是理所当然的吗？你是作家，一定观察过无数男女吧。"

这是许多人常被迷惑的错觉。那只是因为写恋爱小说而被杂志夸张成了恋爱达人而已，耕平自己真正过的，是与儿子相依为命的寂寞生活。他所认识的写恋爱小说的作家，没有一个是恋爱达人。虽然写着小说，但无论是恋爱还是人生，都不像小说一样简单。这才是作家最大的实话。

"没有观察过啦，我又不是那种朋友成群的人。男人说谎吧，都只是那时那景而已啦。"

奈绪叹了口气："为什么呢？"

"因为不想失去你。"

耕平无法说出口那仅是因为性欲的需要。身为一个作家，竟把流行歌的歌词挂在嘴边，他不禁惭愧不已。奈绪一脸若有所思的样子："但是，即使他跟他老婆和好了，我觉得也完全可以接受啊，根本不需要撒谎来讨好我。"

女人的心果然难以捉摸。本是为了体贴关心而撒的谎，现在却变成了自掘坟墓。思虑尚浅的男人最容易掉落进去。

"唉，你跟其他女人交往过吗？我是说，你妻子还在世的时候。"

耕平回忆起他和久荣七年的婚姻生活，虽然有很多次这样的机会，但因为麻烦和恐惧终究没有付诸实践。他胆子小，不论写过多少小说，也不至于改变自己的天性。

"没有。不过我老婆似乎比我更像小说家，总鼓励我去找一个。那是开玩笑吧。但是，要真正开始还是需要不少勇气的。婚外情门槛很高啊。"

这是耕平的真实想法。但是，在日本，有数十万男女纷纷跨越这道门槛享受着婚外情。简直一听就让人头晕目眩。

耕平的视线落在窗外耀眼的涩谷大街上。走上那个坡，就是圆山町了。今晚，一定也有无数对情侣走进那一栋栋鳞次栉比的酒店吧。城市，真是个光怪陆离的地方。

随后，两人的话题便转向了以往的罗曼史。虽说耕平已经年纪不轻，但却十分爱听别人的恋爱故事。在他看来，没有什么比恋爱更能凸显一个人的天性和个性的了。这种事既无人教授，课本里也没载明切实可行的方法，所有人都是在历尽苦难饱尝失败的过程中，和对方一起追求着幸福。看着许多人恋爱中不尽如意，耕平却有种莫名的快感。虽然他们时常一脸不顺意的表情，总归还是可爱的。

"你妻子竟然劝你去搞婚外情！我真想多了解了解她呢，她到底是个什么样的人呢？"

奈绪似乎已有几分醺醺醉意。一眨眼，马上就四年了。有时似乎突然想起了些什么，却发现其实什么都没想起。身为丈夫，自己到底了解久荣什么呢？越细想，便越不懂。这或许是所有丈夫的真实写照吧。虽然自己的婚姻生活以一种不幸的方式突然结束，但即使再一起过几十年，耕平也不敢打包票能理解妻子的一切。

"我老婆啊，个子高高的，虽然胸部平平，但也算挺拔，虽然有点小忧郁，但却贤惠温柔……"

每次说起死去的妻子，耕平便难以关上话匣子。虽然他也担心这或许会让对方觉得无聊，但接下来的十五分钟，全是关于亡妻的话题。

"呼……有种豁然开朗的感觉。"

结完账两人一起等电梯的时候，奈绪莞尔一笑说道。耕平抬着头，默默地看着电梯的楼层显示："呃，那太好了。"

奈绪偷偷看了眼耕平的侧脸："我，还是跟那个人分手算了吧。反正是别人的，还有两个孩子了。"

迟钝的耕平丝毫没有察觉出她的话中之话，心不在焉地说道："要说孩子，我也有一个呢。"

国语老师似乎有些窘迫，她小声说道："我不是说有孩子不行。"

两人走进迎面打开的电梯。透明的玻璃盒子平稳地下降，城市鲜艳的灯火迎面扑来。

"今晚我非常开心。毕竟是第一次约会,我还得回饭能,所以这次就不去第二家了。下次我去东京的朋友那里蹭住,到时再好好地喝上几杯吧。"

在电梯停下前,奈绪飞快地说道。

"嗯。我今晚也非常开心。只是说起好久没说过的那些关于我老婆的事,心情有点沉重。"

两人走出打开的电梯门,向石面地板的大厅走去。高高的通顶天井上,豪华的枝形吊灯散发着耀眼的光芒。

"耕平。"

突然听到有人叫自己的名字。循声望去,原来是银座俱乐部索芭蕾的女招待椿。只见她穿着一身黑色微透质地的连衣裙,虽然嘴角挂着婉然的微笑,但眼睛里却没有一丝笑意。奈绪问道:"她是你的朋友吗?"

为什么竟在涩谷与在银座上班的女人偶遇了呢?真不是时候。

"呃,这个,这是……"

黑色连衣裙的女人打断耕平的话:"我在耕平常去的那家银座俱乐部当女招待,我叫椿。请一定记得我。"

椿微笑着,轻轻地点了点头。火花四射的寒暄。奈绪似乎也被这番话惹上了火:"我在琦玉的中学当国语老师,我叫坪内奈绪。也请多多关照。"

枝形吊灯的下方,两个女人把耕平夹在中间,相向而视。

"耕平,什么时候我们再带上小驰去郊游吧,去我们店里也行。到时候我给你发短信。"

椿昂首挺胸地走进刚好打开的电梯,在门关上之前向耕平意味深长地点了点头。奈绪小声叫道:"什么啊,那人。简直不可理喻。"

05

这晚,耕平把奈绪送到副都心线涩谷站的入闸处。涩谷站的结构设计得时尚而又现代,宛如突然出现在繁华市中心地下的机场一般。自从和文艺吧女招待椿偶遇后,奈绪便寡言少语起来,也没有再好好看过耕平一眼。椿和奈绪,两个都不是有什么深交的女人,现在却让他苦恼不已。

耕平怀着一种事不关己的心态远远观望着她们争斗。因为那不是由于自己魅力不可阻挡,而是在那种情况下,任何女人都会有种小小的竞争情绪,那只是竞争心在不自觉地作祟而已。

看看表,已经晚上十点半了。本想着这次不会太晚回家,才没有拜托岳母过来照看小驰,估计现在他已经上床睡觉了吧。耕平的脑海里,没有半缕刚刚还跟他在一起的女人的面容。或许是因为被奈绪问及,说了太多关于亡妻的事情吧。

四年前过世的妻子久荣的事,浮上脑海却又消散而去。还记得初见那时,两人都只有二十四五岁。无所顾忌的年轻。那场只邀请了家人参加的简单婚礼,是在青山后街的一家饭馆举行的。生了小驰时久荣那憔悴却自豪的表情,汗湿的头发都紧紧地贴在了前额上。

但是,对于久荣的笑容的记忆,随着小驰的成长却渐渐地少了起来。她像是被看不见摸不着的影子层层包围着,得不到解脱。

然后，那个事故发生的夜晚降临了。一直尘封的疑问，如暴风雨的滚滚黑云般一齐涌上耕平的心头。

（久荣的死真的是意外吗？）

微热的九月的夜晚，耕平在青山大街上漫无目的地晃荡着，却被一股不知何处吹来的寒气袭得浑身颤抖。

那是一个五月的夜晚。

那天，耕平为只字未动的短篇小说烦恼不已。虽然不论是故事还是人物他都已经把握到位，但就是一个字也写不出来。凌晨一点多，他终于放弃冥思苦想，爬进了被窝。他仍清晰地记得，睡之前还去看了看小驰有没有盖好被子。因为这孩子怕热，经常因为把被子踢开而着了凉。

直到拂晓时分，耕平终于迷迷糊糊睡着了，放在枕边的手机却突然响了起来。被惊醒的同时，耕平本能似的伸过手去，久荣没在身边。他想，一定是妻子打来的。

"今天又这么晚啊，搞定了吗？"

回话的却是个男人的声音："这里是筑地警察局。您是青田耕平先生吗？您夫人久荣女士在首都高速上发生了车祸，已经被送往千代田区富士见的东京递信医院，请您马上过去。"

耕平像是被踢飞了似的坐起身来，同时脑子里浮现出一个毫无意义的问题：需不需要带上保单？

"我妻子，久荣没事吧？"

男人的声音极其冷静："似乎非常严重。请您马上过去。"

耕平跳下床，三下五除二地穿上牛仔裤，套上厚夹克。他犹豫着要不要带上小驰，但最终还是决定不叫醒他。他乐观地想着，如果还要住一阵院，见面的机会多的是。

他永远无法忘记,那个拂晓中的神乐坂大街的景色。空无一人的坡道两边,红白灯笼在风中摇曳不停。他焦急无比地跑到大久保大道边,招手拦住了一辆的士。在车上,他用手机给自己的父母和岳父岳母打了电话。他们说马上坐清早第一班车过来。从神乐坂到医院,只用了短短几分钟。他跑到医院窗口,报上姓名,护士便马上把他带到了急救室。

房间中央放着一张手术台,周围摆满了他未曾看惯的医疗器械。手术台上,躺着一个玩偶似的什么东西。一个年轻的男医生跨在那个身体上,不停地做着心脏复苏按摩。耕平呆立着,一个年长的医生问道:"您是她丈夫吗?"

面无血色的耕平只是点头。

"送到这里之后,我们已经做了三十多分钟复苏治疗了。现在,她的心肺功能已经停止,为了让她好受一点,您同意终止治疗吗?"

第一句话就是这样吗?耕平不自主地点了点头,飘飘忽忽地向手术台走去。年轻的医生下了手术台,向他轻轻鞠了一躬。连接着久荣的器械显示屏上,一条平滑的直线贯穿左右。

"好好看看她吧。"

年长的医生说道。耕平怔怔地望着妻子的脸,虽然白里透青,但仍然干净无暇。

"我们现在确认死亡时间,您看呢?"

灵魂、内脏似乎被一掏而空,流不出眼泪,也说不出话。耕平竭尽全力表示出同意的意思,伸出手摸了摸久荣冰冷的脸颊。

从这天拂晓开始,耕平度过了人生中最漫长的一天。最让他痛苦煎熬的,是返回家中把小驰接来医院。那时才上小学一年级的小驰似乎还不太理解这突如其来的死亡是怎么回事，把车祸的事实告诉了他，他却不顾一切地想要把安置在太平间的久荣摇醒。看着涕泪双流的小驰，耕平除了紧紧抱住他，再也找不到其他任何合适的方式来表达。如果此时连自己也悲痛欲绝，那这孩子受的打击一定更大。耕平咬着牙，把泪水全都咽回肚里。

到了早上，父母、朋友、公司的同事陆续赶了过来。他们全都震惊于久荣的死讯，纷纷表示哀悼慰问。耕平坐在太平间前的长凳上，茫然地微笑着，听着一个接一个的安慰之词。

现在，耕平仍清楚地记得那个日子，但之后发生了什么，他已经记不清了。在附近的殡仪馆守了夜，举行了葬礼，但这段记忆像是被剥落了一般。似乎许多编辑也纷纷赶了过来，但却如梦中的场景一般不真实。那些寂静得如暴风雨般的日子，自己到底是怎么挨过来的呢？

耕平终于决堤，是在头七之后，一个暖洋洋的初夏晴朗的清晨。把小驰送出了门去上学，洗完了碗筷，来到盥洗室刷牙，正当他伸手去拿牙刷的时候，却发现玻璃杯里还插着久荣那支淡蓝色的牙刷。

没有任何理由。只是眼泪像被引爆了一般止不住地往下流。一边刷牙一边哭，看到天上的太阳也哭，看到客厅里的沙发和圆桌也哭，突然发现，这个世界上的所有东西都是由悲伤组成的。泪水总能盈满眼眶，真是不可思议。虽说脸的某处有个泪腺，但那个地方可以贮存这么多泪水么？他在心里的某个角落冷静地思考着这些问题，却仍然无法阻挡决堤的泪水。

不知不觉已经足足哭了两个钟头，他觉得头很痛，于是放下手头的原稿，走进还没拉开窗帘的卧室睡了。从那以后，他再也没因为久荣而哭。只是像这样想起时,那种灵魂、内脏全被掏空的感觉便会再次萦绕不散。

死,只是不在了。绝对地、永远地不在了。仅为了那一点事便如此悲伤,这是为什么呢?

夏末的青山大道,最宜于漫无目的地散步。干干的夜风既不冻人,也不炎热,像透明的指尖轻拂过每一寸肌肤。如此惬意的夜晚,让人完全提不起心思去搭乘拥挤的公车。从涩谷走到神乐坂,也不算太远。

说起来,出事那时,久荣的一个女同事曾说,有些话无论如何都要跟他说。好像是姓阿久津。虽然后来多次接到她的电话,但耕平不想因为见到久荣的同事而心情动荡,便都委婉拒绝了。

出事到现在已经四年了,但久荣的手机还没有停机。今晚回去或许给她发个短信也好吧。那晚发生的事情真的是意外,还是久荣自己存心制造的事故呢?常年被压抑的想法在耕平的胸腔里翻腾不已。

06

阿久津静子是个小巧而又有点微胖的女人。年龄与久荣相仿,今年应该也是三十九岁。要是久荣还活着,大概也会像她一样发点儿福吧。这个年龄开始发福并不奇怪。只是死去的人,无论何时都是年轻的。

这是八重洲的一家咖啡店,明媚阳光从窗外斜射进来,西装革履、面无表情的公司职员往来如织。面对这条突如其来的短信，静子立刻腾出了时间赴约。九月末穿窗而入的阳光，仍能让人联想起那份夏日的暑气。

"久儿那天去大船，给住在那里的评论家老师送资料回来。那个人真是非常任性，说什么今晚没有那本书就写不出原稿。其实时间还是很充裕的，那个人现在也非常后悔。从那以后，我就再也没有接手过与那个人之间的工作往来了。"

耕平忘了那个声名远扬的美术评论家的名字。虽然四年前也曾对他恨之入骨，但还是勉强把他逐出了自己的脑海。

"久荣出事之前，是怎样的状态呢？在公司里有没有什么奇怪的举动之类的呢？"

自己一直在沉思的问题，问出来却像是节节逼问一般。静子紧闭着双唇，把视线投向了窗外。她似乎也很迷惑。

"虽然她每天都很忙碌，但我想在我们编辑部里应该没有什么问题。比起这个，久儿……"

久荣供职的，是一个小小的美术专业出版社的杂志编辑部。预算吃紧，人手也不够，最终校对时经常要通宵加班。听人说，过度疲劳可能让人患上忧郁症。耕平也曾对这种可能性怀疑不已："在公司以外，你感觉她个人有什么问题吗？"

静子直直地看着耕平的眼睛。耕平也直直地看着她。

"我觉得，青田老师你应该更清楚才对。至少，久儿是个要强的人，我在公司从没见过她痛苦难受的样子。"

耕平沉默了。一起生活，还一起养了孩子，但仍然无法理解对方心底所想。虽然这不关乎是男是女，但在这里受到责难也是无可奈何。

"她只跟我说过，她很辛苦，虽然不知道为什么，但觉得活下去很辛苦。"

"是么……"

耕平看着手中的咖啡杯，杯里小小的黑旋涡慢慢地打着转。静子说道："久儿在家里怎么样呢？"

这么说来，那个春天，久荣的确有些奇怪，莫名其妙地有时闷闷不乐，有时却欢蹦乱跳。平时沉静理智的性格似乎渐渐变得起伏不定起来。

"刚想起一件事。出事前一周的星期天，我带着小驰去附近的公园玩去了，傍晚时候回来一看，屋里没有开灯。我心想，家里没人么，可当我走进客厅的时候，久荣站在阳台上，面朝着已近西山的夕阳，光着脚站在那里。"

那身被风轻轻扬起的洁白连衣裙，至今仍像是浮现在眼前一般。那年五月的风，柔和得简直让人以为它不属于这人世间。

"然后，久儿怎么了？"

耕平喝了口热热的咖啡。这是他第一次跟别人说起这件事。

"当我问她站在那里干什么的时候，她说道，世界太漂亮了，太完美了，大家都知道这一点吗？"

静子"扑哧"一声笑了："这才是久儿啊，总是时不时地说出点颇有哲学况味的话来。"

耕平颤抖了。关于那天的记忆里，没有美丽的夕阳，没有久荣沉静的表情，只有妻子望着自己的笑容。

"然后，久荣说，如果从这里跳下去会怎么样呢？即使这样，这个世界的完美也一定不会改变的吧。但是，我要是摔得血肉模糊或者粉身碎骨的话，一定会给大家添麻烦的，所以还是先钻进一个结实的袋子里会比较好吧。"

桌子对面，妻子的同事屏气凝神。稍许沉默后，耕平继续说道："我说，你可不能这么想。思考的力量是异常强大的，说不定哪一天，人们便向着他思考的方向变化，所以，我们必须远离消极的思考。"

夫妻两人站在阳台上说话时，小驰走进客厅来。耕平告诉他，老爸有话跟老妈说，你先回屋去。在晚风渐凉的十二层阳台上，耕平紧紧抱住了妻子。往往只需要那么一点契机，记忆便如洪流般喷涌而出。耕平回想起久荣那挺实的胸脯、瘦削的肩头，甚至身体里的温热，一时无法自拔。

静子双眼茫然地说道："是么？久儿竟然……"

妻子的同事把手伸进靠着椅背而放的挎包里，拿出一个信封。一个既没写收信人，也没贴邮票的信封。静子把信封贴着桌面推到耕平面前，说道："这个本来是想在出事之后就给你的，结果一直这样放着了。久儿特别喜欢写东写西，所以偶尔会像这样把信放在我的桌上。"

耕平拿起光滑平整的打印出来的信封。

"我想，这封信还是你拿着比较好。我先回公司去了，等你一个人的时候，再好好看吧。"

说着，静子拿出一个五百日元的硬币放在桌上，把包抱在胸前："还有，如果关于久儿的事，你还有什么想跟我说的，随时找我。久儿是我在公司里唯一的朋友。"

静子站起身，穿过宽敞的咖啡店向门口走去。耕平无精打采地弓着身子目送她出了门，用拇指尖不停地摩挲着手中的信封。虽然是一封非看不可的信，但他一点也不想看。

一切都在四年前结束了。即使自己知道了什么，也不可能改变已经发生的事实。但是，耕平需要事实，即使伤到自己体无完肤也并无所谓。如果不去了解，自己和久荣这个女人之间的相遇、结合便没有了意义。不论贫穷还是富贵，不论疾病还是健康的誓言，现在一定还是鲜活的。一定要了解久荣。

耕平撕开横放的信封。

  生存，真是太奇妙了。

  我有一个令我骄傲的老公和一个儿子。虽然很辛苦，但做的是我喜欢的工作。买了一套小小的房子，不用像小静一样担心体重的问题。如果说真的有幸福的条件，我想，已经满足获得（小）幸福的条件，几乎不缺少任何一项。

  然而，我的心却不知满足。生活在这个完美的世界里，让我痛不欲生。有时，我甚至会想象我不复存在的世界将是怎样。

  工作还好吧。虽然杂志的发行稍微有点延迟，但心情还是不错的。要是小静的话就会哭脸的吧。老公是个好人，可以放心地把儿子交给他。我想，如果他找一个和我完全不同类型的女人，一定会比现在幸福。小驰……只是他会很可怜……

  我是个爱做梦的人呢，竟然去想象自己不复存在的世界而变得多愁善感起来。还没收到原稿。再过一会儿就凌晨四点了。请把这封信看作是黎明前做的怪梦，忘掉吧。

  等终版校对好了，再一起去吃好吃的喔。

                青田久荣

耕平读到一半，眼里便噙满了泪水。光线明亮的下午时分，商业街的咖啡店。自己和别的女人在一起就会幸福？耕平惊呆了。久荣一直都这样想的么？

看到提及小驰的那一句，他再也无法阻止决堤的泪水。久荣一定非常懊悔吧。他低着头，一遍又一遍地读着被泪水模糊了的信件。

07

九月已过，十月姗姗而来。早晚的风干干的，清澄冰冷得似乎把玻璃上的灰尘都吹透了。亡妻同事转交的那封信，给了耕平重重一击。里面所写的，并不是单纯的幻想曲，分明就是赤裸裸的自杀愿望。久荣为什么非要那么狂热地想象"自己不复存在的世界"不可呢？

越想，耕平的胸口便越是苦痛。本以十年一决胜负的决心全身心投入创作的《小说北斗》新连载小说，现在却完全动不了笔。不但提不起心情看资料，连想要充实一下情节结构，都发现自己的心不知何时已偏离小说的国度，向久荣死之谜飞去。

耕平心底纠结不已的疑问，其实只有一个：妻子的死，到底是意外，还是自寻短见。那件事已经过去四年了。即使答案究明了，久荣也不会起死回生。但是，无论他怎么努力集中精力投入写作，那个被硬着头皮压制下去的疑问，总是从心底深处翻涌上来，黑蒙蒙地笼罩着整个心脏。耕平无力反抗，思考不了其他事情,也找不到逃离的出口。

人的心,无法随心所欲。不能自由地选择自己想要想的事情,有时还让人想一些不愿去想的事情。那就不要企图逃避这个问题,好好去想吧!虽然有痛苦有酸楚,也忍耐到底吧!心真是个任性的主人,扔过来的全都是蛮横无理的要求。对身为作家的耕平来说,这跟小说像极了。跟它休战时还好,一旦起了冲突,作家便只能被它牵着鼻子走。每个人都误以为它是自己的一部分,殊不知,这个世界上没有比心和创作更自由的东西了。

"老爸,出了什么事吗?"

那个愁闷的十月的第二个星期天,小驰这样问道。轻松舒畅地度过双休的周日晚上,每个家庭都荡漾着一种特别的气氛。双休结束的落寞和沉静的满足,还有对即将到来的一周的淡淡的期待。季节轮转,已是雷·布雷德伯里笔下所描绘的黄金十月。只有父子二人相依为命的青田家,若在平时,周日的晚上也应是特别的。

小驰的声音听起来非常压抑,甚至还有点冷淡。这孩子敏感得很,一定是想透彻了才这样问的。当父亲十多年,观察孩子的眼光也变得锐利了。耕平装出一副开朗的样子:"呃,老爸没事啦。是你误会什么了吧?"

耕平的视线落在餐桌上,自己亲手做的汉堡还只吃了一半,另一半冷在碟子里。他用筷子夹起来,强迫自己把它塞进毫无食欲的口里。

"你最近很奇怪耶。是矶贝先生又写出什么有趣的小说了吗?"

耕平不禁笑了出来。读完《蓝天深处》而自信全失,已是开春时候的事情了。矶贝久在夺得直本奖后,气势更是锐不可当,不论在哪个书店都占据着平台一角。原来夺得直本奖,还能惠及以前的作品,所有单行本、文库本都会加印。

"矶贝没出新书啦,我觉得我跟以前没有变化呀。"

小驰用筷尖把叠在一起的胡萝卜挑开。"可是,你又像以前一样,总是自言自语呢。"

耕平不禁打了个寒战。对久荣之死的疑问,应该没被他听到吧。妻子死后,耕平过着并非本人意愿的单身生活,越来越喜欢自言自语。

"我总是自言自语些什么?"

"自言自语些什么?你总是叽叽咕咕的,我也听不清楚。但总是叫着老妈什么的,久儿什么的。是有什么话想跟老妈说吗?老妈都死了,哪里都找不到了。"

小驰的眼里没有噙泪,那份悲伤已被浓黑地固定成型,深嵌在他的瞳孔里。耕平的心如刺入肺腑般疼痛。绝不能让小驰一直承受这份悲伤,从今以后,绝不能自言自语了。

"对不起,小驰。因为你老妈我想起了很多事,这些跟你没有关系,况且也不是什么大不了的问题,你别放在心上。不想吃个什么甜点吗?我可是想吃冰激凌喔。要跟我一起去便利店买吗?"

小驰一副并不反对的表情,轻轻点了点头。其实他最喜欢在繁华的神乐坂大街上和父亲一起饭后散步了。耕平勉强挤出笑容,说道:"好!那出门之前,你得把最后一片胡萝卜吃掉。"

男孩的表情终于浮现出原本明媚的笑意。"唉?好吧,老爸。但是,你的汉堡也不能剩喔。"

耕平把汉堡塞进嘴里,一口吞下那片味同嚼蜡的残渣,走进卧室去拿外套。

十月中旬，新书《父与子》的十本作者赠书寄到了耕平手上，这令近来工作毫无进展，一直为妻子之事而烦恼不已的他异常高兴。拆开纸箱，一股冲鼻的油墨味扑面而来，新书面世了。这次的封面插图，是主人公——一个自由职业者的父亲和一个还是小学生的儿子。白底上，浮动着两人牵着手漫步的背影，空白处，鲜红的手写风格的字体大大地写着书名，莫名给人一种旧家庭电影海报般的温暖。

比起设计者制作的装帧草案，为什么实际印刷出来的实物更鲜明，更完整呢？或许这是日本高超的印刷技术的神奇魔法。和国外的书籍杂志相比，不论是印刷还是装订技术，日本很多时候都技高一筹。

耕平拿出两本，插进书房的书架上，一如往常。书脊上赫然写着："著者倾力创作而成的家庭小说杰作"。虽然知道是溢美之词，但这本书既不是"倾力创作而成"，也不是"杰作"。身为著者的耕平虽对个中缘故了然于胸，但宣传套话如此浮夸，他也无可奈何。书脊上的词句是编辑一手写成，如果不是特殊情况，耕平绝不会添红减绿加以修改。写书自己在行，而卖书还是编辑在行。然而至今为止，无论书脊上、广告里嵌入再多浮夸词句，耕平的书还是不甚叫座。书籍广告这东西，实在太难做了。

日历从灰暗的十月，翻到了更为灰暗的十一月。耕平心里暗暗地期待着《父与子》腾空出世。文化秋冬的老牌编辑也曾说过，这将是青田耕平的胜败之作。上一本《空椅子》不但首次提名直本奖，还首次获得加印。或许，这本新书就是真正的突破。那种畅销作家的感觉，自己是否也能体味一把呢？

天真的预测里总暗藏着残酷的结果。十月二十五日的发售日已经过了，耕平并没有收到编辑的联络消息，和至今为止的所有单行本一样。又过了一周、两周，还是没有加印的消息。又和以往一样初版后再无加印了吧。做好了这样的心理准备，虽然会有些许失落，但过后便轻松了。

这些天一直纠结着久荣的事情，连载小说的事被束之高阁。但如果还不开始着手，和小驰二人的生活就要无以为继了。心急火燎地，耕平开始写起新连载小说来。长篇小说的开篇总是十分棘手，一天平均两三页地摸索着写，推敲着一词一句是否妥贴，一行一行码字而成。真算得上世界上最滥杀脑细胞的工作。

于耕平而言，这本《两个人的秘密》才是真正意义上的胜败之作。当他写完连载第一章的四十页原稿时，不论是心灵、头脑或是身体，都已经疲惫到了极点，然而却要以这种状态写上一整年。写小说确实是一种体力劳动。

收到奈绪的短信，已经是十一月末。内容十分简单。

>《父与子》，怀着感动读完了。
>哪天再约出来喝几杯吧。
>这次去第二家也OK。

奈绪

08

"总觉得今晚你怪怪的呢。从刚才就一直咕噜咕噜地喝着薄烧酒。"

奈绪坐在餐桌对面,筷子夹着一块炸河豚肉。灰色的V领毛衣带些微圆,甚是打眼。身材纤细的她,胸部出乎意料地丰满。

"没啦,只是刚好在想点事情。"

耕平含糊地回答道。他在想四年前就已经过世的妻子的事情。连一个可以商量的人也没有。这是神乐坂后街一家小河豚料理店的一个小隔间。开这家小店的是一对老夫妇,出品无可挑剔,价格亲民,耕平丝毫不用担心付账的问题。都说腊月就该吃河豚,便想到了这里。

"哦……莫非是小说的事情?"

"不,不是。"

"那就是……小驰的事情?"

"也不是。"

耕平苦笑不已。奈绪毫不顾忌耕平是什么心情,步步紧逼过来。他觉得这既新鲜又麻烦,或许是因为自己正烦恼着吧。

"那你说说看嘛,我说不定能明白呢。虽然给不了什么好的建议,你也说说看嘛。"

耕平也夹起一块炸河豚肉放进嘴里,以前从未觉得这细腻的鱼脂如此鲜美。年轻有时候也真是奇怪,年纪越大,才越觉得河豚鲜美。正想着,奈绪说道:"我觉得,男人呐,都太软弱了。

即使自己真的很困惑很烦恼，绝大多数人也不愿意跟别人倾诉。所以一直忍，一直忍到哪天再也不能忍了，便咔嚓一声断了。中老年男人自杀并不完全因为经济问题，往往在于孤立自己不愿倾诉，即使家人、朋友、同事就在他们身边。"

不善于跟别人倾诉自己隐秘话题的男人一定不止自己一个。男人的确很软弱，软弱到无法将自己的软弱暴露在别人面前。耕平喝了口烧酒，回想自己小说里虽然会这么写，但是否曾对身边的人坦露过真心呢？好像几乎没有过。哪怕是面对过世的妻子，也是一样。

跟别人倾诉心情就能变好吗？说起来，刚认识奈绪时，她在河滩上突然说起她和有妇之夫的不伦之恋，虽然当时听了十分惊讶，但也正是因此拉近了两人之间的距离。

听着奈绪口中的"自杀"一词，耕平不禁心里一阵寒战。久荣之死的真相，正是直插他胸口的剧烈痛楚。奈绪的言辞之间似乎暗含着真相。自从看了阿久津转交的那封信后，耕平从未对人说起过久荣最后走过的那段日子。胸口的疼痛变得越来越无法承受，他犹豫地说道："这个话题有点沉重，难得请你吃饭，我不想让它变成你灰暗的回忆。"

奈绪也咕噜咕噜喝干了薄烧酒，向吧台又要了一杯。

"怎么灰暗也都没关系。上次见了你之后，我把你写的小说全看完了，我不只是想看到你作为作家所展现给世人的那一面，更想听关于你个人的话题呢。"

耕平深深地叹了口气。正因为对奈绪了解还不深，所以有的事情反而容易开口。或许现在就是机会。

"嗯。我在想四年前在车祸中过世的我妻子的事情。"

话匣子一打开，耕平便开始滔滔不绝。

说完久荣的事情，不知不觉三十多分钟过去了。从相遇到交往，从婚姻生活到小驰降生，走马观花地追忆了这十五年多来的时光。说起久荣在最后的那段日子里胡思乱想的样子和交通事故的详细经过时，奈绪听得都屏住了呼吸。让耕平关上话匣子的，是四年后妻子的朋友转交给他的那封信，信里写的是她不在后家人如何如何，只是言辞轻松得简直令人匪夷所思。

在他们聊天的这段时间里，所有河豚的菜式几乎都上完了，只剩最后一道杂烩粥。或许是说得太过投入，以至于平时难得一尝的河豚全席都食不知味，甚至连感叹一句"可惜了"的闲暇也没有。奈绪熟练地敲开一个鸡蛋缓缓打入锅中，再倒上几滴酱油，最后在盛上粥的木碗里均匀地撒上些细葱。

"给你。"

"呃，谢谢。"

耕平接过木碗，喝下一口热气腾腾的杂烩粥。不知怎的，眼眶里竟慢慢溢出泪水来。

"河豚啊，吃了这菜式那菜式的，还是最后这道杂烩粥最美味呢。"

奈绪说着，把视线别向一边静静地吃了起来。不知是不是经济不景气的缘故，屏风隔开的小隔间里，除了他们并没有其他客人。两人静静地吃着软滑细糯的杂烩粥，大米细细咀嚼起来分外甘甜，不觉间把一锅粥吃了个底朝天。耕平眼里一直噙着泪水，但没有落下来。他并没有刻意强忍，只是这悲伤，沉重得那么安静。

"我不懂久荣真实的想法。但是，我想你妻子一定很幸福。"

耕平抬起头。他分明地看到，原来不只自己，连奈绪的眼眶也红红的。

"她和你二十多岁开始交往，看着你如愿以偿地成了作家，还生了一个可爱的儿子。她一直都看着呢，对吧。人啊，如果过得太幸福，便会不着边际地去想一些本无须去想的事。你现在还这么痛苦，说明你现在还爱着她。你要是能这么想，她在天堂一定也很幸福吧。"

或许这只是几句简单常见的安慰之词，毕竟谁也无法揣摩一个死人的本意。耕平觉得这种简单常见反而弥足珍贵。写小说的时候，作家往往只顾追求效果化的台词、戏剧化的设定，但这个世界上，稀松平常的感情、理所当然的言语实际上时刻都在发生。只要有那份想让对方明白的心情，语言形式什么的完全无须介怀。

"奈绪，谢谢你。"

"心情轻松一点了？"

肚子吃得饱饱的，心也因奈绪的话感动不已，但心情却并没有轻松。四年来一直在心底独自揣测的秘密终于浮出水面，不可能轻易便收拾干净。耕平下意识地露出一个笑容："嗯，的确轻松一点了。"

"那今晚就痛痛快快喝几杯吧。我反正去这边的朋友家睡，多晚我都奉陪到底！"

耕平今晚也拜托了岳母帮忙照看小驰。才开口说要和奈绪出去吃饭，岳母二话没说便答应了。本来介绍奈绪给耕平认识的就是她，倒也是理所当然了。

"那，下一家去哪里呢？"

在神乐坂这么多年可不是白住的。耕平的脑子里，飞快地搜索出数家店铺。

"有一家非常安静、像洞穴一样昏暗的酒吧。去那里怎样?"

奈绪含泪笑了:"哈哈哈,我最喜欢洞穴啦!"

昏暗如夜的酒吧。地板上嵌着蓝色的照明灯。吧台边,一对成年男女正轻声耳语。奈绪怎么说都不让耕平付账,她精挑细选了一支口味醇厚的红酒。干完杯,她突然说道:"青田老师……哦不,叫你耕平行吗?"

突然被异性叫起自己的名字,耕平显然有些拘谨,他手拿着酒杯点了点头。奈绪直勾勾地看着他的眼睛,"刚刚你告诉了我一个秘密,我也告诉你一个,因为第一次说起过这件事也是跟你。"

这样煞有介事的到底是要说什么呢?耕平静静地等待着下文。耳边,流淌着节奏舒缓的钢琴三重奏。

"我决定要跟那个人分手了,不搞什么婚外情了。要完全忘记他可能得很多年,但我已经决定了。如果都不跟一个真正在乎自己的人交往,那一定是一辈子的遗憾。"

耕平圆睁着双眼,定定地看着醉意浓浓的国语教师。

09

耕平无言以对。被一个年轻女人突如其来地告白说决定结束婚外情,应该如何回应是好呢?他知道这样的告白需要巨大的勇气,但他不清楚自己到底怎么想的,特别是在这个因亡妻之事而一同盈泪后的节点上。

"哇，这真是个了不起的决定呢。"

耕平坐在昏暗的酒吧吧台边，偷偷地看了眼她的侧脸。她的表情有些许失落。眼看着她就要看过来，耕平慌忙移开了视线。

"是啊。我其实想过好多次跟他分手算了，但总是做不到。这次是你在背后推了我一把。"

"这……真的吗？"

其中缘由，耕平不甚清楚。毕竟跟奈绪还只是第二次约会。因为知道她婚外情一事，才没有向她求爱。

"你给我发短信提起过过世的妻子，还有小驰的事呢。"

隔好几天才发一次的短信里，关于日常生活的话题自然地多了起来。毕竟不是在交往，所以不至于说起喜欢或是讨厌这种话题。

"然后，我想了很多。假如我死了，那个人会不会像你这样过了四年还想着我呢？想着想着，脑里浮现出主任一如往常地和妻子、孩子们一起生活的面容——噢，我的那个人，是我们学校的年级主任。"

不知所措的耕平用红酒润湿嘴唇："噢……原来是这样啊。"

想想也是，哪个公司、哪个学校或许都有这样的婚外情发生。但看着当事人坐在面前正儿八经地谈起这些，还是让人有些不知所措。

"明天我会跟主任见一面，很久没见了，顺便就说分手吧。我很快就三十了，不能一直跟着一个有妇之夫混下去了。"

耕平举起酒杯，说道："加油！我想那个男人一定会拼命挽留你的。"

与第三者分手，大抵心慌手乱得不成体统的都是男人。若对方是个年轻女人就更是如此了。这种事情即使不是作家，等人到了四十就轻而易举想象得到。耕平像是想掩饰什么似的举起酒杯。碰了一次理由不明的杯后，奈绪一饮而尽："其实，我真的很怕突然一下子就只剩自己一个人。再开一瓶可以吗？你今晚会陪我到底的，对吧？"

奈绪两眼发直。看来酒劲不小。

"嗯。我会陪你，但这真的是最后一瓶了喔。"

"太好啦！"

奈绪向调酒师点了一瓶耕平没听过的红酒。虽说有的作家是红酒行家，但耕平对品种啊酒厂啊什么的生疏得很，只知道品味端上来的酒而已。

（她和自己会有什么发展呢？）

新换的酒杯里，盛上了澄透如血的红酒。耕平的心里仍有亡妻的身影，他还没准备好开始下一段恋情，但他自己似乎并没有意识到这一点。小说的情节可以预测，而自己的人生却无法预知。

耕平在外护城河大道上拦下一辆的士，把醉醺醺的奈绪塞了进去。现在正是年会的高峰季节，竟能轻松地拦到空车。世界性的金融危机，似乎也波及了出版界。杂志广告锐减，分量一下子减了不少，连书店员也说，来书店买书的人少了一成以上。但对初版后再无加印的耕平来说，经济不景气的影响微乎其微，因为他安静地生活在没有恶浪侵袭的海底。

他严严实实地裹紧围巾，戴上手套，走上神乐坂。街灯韵律有致地延伸到坡上，在冬夜里显得格外鲜亮。搬来这条街已经快十年了，街道的气氛、满布的店铺、后街和小巷，似乎已经融入身体里，就像人长大后能把衣服穿得合身一样，时间久了也能让街道变得合身。这不禁让人有那么点欣喜。

神乐坂走到一半的时候,手机响了。耕平看了看表,已接近深夜。是椿传来的短信。

>今天的傍晚时分,
>把《父与子》读完了。
>写得太好了!
>如果说上一部让人号啕大哭,
>那这一部就是让人笑着,却不知不觉间一点点噙满泪水。
>期待你拿到下一个直本奖,
>我这里刚刚终于打烊了。
>等你交完稿了,
>一定过来喝一杯喔。
>如果有什么不方便,我就请个假,
>请一定出来见个面。

据说每个人的人生里,都有三次桃花期,看来最后一期就要到来了。可她们为什么偏偏都赶在自己最没有心思的时候凑过来呢?真是讽刺啊。

奈绪也好,椿也好,怎么就对一个如此不卖座的作家有好感呢?况且还带着个十一岁的拖油瓶。每月的房贷已经是筋疲力尽了,生活也并不富足,甚至连椿的店里也没法经常光顾。

看着短信里"直本奖"这个词,耕平倒抽了一口凉气。的确是入围过一次,但下次能否入围呢?茫然中一股不安便涌上心来。如果没能入围,就说明这是一本不如前作的失败之作吧。那也就是说，自己已经过气了么？这些胡思乱想趁着耕平微露的醉意翻涌不已。作家们一字一句地创作，比任何人都了解自己的作品，但作品是好是坏他们永远无法了解。

虽然文化秋冬的编辑说会过来给自己加油鼓劲，但大奖最终花落谁家谁也无法预测。那些耕平认为有出众实力的前辈作家里，也有不少人与大奖擦肩而过。不由得，耕平自言自语起来："久儿，你在听么？文学奖也好，女人也好，未来也好，我真的搞不清楚了，我该怎么办呢？这条路有没有走错呢？"

即便是此情此景，耕平也对亡妻难以忘怀。他抬头看了看神乐坂的夜空，没有云朵，也没有星星，天空澄透得如同深蓝的亚克力板一般。真正让他不知所措让他痛苦不已的，是他呼唤的那个人。

（跟我和小驰生活的每一天，真的那么痛苦那么难受吗？久儿，你其实不是自寻短见的，对吧？）

不论何时，真正想问的东西总是无法用言语表达。哪怕对方是自己的妻子，是另一个世界的亡灵，也改变不了这一点。

10

无论多么轻手轻脚，公寓的钥匙在开门时总会发出冰冷的金属声。有谁能做出一把不出声响的钥匙么？耕平蹑手蹑脚地走进玄关，只见客厅还漏着微暗的光亮。

"回来啦，耕平。"

是岳母郁美。本想刷个牙便去睡觉的，无奈耕平只得向客厅走去。

"恩，我回来了。小驰怎么样？"

郁美穿着睡衣，外面套着久荣的一件毛衣。这身装扮让耕平不禁内心隐隐作痛。四年了，妻子的衣服、鞋子还是跟她生前一样摆放着，从未动过。

"还是一样活蹦乱跳呢，只是总问来问去说老爸什么时候回来。不说这个了，奈绪怎么样？"

耕平在餐椅上坐了下来，郁美从冰箱里拿出一瓶矿泉水递给他。耕平一边伸手接过矿泉水一边想，她知道奈绪是第三者这件事么？是知道了才把她介绍给自己的么？无奈之下他只能先蒙混过去："今晚，她喝了很多酒，好像有什么私人问题需要做个了断似的。具体是什么事，她也没跟我说。"

如果告诉她奈绪是要跟交往多年的有妇之夫分手，郁美会有怎样的反应呢？想想还真有点意思。

"是么。女人要下决定的时候可跟男人不同，她们是认真的。奈绪她决心很坚定吧。不说这个了，我之前说过，你得好好考虑考虑再婚的事情了。再过几年，等小驰到了青春期就难了。"

自己喝得醉醺醺地回到家，岳母又冷不丁地提起再婚的话题，这让耕平内心焦躁不已。都说男孩子上了中学就会变得不爱和父亲聊天，如果在那种时候给他介绍什么新妈妈，简直比登天还难。

"前几天，我和你母亲通过电话。"

耕平的老家其实也在东京，虽说不远，但他只是正月和暑假才回去看看，也从来没跟自己的母亲提起过再婚的话题。耕平听到这话，仿佛衬衫里突然被放入了冰块一般彻骨。

"我妈说了些什么？"

"她跟我说了很多。本来只打算稍微说几句的,没想到竟聊了两个小时。最后说起了久荣,我们都哭得一塌糊涂。"

耕平一边喝着矿泉水,一边想象着那时的场景,不禁哑然失笑。郁美一脸认真地说道:"然后呢,你母亲委托我全权处理这件事。"

全权委托?这外交辞令真是夸张得很。

"什么啊这是?您没有跟我妈搞出什么奇奇怪怪的事情吧?"

"完全没有,我们都是很认真的。我和你母亲一致决定,一定要让你在获得直本奖之前再婚。所以只要是我能做到的,做什么都行,这是你母亲的原话。"

灯火通明的客厅里,耕平乱了阵脚。这样,回到家便永无宁日了。

"再婚也就算了,为什么必须在拿到直本奖之前呢?"

郁美自信满满地说道:"等你拿到那么风光的大奖成了名,一定有很多奇奇怪怪的女人蜂拥而至,因为你是个好男人嘛。工作也是呀,到时候约稿纷至沓来,你就忙得不可开交了。再加上小驰也会慢慢进入叛逆期,所以得赶紧找个坚强的女人。"

耕平听得有些腻烦了。

那些完全不了解文艺世界的人,以为入围过一次便可夺得大奖,那完全是他们一厢情愿。可岳母的这番话虽然没有考虑到自己的心情,显得有些不可理喻,但似乎并不是没有道理。这让耕平发起愁来,那就再重新想想现在的候补名单吧。郁美介绍的"坚强的女人"奈绪,多年来扮演着第三者的角色。椿虽说是个坚强成熟的女人,却是银座文艺酒吧的女招待。她们两个应该都不符合郁美的要求吧。

"嗯。但也别太勉强了,我并没有太大兴趣。"

郁美似乎极有自信:"没事,你就放心交给我吧。如果你觉得奈绪不是很合适,我再给你介绍。年轻的,漂亮的,有气质的,你想要什么样的都行,预备役要多少有多少。"

耕平站起身,拿起搭在椅背上的外套:"我差不多得去睡了。妈,您怎么对我再婚这么热心呢?"

耕平随口一问,代替道一声晚安。郁美正了正坐姿,说道:"我和久荣说好了。她没做完的事,剩下的我来想办法替她做完。我想,她也希望看到你和小驰幸福,所以必须组建一个新家庭。虽然我心里也很难受,但我还是这么认为的。对不起,耕平,我没有问你的意见就一个人在这里自作主张……"

一个年纪尚轻便痛失爱女的母亲的心,一步步向耕平心里逼近。为久荣的死而伤心悲痛的绝不止自己一个。耕平轻轻低下头,说道:"我明白的。这件事就拜托您了。晚安!"

他轻轻地关上门,走向卧室去换衣服。

十二月,作家比其他世界的人早一步没入腊月的大潮。恶名昭著的年末进度,虽说实际的截稿日只稍微提前几天,但所有杂志纷至沓来,日程便紧得再也挤不出一点空隙来。越是畅销叫座连载又多的作家,年末进度的受灾情况就越严重。

耕平手头只有《小说北斗》刚开始连载的小说和几篇散文,按月产页数来算,也就六七十页原稿纸。虽不至于忙得不可开交,但截稿时间仍如往常一样紧巴巴。不论时间有没有余裕,到最后总能噼里啪啦地写完交稿,这就是小说的不可思议之处。

挨过交稿日,走在将近年关的神乐坂街上,是心情最为舒畅的时刻。路上满是购物的人们。临近交稿,平时做饭一丝不苟的耕平常常做晚饭也偷工减料。那今晚就好好地做个奶油炖菜吧,按久荣的菜谱来做,是小驰的最爱。

走进坡上的超市,只见早已摆满了正月的食材。虽然不至于唤起下厨的欲望,但超市俨然已是身边最能体味季节感的风流之地。

又是新卷鲑鱼又是盐渍鲑鱼子、又是黑豆又是糖煮蚕豆、又是田耕甘露海带卷又是鱼肉鸡蛋卷,连圆形年糕上也是用橙色的酸橙来装饰。对色彩极为敏感的耕平为这些挤得满满的正月食材醉心不已。日本的正月真是美丽。

正当他把盐渍鲑鱼子放进购物篮时,羽绒服口袋里的手机响了起来。虽说截稿前的电话会让人有点神经质,但校稿也平安无事地交上去了,接起电话来还是满心轻松的。

"您好,我是青田。"

"久违了,您现在方便听电话吗?"

文化秋冬第二文艺部的大久保彬彬有礼地问道。超市里,高亢地流淌着《春之海》的琴声。耕平把盐渍鲑鱼子放回货架,提着空篮子走出超市。

"嗯,可以的。"

大久保的声音听起来十分亢奋:"恭喜您!"

到底什么事呢?莫非是笔耕不辍十年来奇迹的第三次加印?耕平的心"砰砰砰"地越跳越快。他假装平静地问道:"恭喜什么呢?"

"《父与子》被推选入围第一百五十届直本奖。青田老师,您愿意接受入围吗?"

眼前购物的人们往来穿梭着，空车的士开上神乐坂来。在耕平的眼里，所有的画面都以一帧帧慢镜头的节奏闪过。为什么时间流逝得这么缓慢呢？他突然意识到电话那头还有个人，于是回复道："嗯，非常荣幸。"

"我作为责编也觉得非常荣幸，毕竟那本书是我们出版的嘛。看了上次的评词，感觉评委老师都对您很有好感呢。"

虽说如此，但结果谁也说不准。哪怕初次入围博得了一致好评，至今已不只一个两个作家因为入围作品不如上回而被拒于大奖门外。绝不能得意忘形，耕平这么告诫自己。

"哎，获奖是天时地利人和嘛，谁也说不清，能拿到当然高兴。"

"这次您很有竞争力呢。等待评选结果的地方之类的我安排好再跟您联系。目前还没有向媒体公布，请您一定保密。"

直本奖入围名单一确定，便已是出版界内公开的秘密。编辑嘱咐的话与半年前如出一辙，但却让人感到莫名的兴奋。

"嗯，我明白。那到时就拜托了。"

挂断电话，耕平有种想呼啸着冲下神乐坂的冲动。居然连续两次入围文学大奖！或许是十年来殚精竭虑地写着写着，笔力不知不觉地提高了吧。

现在十二月中旬刚过，评审会在一月中旬举行，还有将近一个月的时间。耕平上次早已体验过，这个月将会格外漫长。评委们将如何评读自己的作品呢？直本奖的结果将会如何呢？如果真的得奖了又该如何面对呢？不单是面对媒体或出版社，还有朋友、家人、亲戚。一个达到直本奖这样知名度的文学奖，它也是作家重新审视自己存在方式的契机。

11

圣诞节前夜的前一天，耕平在银座的文艺酒吧索芭蕾现身。地上立着一棵直耸入天花板的大圣诞树，上面挂满了红的绿的小彩灯。这是这个季节的惯例。几个年轻的女招待穿着红红的迷你短裙版圣诞老人装，在爆满的吧厅里四处游走。

"我还以为你今年不来了呢。"

椿这样说着，递上一杯苏格兰威士忌的薄水酒。到底她也是三十几岁的人了，今天并没有穿圣诞老人装，一条珍珠色的简洁礼服包裹着她凹凸有致的身体。

"呃，为什么？"

"因为，喏，之前在涩谷见过的那个女人啊。"

第一次和奈绪约会回来的路上，不料和椿撞了个满怀。看来自己果然没什么桃花运。

"啊，她啊，其实我并没有跟她交往……呃，我岳母硬是要给我安排相亲……所以……"

他不知道自己怎么会如此拼命地找借口，还说得前言不搭后语。昏暗的灯光中，耕平看了看椿的脸，又再定睛看了看，还是那么标致可人。说起来，和小驰一起出游的时候还被这双唇轻轻地亲过呢。

"哈……相亲吗？"

椿故意摆出一副受伤的表情，耷拉着眼说道："你岳母啊，她是放心不下小驰，更担心你有没有碰到坏女人，怕你这么优秀的女婿受到伤害。"

"呃，没有这回事啦。"

椿抬起头，直勾勾地看着耕平的眼睛。反而是耕平先躲开视线。

"没关系，我也知道自己的身份。耕平先生，祝贺您连续入围直本奖。"

媒体都还没公布，不愧是文艺酒吧的女招待，耳朵真灵。

"听谁说的呀？"

"文化秋冬的鸭安先生。"

"啊，是么。"

鸭安治朗是通俗系小说杂志《all秋冬》的主编。《父与子》连载的时候，有机会他总会跟耕平说些贴心鼓舞的话，文化秋冬主办的直本奖评选会也次次都是他来担任主持人。

"鸭先生说，耕平先生的新书真的写得很棒，要是能拿到奖就好啦。还说这不是因为他是出版商，而是真心地希望。"

他的确是一个令人倍受鼓舞的援军，但没有谁能靠主持人获奖。

"你这样说我还是心里没着没落。有人说我现在写得越来越老道了，但我觉得自己还是像以前那样平平淡淡地写着而已。"

椿定定地看着耕平："作家真是有很多很多类型。有的人一直自信满满，每次出新书都自认为是巅峰之作，鼻孔朝天；也有的人每次出新书都叹气说写得不好，而变得灰心丧气。"

耕平的脑海里马上浮现出几张可以对号入座的作家的面孔。自我评价与作品优劣之间没有太多相关性。常有许多作家光顾文艺酒吧，比起那些蹩脚的批评家和编辑来，椿看作家的眼睛可是准得惊人。据说很久以来，最先看准畅销作家的就是银座的女招待。

"那，我是哪种类型呢？"

椿嫣然一笑，宛如调和得当的鲜艳颜料，华美得与众不同。

"你啊，是迟钝型。不论是对自己作品的好坏还是女人心，或是世风左右，都非常迟钝。不过这也算是优点，没办法。"

椿轻轻地叹了口气。

"喂，耕平，喝着呢？"

只听见当今日本文库本最畅销的历史小说家片平新之助浑厚粗犷的嗓音从天而降。他也不问旁边有没有人坐，便扑通一屁股坐在藏青的沙发上。

"喂，椿，给我开一瓶香槟。耕平，恭喜你入围直本奖啦。哎呀，虽说是件可喜可贺的美事，可你连续两次入围，这次又是文化秋冬的书，到处都在说三道四呢。"

"呃，都说什么了？"

作家的世界里评价并不是一成不变的。首先，评价也分作品优劣和出版数量两大类，作家都是贴着这两重价标从事写作的。虽然出版界里无数流言与评价乱飞，但当事人周围却像是一片真空，拿耕平来说，他就从没听说过什么好的坏的流言。

"说什么是文化秋冬的战略胜利。"

新之助似乎刚去过别的俱乐部，有点微醉。耕平沉默着，喝着手中的薄水酒。

"他们说首次入围是早已谋划好的，先亮亮相，目的就是为了让《父与子》拿到直本奖，说什么得主已经确定了，就是青田耕平，还说主办方文秋为了卖好这本书狠赚一笔，已经买通了评委之类的。"

比起愤怒，耕平更多的是失望。原来每个世界都有崇尚阴谋论的一群人，可以脸不红心不跳地说世贸大厦和五角大楼倒塌是美国自导自演的。在这个只有相对评价的文艺世界里，常常能听到这样的内部消息。

"好啦，外人的话，不要在意啦。"

即便新之助这么说，不高兴的事还是令人不高兴的。哪怕是真有这样的内部消息，那也是出现在自己控制范围之外，既插不上手，也没有任何关系。

"来了，让您久等了。"

椿给他们倒上香槟，"啪啪"破裂的气泡仿佛也弥漫着圣诞节的忧郁。椿坐在新之助和耕平之间，劝慰似的说道："这不也好嘛。反正作家都是自由职业者，如果刮的真是顺风，就顺着风畅销一把呗。"

新之助专攻文库本，跟文学奖沾不上丝毫关系。他信口大声说道："就是呀！你赶紧拿个直本奖，呼啦啦地把书都卖出去吧，这大好的机会可不是时时刻刻都有呀！"

"是是。"

耕平与时代作家碰了杯，小口小口地喝着苦涩的香槟。

回到神乐坂的公寓，已是凌晨两点。这晚，新之助不知为何迟迟不肯回家，要椿再陪他去下一家。银座后街里那家油炸小鳑店味道不错。在空车飞驰的银座交叉路口，耕平和椿挥手告别，看着她欲言又止的眼神，他仍旧毫不犹豫地坐上了回家的的士。回到书房，他要把今天该做的事情做完。

耕平连外套都没脱下便坐在桌前，打开电脑连上网络，飞速登录了7-station网站。这是世界上屈指可数的大型网络社区，分门别类地汇聚了所有信息。

小说类目下依次排列着三百多个帖子。耕平点开最先看到的那个帖子。

"第一百五十届直本奖将花落谁家？"

>无名氏编辑反正，已经是呼之欲出的落花套路啦。最有希望摘花的，就是《父》了吧。好歹上次获得了评委的一致好评，出版社又是文秋。青田有四本书都是那里出的了。单行本、文库本刷刷地加印吧，哇哈哈哈。

>红笔哟！那个不温不热的青田么？就是那个只会写妻子的死还有和儿子的二人生活的恶心的私小说家吧。直本奖都给了那样的家伙，所以日本的小说才一直这么烂的啦。

>文艺业者文秋绶带准备中。已决定《父》加印十万。苦修十年的私小说作家，终于盼得云开见月明。哎，怎么都好啦。

未署名的信口之说如沙漠般延绵不绝。越往下看，耕平的心便越是刺痛，但他无法将自己的视线从发着微光的显示器上挪开。他不知疲倦地浏览着那个写满了关于自己的评论的帖子，双眼充血得通红。当他披着外套看完所有评论时，最黑暗的圣诞节前夜的清晨已经来临了。

12

"老爸,你好像状态不是太好呢。"

青田家每年都在自家庆祝圣诞。自从久荣去世后,圣诞前夜便只有小驰和耕平,气氛异常安静。

"呃,没有啦。"

桌上装饰着一棵小小的圣诞树,摆放着常见的烤鸡、生火腿沙拉和海鲜饭。两个人吃不完一整只蛋糕,所以只选了草莓鲜奶油巧克力小蛋糕。这些都是熬夜熬得头脑还有些晕乎乎的耕平从新宿的地下百货商场买来的。

"可是,你又开始自言自语了。"

耕平不得不承认,自己容易一不小心就把内心的痛苦展露了出来,只要碰到点什么麻烦,立马就被才上小学五年级的儿子察觉无余。真是个失败的父亲。小驰拿起那支只剩一半的香槟给耕平倒酒。

"昨晚怎么了?"

小驰一边叉着沙拉,一字一顿地问道。在银座的文艺酒吧里,耕平被作家朋友的话深深刺痛,近乎疯狂地看完了他平日不屑一顾的大型网络社区里的文艺主题帖。在那些未署名的帖子里,几乎没有一句正面评价。虽然他心里明白再看下去也没什么意义,却仍然无法抑制看下去的冲动。那些不带善意的话语、故意贬低的话语有种恐怖的吸引力,更何况那些都是有关于自己。

"你比老妈都懂看老爸的心。这么犀利,小心没女孩子喜欢喔。"

"没关系,反正每年都会收到巧克力,不用担心啦。"

"这一点,你可一点都不像老爸哦。我上小学的时候,从来没收到过巧克力。"

小驰对这些玩笑并不感冒,一脸认真地问道:"话说回来,老爸,是发生了什么事吗?"

这个小学五年级学生,这时俨然一副大人模样。耕平曾认真和他谈过世界上发生的事情,比如战争、贫富差距扩大、贪婪所催生的经济危机……如果大人敢于面对,孩子也必定会敞开心扉接受。但是,直本奖的阴谋说,久荣之死的疑惑论,该如何开口呢?耕平知道自己无法逃避,也无法隐瞒,因为他是那么认真地看着自己。

"获个奖不容易啊。老爸这次的候选作品呢,是由主办文学奖的出版社出版的。所以,有些嘴巴叽叽喳喳的人就说大奖已经确定了,我们只是在作秀,还说舞弊什么的。"

小驰放下手中的刀叉,想了想,嘟着嘴巴说道:"老爸,你写的书是本好书对吧。虽然写得好,但是卖得不好,这个奖不就是为了帮助这样的书么,所以那些人说的话是不对的。"

从来没看过这本书也要拼命维护,只因为这是自己的父亲写的书。孩子真是可爱。

"写得好不好,老爸也不知道。当然我是努力地在写,但一出版就只能留给读者去评判了。到底是不是像你说的那样好,谁也无法断言。我在网上看到,有很多人都说老爸总是打着家人的幌子,写着同样的东西,是个烂作家。"

这些话本不该在圣诞前夜说出口,可耕平无法抑制自己的感情。是父亲,但也是人。即使倾诉的对象才十一岁,也会有跟他发发牢骚的时候。

"书到处都买得到,是大家的,老爸写的小说也是大家的,别人怎么评价是他们的自由。哎,不过你吧,书又卖得不好,评价也糟糕,就像被打倒的拳击手一样。"

小驰喝了口葡萄汁,继续说道:"但是,一定也有人支持你吧。"

"啊,有几个。大多是出版社的编辑或者作家朋友,其他人不是直接无视,就是说我坏话了。"

"你这工作真辛苦啊。就算别人说你什么坏话,就算没人买账,你也要忍着继续往下写。"

"是啊。"

耕平喝了口香槟。今年圣诞喝到的香槟怎么都苦涩不已。

"但是,老爸你喜欢写小说呀,也很享受,所以才一直写了十年呢。"

耕平想了想他现在的作家生活。刚入行时的新鲜心情已经完全消失,有时甚至感觉自己只剩下一副空壳。在世界这个巨大的笔记本上涂鸦了十年,似乎任何文字都可轻易地用橡皮擦去,纸页上不留下一丝痕迹。

"虽然也有快乐,但更多的是痛苦和悲伤,把属于自己的东西一点一点拿出来写,现在可以写的东西也少了。"

"如果剩下的东西很少,把新的放进去不就行了嘛。"

耕平真想长长叹口气。他想起了《幸福的王子》的故事,王子把嵌在身上的宝石送给他人,自己却渐渐变得寒酸起来。这或许就是作家的生存方式,作品日益丰满,而作家却日渐瘦弱。

"哪有那么简单呢。学一些新东西只算是知识储备，单靠这些还是写不出书来的。一个素材，如果不通过你的心、你的头脑、你的身体全身心地去感受，就写不到小说里。年纪大了，理解起新材料来也慢了，接受起来也困难。"

小驰"哈"地长叹了口气，说道："原来老爸你工作这么辛苦啊。房贷还剩下好多没还呢，那今年我不要圣诞礼物了。"

连孩子也模模糊糊地察觉到了父亲囊中羞涩，真是伤感。耕平微微一笑："你的礼物还是不成问题的。你等等。"

耕平起身走进书房，拿出一个绿色的纸袋。上面贴着封印泥做成的金色蝴蝶结。

"圣诞快乐！你看，这是你一直想要的游戏机喔！"

上小学三年级之后，小驰就再也不相信世界上有圣诞老爷爷了。要在狭小的公寓里把礼物藏得滴水不漏，实在不是件容易的事。

"哇……太好啦！老爸，谢谢！你这么辛苦工作，给我做饭洗衣、打扫卫生，还给我买礼物。老爸你真是太伟大啦，我当了爸爸也许都做不到你这样。"

他小心翼翼地拆开包装纸，拿出装着手机游戏机的盒子。这份一丝不苟的确是遗传了他母亲，尤其低头时，那眼神简直就是久荣的翻版。

"小驰，你好好听我说。老爸烦恼的其实不只是奖项的事，还有你老妈的事。她为什么要死那么早呢？那场意外，到底意味着什么呢？"

小驰把游戏机放在桌上，直直地看着耕平："但是，无论你怎么想，老妈都回不来了，不是吗？也没有像游戏一样的复活咒语。"

要是可以用那样的魔法让久荣复活,那该有多好啊。不能想,一想胸口便疼痛不已。

"是啊。但这是老爸自己的问题,一天找不到答案,即使拿到了光鲜的文学奖,新书畅销百万读者好评如潮,老爸的心也一天得不到安宁。哪怕它对现实没有任何意义,老爸也必须找到答案。你明白么,小驰?"

小驰沉思着,像是拷问自己内心一般。

"就是那种无论如何也想找到谜底的感觉吗?可是你一直耿耿于怀,心情很不好啊。"

耕平伸出手,心疼地摸了摸儿子的头,他头发真柔软。若是死了,便再也摸不到孩子柔软的头发,再也抱不了丈夫温暖的身体。久荣真是太着急了。

"就是这种感觉,你真是个犀利的家伙。老爸还会烦恼一阵子,煎熬一阵子,你别放在心上就行。你就想,老爸在寻找一个非常了不起的答案,宽容对待吧。"

13

一片安静祥和中,耕平浑然不知地跨过了年关。本以为会因为要赶年末进度而忙得不可开交,却不想竟乐得清闲。从往年来看,一进正月就马上要执笔写作,但开始执笔前的这段日子正是养精蓄锐的好时光。耕平和小驰一起来到新宿大街,在漫不经心的购物闲逛中打发着时光。到了小学五年级,孩子的鞋子、内裤、衣服似乎一夜之间变小了起来，像是每个季节蜕掉一层旧皮，身体就长大一圈一般。

久荣还在的时候，这些都是她在操心。耕平逛着童装时惊讶地发现，童装的销量竟如此之高，面料明明只有成人服装的一半，却任性地挂着和成人服装相差无几的价签。庆幸的是，今年因为金融危机的影响之类的，现在已经开始打折了。这片国土上，会有几个男作家在装满降价处理衫的小推车中翻弄捣腾童装运动衫呢？耕平想想便忍不住苦笑不已。

"找到什么好的了吗？"

小驰百无聊赖地靠着百货商场的柱子说道。他最讨厌给自己买衣服了，看来确实是个小男子汉。

"没呢，只是想起一些事。"

久荣也讨厌麻烦，常常同一款衣服每个码各买一件，以至于有段时间小驰总是同一身打扮。在她看来，只要干净整洁，其他都无所谓。

"要是你老妈的话，说不定今天一口气买下五件，这一年你就光穿这些了。"

小驰的脸上忽然灿烂起来："你觉得可以的话，那就买五件吧。赶紧看完衣服去玩具店。"

百货商场附近有一处家电量贩体验馆。他或许是想现在看准一个，等拿到压岁钱再买吧。

"好啦。我先去结账，你在这里等我。"

耕平拿着两件运动衫，排在全是女顾客的付款队伍的最后，心想，这样毫不出彩的平凡生活，不正是自己所拥有的吗？虽然有人指责自己只会把家人当题材，但其他题材实在难以下笔。他知道自己逻辑不那么清晰，头脑也没那么灵活，更没什么擅长的专业领域，只会拈起身边不起眼的小事，拼尽全力地写出一本本不枉一读的作品而已。

不论是自己的心脏，还是头脑或是身体，它们的容量一定都很小吧。有时也会忍不住羡慕那些什么都能信手拈来的作家，但自己哪怕是回炉重造一遍也模仿不来，现在甚至会因为买到一件半折的童装而沾沾自喜。耕平把运动衫放在收银台上，耸耸肩呼了口气，打开早已用旧的钱包。

小驰站在游戏软件区前，手里拿着几个盒装玩具沉思着。因为压岁钱只买得起一个，他看上去犹豫不决。这回轮到耕平百无聊赖地靠在贴满漫画美少女、战斗机器人海报的五彩缤纷的柱子上，心不知不觉飞离店头，向久荣飞去。

自从和久荣的老同事见面后，耕平便一直在找寻着什么。简单来说似乎只是妻子意外之死的真相，然而却又觉得并非仅此而已。耕平内心里，其实至今仍强烈地抵触着接受妻子的死。

十多年来，他们一同分享着人生的酸甜苦辣，直到有一天她如轻烟般消失得不留一丝痕迹。存在与消失之间没有绝对的界限，就像冬日里走出百货商场，察觉时才猛然发现包裹着身体的空气已骤然变冷。穿过一扇自动门，她便消失不见，无法再牵她的手，无法再和她言语，也无法再将她紧紧抱入怀里。

亲近的人的死，就是这么蛮不讲理。耕平默默地承受着这份打击，平淡地继续写着他的小说，守护着和小驰的二人生活。但是，撞上寒冷彻骨的空气，那份冲击似乎已在心底最深处撞出了连自己也未曾预料到的裂痕。久荣死后，鲜活如生的喜悦便从他的世界完全遁形。

美好的、美味的、高兴的、悲伤的……所有让人心动的元素，感受起来都只有一半那么多，仿佛隔了一层薄薄的淡蓝滤纸，世界变得寒冷而又安静。

这对作家这种职业来说是种危险的预兆。小说里，人物的心应是五彩缤纷、五味杂陈。不论是多么澄净纯粹的悲哀，若使用同一种色调，作品便单调无味，终究让读者腻烦。

耕平心里明白，终有一天，他必须拯救回这颗荒芜颓废的心，必须重新拨动静止在妻子车祸那天的时针。但如何才能做到呢，他自己也不知道。

"还是这里的蛋糕好吃呀！"

小驰在巧克力蛋糕上涂上满满的奶油，大口地咬着。这是他们常去的那家位于靖国大道边的咖啡店的招牌蛋糕。不甜，但可可味很浓。耕平只要了杯浓咖啡。是该开始注意体重的年龄了。

"太阳下山天就冷了，我们还是早点回去吧。回到家之后，你知道了吧？"

小驰"嗯嗯"地连声点着头，又切下一块大大的蛋糕。

"你不是说今天跟明天要大扫除嘛。我负责自己的房间、浴室、玄关，还有走廊。你负责书房、卧室和厕所。客厅和阳台还有窗玻璃，两个人一起打扫。"

"是呀。要怀着对这一整年的感谢之情，彻彻底底地打扫。知道吧。"

"知——道。大扫除我喜欢，感觉很开心。"

耕平笑着说道："你只是在说阳台吧。"

小驰每年大扫除都要拿着擦窗户用的洗洁剂吹泡泡玩。看着飞上冬日晴空的七色泡泡，耕平才感觉这一年结束了。

回到家，耕平从书房开始搞起了大扫除。整理今年完结的《父与子》的资料，整理今年看过的书，得把自己要保留的和要卖给旧书店的分成两堆。这时最关键的是要严肃对待每一本书，每本书中都包含着作者的思想，总有那么几页沁人肺腑的文字。

但是，耕平在神乐坂的公寓绝不算宽敞，若对书抱有同情，便侵犯到了自己的生存空间，有好些作家或是批评家朋友的住处已被它们占领了。书这种东西，真是让人爱不释手的外来物种，面对它们绵绵无尽的侵略，必须誓死保卫自家的生态平衡。

整理书架时，拿开三十二开的单行本，竟发现了一本薄薄的白色相册。耕平啪啦啪啦地翻看着其中究竟。

（这是……）

相片没有褪去一点颜色。那是和久荣结婚前一起去冲绳旅行时拍的相片。那时的她二十五岁，朝气蓬勃，浑身散发着迷人的光彩，欢乐地大笑着，丝毫让人察觉不出投射在十年后的阴霾。那个久荣穿着无袖洋装走在国际大道的市场里，那个久荣穿着泳装躺在海边躺椅上，那个久荣被酒精染红双颊，站在夜色中的阳台上吹干着头发。每张相片都那么鲜明清晰，一如初洗，把那个夏天的阳光都关在了里面。

泪水模糊了耕平的双眼。幸福属于死者，而不属于被遗弃在这个世界上的生者。耕平想起给她涂防晒油时那光滑的脊背，想起在市场里散步时牵手的温暖，想起回程的飞机上许下的再游冲绳的约定，只是终究没有兑现这个约定。究竟还有多少约定是没有兑现的呢？是自己没能让妻子幸福。耕平心里哭泣不已，然而泪水没有滑落，它只是轻轻湿润了双眼，用那张淡蓝的滤纸把世界染上了色。

"喂，老爸，我找到了一个奇怪的东西。"

小驰敲响了书房的门。进这个房间必须敲门已成为青田家不成文的惯例。他打开门，把头伸了进来："这个是DVD光盘吧。我在房间的书架上找到的。"

14

耕平看了眼站在门口的小驰，他手上拿着一个透明的卡带盒，里面银色的圆盘闪闪发光。这并不是刻录电视剧电影的十二英寸DVD，而像是摄影用的小型光盘。耕平从放成一堆一堆的书山中伸出手来。

"给我看看。"

耕平接过光盘，看了看正面。闪闪发光的盘面上用油性笔写着标题，是久荣一丝不苟的圆角字迹。

（写给十年后的老爸和小驰）

耕平心里一惊。整理妻子遗物时，明明已把家里上上下下彻底翻了个遍，唯独遗漏了这个光盘。因为那时想着孩子的房间里不会有久荣的东西，只是草草地找过了一遍。他站起身，说道："这是老妈的字。要不看看吧。"

小驰一脸认真地点了点头。

客厅的窗外，冬日火红的夕阳静静地燃烧着整片天空。神乐坂大街一如昂贵的玩具般精致得让人心碎。耕平把光盘放进影碟机，坐在了沙发上。小驰依偎着坐在他身旁。

刚开始有一段短短的如雨点般的杂音。小驰下意识地握住耕平的手。那只手虽小，但却很温热，指甲的形状很像耕平。接下来突然出现的画面让人一下把心提到了嗓子眼。

"这样可以么，拍得到我吗？"

画面中，久荣一袭白色夏裙，灿烂地笑着。她把椅子搬到了阳台，光脚盘坐着。相机大概是固定在三脚架上之后放在窗边的吧。久荣不只是爱开车，还喜欢捣鼓各种机械，在女人里也算是罕见的。说起来，自从那场事故后，耕平就再没给小驰录过像，也不知道相机放在哪里。小驰悲伤地喃喃道："老妈……"

录像不停地放着。久荣的头发在初夏的晚风中吹动。她按住刘海，笑了："现在，老爸和小驰去新宿的电影院看电影去了，很无聊，所以我没去。刚买了新相机，所以我要给你们一个惊喜。藏在小驰房间里，等到十年后我们再一起笑着看吧！"

耕平看了看眼前的阳台。虽已不是夏季，但水泥的三合土、铝制的栏杆，还有湛蓝的天空，都是那时的模样。

"能和你们一起组建一个家庭，我真的非常开心。小驰，你虽然才上小学一年级，但我知道你是个好孩子。虽说是老爸老妈的孩子头脑聪明是理所当然的，但你绝不只是聪明，有时还凛凛正气，无论他是谁，只要是他做错了，你都敢于指出，这一点最棒了，有的大人还不一定做得到呢。面对比自己强大的不惧怕，面对比自己弱小的很友好。你就这样慢慢长大，让许多女孩为你疯狂吧！"

小驰握住耕平的手握得更紧了。耕平点点头，偷偷看了看儿子的侧脸，只见他双眼通红。

"学习的话，按你自己的节奏走就行啦，不要勉强自己喔。然后呢，你要找到自己一直喜欢的事情，在未来把它作为你一生的事业。即使做不了有钱人，可以做自己喜欢的工作也是一笔巨大的财富呢。你看你老爸就知道啦。"

小驰毫不遮掩地哭了出来，头一下下地撞在耕平身上。对着超薄电视，他泣不成声："嗯，我知道。我也要像老爸那样做让大家开心的工作。我其实真想让你也看看老爸的签售会。"

久荣死后的这四年，发生了许多许多事。签售会、加印，还有著名文学奖的提名。如果她还活着，该有多高兴呢。

"接下来是说给老爸，不对，给耕平的。十年后，你还是会在写小说吗？虽然你会叹气说卖不出去啊，但我希望你知道，我始终都是最爱你小说的粉丝。你所做的工作，正是我最大的幸福，所以，即使你成了大畅销作家，也要好好地写出好的小说来。还有还有，如果十年后我变得满身赘肉，你也不可以嫌弃我喔。因为就算你中年发福、头发稀疏、老眼昏花，我也一定还是你的粉丝。"

久荣的身后，夕阳尽情地燃烧着。云朵边缘像是流淌着熔融的黄金一般鲜艳无比。妻子遗留在录像中的身影，就像她此时此刻正坐在眼前的阳台上一样新鲜而清晰。

久荣真的已经死了么？重复过无数遍的疑问再一次掠过耕平的脑海。有那么一瞬间，久荣蹙着眉，像是在思考着什么。声调也降低了一个八度。

"我最近一直在烦恼着。承蒙上苍的恩惠让我过得这么幸福，而我却抓不住生存的感觉，只能半死不活地活着，就像在空气稀薄的山顶上艰难地呼吸一般，每天的生活都憋闷不已。我曾经跟你谈起过很多次呢。"

听到妻子想要自寻短见的那份打击,至今仍停留在耕平身体的最深处。接下来的内容应该让才上小学五年级的小驰看吗?但现在要停止播放也来不及了,自己也急切地想知道久荣接下来要说些什么。

"说得明白一点,就是我的内心还远远没有安定下来。我决定不再这么拖下去了。"

久荣伸出手,把相机从三脚架上取了下来。录像以令人头晕目眩的速度旋转,定格在沉入层云的夕阳上。慢慢地,夕阳被灰色的层云溶释。

"喏,你看。在老爸和小驰看电影的时候,世界也在一点点地运动,我也不会一直这么烦恼下去,因为也会让你们烦恼的嘛。所以,我决定自己再好好想想。"

久荣把相机放在栏杆上,给了自己一个特写。以黄昏的天空为背景,久荣的表情盛开成灿烂的笑脸,仿佛大朵的鲜花含着朝露绽放一般。这是她死前许久不见的笑脸。

"呼呼……好像个女演员似的哈。我的决定是真心的。今天的日期是……"

久荣说出了录像日期。耕平像被雷击中了一般。那正是久荣出事的前四天。久荣最后留下这样的笑容和决定,死了。

"你怎么了啊,老爸,很痛啊!"

原来不自觉间,耕平用力紧抱着小驰的双肩。

"……你在哭么,老爸。"

不经意间,泪水已悄悄滑落,但不是因为悲伤。或许那不是泪水,是充满幸福的心想要滋润体表的水分。经过了漫长的年月，耕平终于彻底接受了妻子的死。

如果这个录像是真实的，那么久荣即使在最后一刻也没有丧失对未来的憧憬。那场车祸，不是她希望发生的，而是意外。

一个奇怪的声音在耕平耳边响起，谁在远远地咆哮。

"老爸，老爸，你没事吧？"

小驰摇着耕平的肩膀。发出咆哮般的声音流着眼泪的，是耕平自己。

"嗯，老爸没事。只是隔了这么久又看到你老妈，太高兴了，所以眼泪止都止不住。"

小驰静静地微笑着，露出一副母亲般的大人样子："我明白，老爸。现在你尽情地哭吧。"

小驰摸了摸他的头。耕平按了几下遥控，把亡妻的录像又放一遍。初夏的夕阳复活了，亡妻的连衣裙在风中摇摆。久荣张开嘴，对着他笑。已幻化为光尘的妻子，在超薄电视中生动地活着。

（这样，终于可以动起来了。）

耕平感到，那场车祸后凝固的时间终于再次流动起来了。因为自己已经彻底接受了那次失去和打击。从今以后，再想起久荣的车祸，应该不会有什么不安了吧。再想起她，想起的一定都是这个录像中她露出的灿烂笑脸吧。

不知是悲伤，或是幸福。耕平坐在渐渐昏暗的房间里，久久地凝视着电视屏幕。

15

　　第二天早上耕平一睁开眼，心情格外清爽。他一边做着小驰的早餐，一边随心地哼着小曲。人心真是简单，不必要的复杂只会成为人生的负累。耕平虽是作家，但也是个简单的人，仅仅因为久荣留下的最后信息，他的世界便从黑暗中反转了过来。数月来笼罩在心头的黑云终于消散，蔚蓝的天空重新铺开。满满涂着黄油的吐司、半熟的煎鸡蛋卷，好吃得简直让人泪流满面。

　　除夕那晚，耕平带着小驰早早地洗完澡，上街去吃荞麦面。父子二人一起吃除夕荞麦面，今年已是第四个年头。但对耕平来说，今年的味道无可比拟。

　　走回大道时，新年首次拜神的人们已挤满了坡道。挂在路旁榉树上的灯笼在风中摇曳，贩卖正月草绳的货摊上，年轻的人们神气抖擞地吆喝着。神乐坂这条大街，至今仍残留着旧派东京生活的影子。

　　"我们也拜神去吧。"

　　耕平牵起小驰带着手套的小手，向毗沙门天善国寺走去。走上台阶，他把十日元硬币扔进功德箱，双手合十。又看看小驰，他嘴里叽叽咕咕地小声地说着什么。

　　"许了什么愿呀？"

　　"嘿嘿，我许愿说，希望老爸这次能拿到奖。"

　　差点忘了还有这事呢。和久荣的死比起来，直本奖只不过是个再细微不过的问题。如果这次能拿到当然是高兴。但入围了两次，耕平已经很满足了。他在钱包里翻了翻，翻出些零钱。他拿出一个五百日元的硬币，想了想，又换了个一百日元的硬币递给小驰。

"你如果要许那么大的愿，十日元可不行，还是给这个吧。"

小驰扔进去的香油钱，闪耀着明晃晃的光彩，消失在功德箱的黑暗里。今年一年过完了，明天开始又是新的一年，一定又是不可预测的一年吧。他去年也曾来这里拜神，却从没想到今年是这么过了。只要能这样和小驰一起精神抖擞地迎接新年，勤勤勉勉地写着小说生活下去，耕平已经满足了。

新年悠然地过去了。耕平像往年一样，回自己老家和久荣老家拜了年，各住上一晚，元旦后便投入了工作。虽然只是一篇短短两页原稿纸的散文，但似乎不写点什么，就感觉不出又是新的一年。

耕平和索芭蕾的女招待椿，还有琦玉县的国语老师奈绪都约了一次会。椿听到久荣留下的最后信息，和耕平一同流下了眼泪。奈绪虽然被那个有妇之夫纠缠不休，但最终还是和他分了手。然而耕平，虽说他已经完全放下久荣的事，但仍然没有下定决心和其他女人好好交往。

就在这样那样的事情中，两周已经悄悄过去。虽说上次入围直本奖时的确有些紧张，但连续两次入围后，竟也习惯了评选会当天的气氛。那天的天气预报，是晚上有雪。

上回似乎是晚上九点左右接到的通知。傍晚时分开始，耕平便不紧不慢地泡完澡，用吹风机吹干头发，从衣柜里拿出那件仅有的开司米夹克，用除毛刷刷了个干净。深蓝和白色相间的条纹衬衫，西裤就穿米色羊毛的那条吧。入围作品《父与子》是一本内容轻松的书，轻松的装扮应该很搭调。小驰和岳母郁美站在玄关，送他出门。

"老爸，加油哦！"

加油。说是这么说，自己能做的，除了等待还是等待。

"啊，好的！"

郁美伸出手，拍了拍他肩上黏着的刷毛。

"要是拿了奖，要开记者见面会对吧，耕平。"

"是啊，妈。"

"那样的话，那时我可以带上小驰去么？我想让他看看他老爸出席盛大场面时的风采，或许会成为他一生的记忆吧。"

记者见面会通常在九点档举行。那样的话，也不至于推迟小驰的睡觉时间。

"嗯。之后我再跟您联系。"

"路上小心。你还真是沉得住气呢，你今天的样子，我真想让久荣也看看。"

小驰手舞足蹈地欢呼助威："老爸，加油！老爸，加油！我们记者见面会见！"

耕平笑着挥挥手，走出了玄关。

等待评审结果的地点，是在银座一丁目的一个酒吧，因在出版界运势强盛而颇为有名，据说在这个酒吧等待评审结果的作家连续五个都获得了直本奖。耕平到时已经将近七点，银座大街上静静地飘舞着干干的细雪。他一级一级走下延伸至地下的楼梯，隔着玻璃能看到店内十分宽敞，吧台深处的包厢里，熟识的编辑们都已经到齐。看到耕平，《父与子》的责编大久保起身出来迎接："您这也太晚了吧。我们五点钟就全部到齐了呢。"

在筑地的料亭里举行的评审会，就是五点钟开始的。但也没必要老老实实地等那么长时间吧。耕平正是这样想着，才特意在家里慢吞吞地磨蹭到现在的。

"不好意思。只是我不想再那样等了。"

大久保抿嘴一笑："不知怎么，感觉这次青田老师相当从容呢。"

实际上决不像他说的那样，但要一一否定实在麻烦。耕平向微暗的酒吧深处的包厢走去。文化秋冬、英俊馆、交读社，三个经常有工作往来的出版社的编辑都来了。桌上摆着外卖寿司木盒和生啤酒杯。英俊馆的冈本招手道："青田老师，请坐主宾位。"

刚落座，调酒师便拿来了擦手巾。和编辑不同，耕平不能喝带酒精的饮料，因为如果得了奖紧接着还得开记者见面会。不愧是运势强盛的酒吧，店里的人比耕平还要深谙于此："需要给您调一杯不加酒精的鸡尾酒吗？今天的主打菜单是芒果和草莓。"

耕平点了芒果鸡尾酒。接下来的两个小时，只能和这几个熟识的编辑说着毫无意义的话消磨掉了。吃吃美味的寿司，喝喝新鲜水果调成的鸡尾酒也算是名正言顺的工作，这正是身为作家的不可思议之处。

"哎呀，上回青田老师说得太好了！"

英俊馆出版部长盐田满脸通红地说道。冈本接过话来："是啊。我也被感动了。《空椅子》明明是本好书，评委们是读了哪里了呀？"

文秋的大久保举起双手："好啦好啦，冷静。评委老师们也有很多苦衷的啦。"

这时，吧台的电话响了。所有人的目光都集中在系着蝴蝶领结的调酒师身上。他手捂着通话筒，寥寥数句后便挂断了电话。编辑们的眼睛里腾腾地冒着杀气。店里的人说道："不好意思。是一个常客的电话。"

冈本低声说道："什么啊，来捣什么乱嘛。"

于是大家接着聊天。耕平提起了下一本书的话题。虽说英俊馆有一本长篇恋爱小说正在连载，但文化秋冬的下一本书还没确定。大久保打开笔记本，说道："《父与子》中的小悟，读者反响很好。您说，写写以那种性格的男孩为主人公的少年读物如何呢？我个人觉得非常符合您的文风。"

对喔，少年读物。耕平还从未写过这种体裁。或许能写得出乎意料的得心应手吧。酒吧的电话再次响起时，谁也没在意。调酒师像是捧着什么宝物似地微弓着腰，双手抱着电话分机走进了包厢。耕平看了看手表，七点半。还只过了四十分钟。

"青田老师，您的电话。"

编辑们屏住呼吸，沉默着。耕平生平第一次感觉到，无绳电话竟是这般沉重。

"你好。我是青田。"

16

心理准备还没做好，电话却无法挂断。耕平屏住气，等待着对方的下一句话。编辑们的视线似乎可以穿透他拿着分机的右手。

"我是文艺振兴会的本桥。"

拿到了！身体里似乎有气泡在迸裂。无数小小的喜悦噼噼啪啪地翻涌上来。

"祝贺您。您的《父与子》获得了第一百五十届直本奖,是单独获奖。"

包厢里,耕平下意识地低下头:"谢谢。"

编辑们听到这句话,纷纷向他表示祝贺。耕平不知何时电话已被挂断,通话结束了。酒吧上下一片欢腾。文秋的大久保对着吧台大喊:"给我开一瓶香槟庆祝!"

耕平与在场的所有编辑一一握手,冈本的眼里不知为何噙满了泪水。一个个都是在他默默无闻的日子里一直支持和鼓励他的编辑,耕平站起了身。在酒杯送上来之前,他还有事情要做。

"我先出去打个电话。"

走上台阶,来到银座一丁目的路面上。外面并不那么冷,细雪飘落在柏油路上,瞬间失去了它原本的洁白。他最先给家里打电话。

"妈,我拿到直本奖了。"

"啊,恭喜!"

"您让小驰听下电话。"

电话里悉悉索索响了一会儿,小驰的声音如焰火般在耳边响起:"太棒啦,老爸!恭喜!"

"如果没有你,老爸绝对写不出这本书。老妈死了以后,你真的长大了。小驰,谢谢你。"

这是耕平生平第一次含着眼泪跟人说谢谢。

"老爸果然很厉害耶!"

"就凭一个奖,厉害不厉害还不知道啦。先这样啊,待会儿见。"

耕平让小驰把电话给了岳母,告诉了她记者见面会的地点。从神乐坂到日比谷,打车大概二十分钟吧。

椿应该请了假,在银座的某个地方等着结果吧。奈绪也是,虽然跟她说不必这样,但她也从饭能赶了过来,正在附近等着。耕平觉得麻烦,于是把得奖一事和记者见面会的地点写在一条短信里,同时发给了她们。他抬头看了看细雪飞舞的银座后街,洁白的细雪围着街灯飞舞,的士扬起细雪飞驰而过,恋人们无视这个中年作家的存在,牵手在雪中漫步。好一个雪中的银座!此情此景永远不会忘怀。十年来的拼死努力,终得小说之神眷顾。耕平迈着轻快的步子向酒吧走去,朋友们还在那里等着他。

从酒吧走到举行记者见面会的东都会馆,只需十分钟。耕平穿上外套走上台阶的时候,发现一辆黑色的专车已经在等他了。司机给他撑起伞,打开了车门。

"地有点滑,您小心一点。"

几分钟后到达会场,文化秋冬的社员领着耕平走进电梯,来到了休息室。一进门,耕平就看到穿着和服的评委绫濑登喜子坐在那里,不觉吃了一惊。她已年过古稀,看起来却只有五十多岁。

"祝贺你。书写得非常好。青田老师,你多大年纪了?"

耕平诚惶诚恐地回答道:"四十岁。"

"啊,真是在最适合的年纪拿了大奖呢。在小说界呢,都说二十岁出道、三十岁就拿奖是非常危险的,因为很多邀稿涌来,没有大量题材是很难应付的。今后请继续努力!"

编辑探进头来:"绫濑老师,时间到了。"

她莞尔一笑,轻拍着和服腰带说道:"评词里我会好好表扬你一番的。那么，青田老师，我先走了。"

编辑们一个接一个地来到休息室，向耕平表示祝贺，耕平都一一回复了句谢谢。这个夜晚，生平说了最多次谢谢。

除了工作上的朋友之外，最先过来的，是椿。她穿着一身看上去价格不菲的灰色斜纹软呢套装，胸口抱着一束白色百合。让人不解的是她一进来便泪流不止。

"耕平先生，祝贺您。我一直相信，您总有一天会拿到直本奖的。"

"呃，谢谢！"

正接过花束的时候，门开了。

"祝贺您，耕平先生。"

是国语老师奈绪。她外套还没来得及脱下，双手抱着一束黄玫瑰。

"哎呀，我是不是打扰到二位了？"

奈绪嘴上这么说着，却"噔噔噔"地走进休息室来。椿嫣然地又似是刻意地笑着说道："今天是个值得庆祝的日子，我们还是停战吧。"

耕平最终还是投降了。他两手抱着两束花，向两个女人致意道："我得想想记者见面会上该说点什么，可以让我一个人待一会儿吗？"

椿和奈绪这才依依不舍地走出了休息室。

（这是怎么了，小驰怎么还没来呢？）

耕平心急火燎地一会儿站起身来，一会儿又坐回沙发上。差不多是时候该到了呀，莫非堵车了么。

"青田老师，时间到了。"

文秋一个年轻的女社员过来叫他。他不知在那条狭窄昏暗的通道里拐了多少个弯，才终于到了记者见面会场。

　　舞台上立着金色屏风，中间摆着一条猫脚凳，一旁的桌子上架着麦克风。前面观众席上摆放着约莫二百把简易矮凳，上面坐着的多是各媒体的记者，而后面则是像码头的吊车一般林立着的电视摄像机的三脚架。

　　"这位是以《父与子》获得第一百五十届直本奖的青田耕平先生。"

　　耕平慢步走上舞台，鞠了一躬，在席上落座。主持人说道："请发表初次获奖感言。"

　　耕平环视会场一周，到处都坐着熟识的编辑，最后一排的一角上，同期出道的青友会成员们也来了。山崎玛莉亚在向他挥手致意；片平新之助似乎已经喝醉了，脸红红的；花房健嗣双手抱在胸前，一脸严肃；长谷川爱穿着一件胸口印着卡通图案的长袖运动衫，矶贝久则穿着一身大学生模样的牛仔衣裤。大家都是赶来为我祝贺的啊，有这样一帮同期的朋友真是太幸运了。耕平拿起麦克风，说道："感谢选择这本书的评委老师们，感谢让我入围的文艺振兴会的各位，谢谢你们。但是，《父与子》能够获得直本奖，实在在我意料之外。因为这是一本轻小说，与直本奖所代表的庄重严肃的文学世界的氛围完全不同。"

　　耕平环视了一周宽敞的会场，很多人笑着看着他。文学奖也好，麦克风也好，电视摄像机也好，似乎全都不是现实，但眼前列坐的，是在自己未露头角的十年间一直鼎力支持自己的书本世界的居民。耕平压了压声音，继续说道："我想在场的各位，应该都有被书籍拯救过的经历。在生活苦不堪言的时候，在人生失去方向的时候，在厌恶一切的时候，无意中拿起一本书，它能推你一把，让你迈出新的一步，让你产生重新面对社会的勇气，连一本滑稽可笑的书里，也有拯救生命的力量。我非常荣幸能一直不舍不弃坚持写到现在，感谢书籍世界带给我的一切。"

这时，舞台背后传来一阵细微的声音。是小驰在叫他："老爸！"

看到耕平向他挥手，小驰甩开郁美压在他肩上的手，跑上了舞台。记者见面会场顿时沸腾起来。

"老爸，祝贺你。"

"你也来得太晚了吧，小驰。"

"嗯，我们坐地铁来的，打的很浪费嘛。"

麦克风放大了两父子对话的音量，会场内一片爆笑。

耕平看了看主持人，又看了看记者们的反应。哎，算了吧。他对着麦克风说道："这是我这本书的原型，我的独生儿子小驰。我想就这样两个人一起召开记者见面会，可以吗？"

台下响起一阵热烈的掌声。耕平把小驰抱在腿上，继续获奖见面会。一股轻松的空气在整个会场内流淌。一位女记者举起手："我是每朝新闻的桐山。我想问小驰一个问题，老爸在家里是一个怎样的父亲呢？"

小驰转过头，看了看耕平，然后笑着说道："经常在家一个人自言自语地说，写不下去啊，书卖不出啊，自己没有才华啊什么的。"

两百位记者的笑声几乎要把整个会场掀翻。

"但是老妈死了以后，老爸一个人照顾着家里，照顾着我。虽然我也有经历过一些痛苦，但对我来说，老爸是最棒的、最强大的爸爸。"

舞台背后隐隐地传来一阵哭声，郁美用手帕捂着嘴，椿和奈绪站在她两边。耕平眼里满含着泪水，极力忍着不让它流下来。这副模样说不定是要在全国新闻里播放的，决不可轻忽大意。主持人说道："下面，有请下一位提问。"

耕平切近地感受着小驰炽热的体温，在聚光灯中等待着下一个问题。

扫二维码,回复"孤独小说家",就可以试读石田衣良新作《美丽的孩子》,更多有趣的赠书活动等你来参加。

图书在版编目（CIP）数据

孤独小说家 /（日）石田衣良著；杨恋译. -- 北京：
北京联合出版公司，2016.4
（读客全球顶级畅销小说文库）
ISBN 978-7-5502-7209-5

Ⅰ.①孤… Ⅱ.①石…②杨… Ⅲ.①长篇小说—日本—现代 Ⅳ.①I313.45

中国版本图书馆CIP数据核字（2016）第040064号

CHICCHI TO KO by Ira Ishida
Copyright © Ira Ishida 2009
All rights reserved.
First published in Japan in 2009 by The Mainichi Newspapers, Tokyo.
This Simplified Chinese edition is published by arrangement with
Mainichi Shimbun Publishing Inc. in care of Tuttle-Mori Agency, Inc., Tokyo
through Beijing GW Culture Communications Co., Ltd., Beijing
ALL RIGHTS RESERVED

中文版权 © 2015 上海读客图书有限公司
经授权，上海读客图书有限公司拥有本书的中文（简体）版权
著作版权合同登记号：01-2016-0421

孤独小说家

作者：[日]石田衣良
译者：杨恋
责任编辑：徐鹏
选题策划：读客图书 021-33608311
特约编辑：朱亦红 孟汇一
封面设计：李子琪 周丁乾
版式设计：余晶晶
责任校对：张新元 绳刚

北京联合出版公司出版
（北京市西城区德外大街83号楼9层 100088）
北京海石通印刷有限公司印刷 新华书店经销
2016年4月第1版 2016年4月第1次印刷
字数187千字 787毫米×1188毫米 1/32 8.25印张
ISBN 978-7-5502-7209-5
定价：36.00元

如有印刷、装订质量问题，
请致电 010-85866447（免费更换，邮寄到付）